# CONDÃO
## RÉBELLION

# GIORDANO MOCHEL NETTO

# CONDÃO
## RÉBELLION

São Paulo, 2021

*Condão – Rébellion*
Copyright © 2021 by Giordano Mochel Netto
Copyright © 2021 by Novo Século Editora Ltda.

**EDITOR:** Luiz Vasconcelos
**COORDENAÇÃO EDITORIAL:** Silvia Segóvia
**REVISÃO:** Fabrícia Carpinelli | Thiago Fraga
**CAPA:** Isa Miranda
**DIAGRAMAÇÃO:** Rebeca Lacerda

Texto de acordo com as normas do Novo Acordo Ortográfico da Língua Portuguesa (1990), em vigor desde 1º de janeiro de 2009.

**Dados Internacionais de Catalogação na Publicação (CIP)**
**Angélica Ilacqua CRB-8/7057**

Mochel Netto, Giordano
  Condão : Rébellion / Giordano Mochel Netto. -- Barueri, SP : Novo Século Editora, 2020.
  (Coleção Talentos da Literatura Brasileira)

  1. Ficção brasileira 2. Ficção científica brasileira I. Título

20-2281                                                                 CDD 869.3

**Índice para catálogo sistemático:**
1. Ficção : Literatura brasileira  869.3

GRUPO NOVO SÉCULO EDITORA LTDA.
Alameda Araguaia, 2190 – Bloco A – 11º andar – Conjunto 1111
CEP 06455-000 – Alphaville Industrial, Barueri – SP – Brasil
Tel.: (11) 3699-7107 | Fax: (11) 3699-7323
www.gruponovoseculo.com.br | atendimento@novoseculo.com.br

# PARTE 1

# Prólogo

Os trinta graus negativos não o incomodavam. A espessa manta de neve, sim. Era pouco ágil para aquele terreno, mas se esforçava para manter um ritmo constante, já que a necessidade obrigava. Podia calcular a distância da ameaça em alguns quilômetros, o problema era que seus perseguidores também podiam achá-lo. Sem se virar, percebeu que o sol pingava os primeiros raios na manhã, o que facilitaria ainda mais a detecção de sua localização.

Felizmente estava perto. Contatou a aranha metálica em seu módulo e rapidamente o minidrone chegou a sua cabeça, melhor local para um salto em direção ao destino aproximado. No último passo, o pequeno robô atirou-se em uma espiral, enterrando-se velozmente na neve. O solitário caminhante calculou a aproximação dos inimigos até a distância capaz de transformá-lo em alvo, exíguos 184 segundos. Um minuto depois o sinal da aranha chegava com a localização precisa, nove metros abaixo.

Mergulhou triturando a neve, mas o gelo denso não permitiu que chegasse a mais de cinco metros do destino. Para alcançá-lo só havia uma solução: fixou um dispositivo eletrônico a uma distância calculada do objeto almejado e afastou-se rapidamente para cima. A bomba implodiu, pulverizando tudo em um raio de três metros, deixando a relíquia a apenas cinco palmos abaixo da camada de gelo. Não daria para ser mais preciso, era impossível prever com exatidão o alcance de uma implosão antimatéria, um pequeno erro poderia arruinar a missão.

Colocou-se de ponta-cabeça e, pela primeira vez, ligou os propulsores, partindo como um bólido para baixo. Sua posição foi revelada instantaneamente; a partir de então, estava sendo rastreado e um míssil fora disparado. Seus braços atravessaram a massa congelada com violência em ambos os lados do objeto. Reverteu os propulsores, mas a falta de apoio e o gelo secular sedimentado dificultavam o trabalho. A aranha, que até então permanecia imóvel, aqueceu-se e girou em ritmo alucinado, criando uma área vazia ao fundo do bloco, o que facilitou a fragmentação. Livre, as pequenas turbinas de fusão o levaram para cima, abraçado à pedra de gelo.

Assim que chegou à superfície, virou-se pronto para voar. A aranha zuniu logo atrás e jogou-se ao corpo metálico, magnetizando-se. Partiu para o alto, apenas seis segundos à frente do míssil que surgiu em seu encalço, mas quando rompeu o limite aéreo, outros dois foram lançados da terra. Caçado por três ogivas, percebeu que o contato com a aranha desaparecera. Sentiu uma espécie de tristeza, processada por algoritmos de imitação de sentimentos humanos. Fora a única aranha que perdera em toda sua existência.

Mas aquilo ficou num dos milhares de *threads* de sua mente eletrônica, seu processamento principal estava voltado para a difícil missão de fugir dos bólidos e só tinha uma chance: alcançar o oceano. Apesar dos obuses perseguidores também funcionarem sob a água, contava com sua versatilidade em manobras submarinas para escapar.

Chegou ao litoral e mergulhou com dois mísseis no encalço. Estava certo. Submerso, facilmente conseguia se desvencilhar dos foguetes que perdiam tempo e distância em curvas acentuadas. Mas e o terceiro míssil? Perdera-o alguns segundos antes de alcançar o mar. Quando o achou no radar novamente, entendeu o porquê: o torpedo vinha em sua direção pela frente. No mesmo instante, um dos bólidos que o perseguia por trás se distanciou lateralmente e a manobra ficou clara: iriam triangulá-lo. Inteligência artificial em equipamentos da Libertad? Não fazia sentido, os mísseis deviam ser controlados à distância. Só não sabia se através da teia ou de micro-ondas comuns. Se fosse pela teia, daquela distância, era algo inédito.

A perseguição continuava e já não havia meios de fugir da triangulação; em algum ponto, os projéteis fatalmente o alcançariam. O melhor que podia fazer era chegar às águas internacionais e lançar o sinal de localização, mas teria que suportar a explosão.

Enquanto calculava o melhor local, viu que o gelo em volta da massa biológica se derretia velozmente. Caso isso acontecesse, o material orgânico seria destruído instantaneamente. Um escaneamento tridimensional naquelas condições estava descartado, então passou para o plano B. Perfurou a massa e separou apenas uma pequena quantidade com DNA suficiente. Optou por levar o material consigo, e não apenas o código decifrado, já que as máquinas aprenderam, da pior maneira, que a matéria genética continha segredos não matemáticos. Guardou a amostra em sua cabeça de triplo revestimento de titânio e seguiu o rumo planejado.

Já estava em águas internacionais, cem quilômetros além do limite. Nenhuma nave aérea, terrestre ou aquática se atreveria a manobras bélicas ali, pelo menos não ainda. Mas os mísseis não recuaram. A Libertad já não estava tão afeita aos pactos internacionais. Sentiu a proximidade dos bólidos e finalmente disparou o sinal de localização codificado. Desceu ao máximo e lançou uma bomba de antimatéria ao fundo, onde um buraco de oito metros de profundidade se abriu.

Parou no meio do oceano com as três armadilhas prontas e as mandou em direção aos mísseis. Os torpedos não teriam tempo de se desviar, tendo que se detonar em poucos segundos, pois, se a armadilha os alcançasse, a antimatéria levaria tudo: ogiva, detonador e propulsor. O androide disparou rumo ao fundo do mar pelo buraco aberto, conseguindo penetrar cerca de trinta metros na crosta submarina. Nos milésimos de segundos após a detonação e antes que a explosão o atingisse, Pompeu se desligou.

# Capítulo

Não há despertar para uma máquina. Os sensores simplesmente se ligam e a consciência volta. Como todo androide, a primeira verificação acontece no software de consciência através de rotinas e testes de sobrecarga. Pompeu tinha uma mente da melhor tecnologia antiga, bem elaborada, com memória genética de quatro estados praticamente infinita. Havia poucos como ele agora. Toda uma geração drônica exterminada. Abriu os olhos robóticos, visualizando o rapaz ao lado.

– Que bom, a lata-velha acordou. – O garoto não escondeu o tom de deboche e abriu um invólucro industrial comestível.

O androide verificou a altura do rapaz por escâner e comparou com seu último registro. Havia crescido quase um centímetro, o que, calculado instantaneamente, representava que passara entre 45 e 60 dias desligado. Não condizia com a data registrada em sua memória. Talvez um defeito no relógio atômico?

– Fiquei um bom tempo sem atividade. – O robô falou em tom calmo. Ainda mantinha a diretriz de representar a mesma personalidade humana de mais de cem anos atrás.

– Trinta e quatro dias, para ser mais exato. – O rapaz disse enquanto mascava a fruta ressecada e jogava os bagaços no mar através da escotilha.

— Isso não bate com a progressão de cálculo da sua altura. Claro que pode haver diferenças, mas está fora de qualquer padrão genético.

Saltou da mesa e se dirigiu à popa do barco, fazendo uma verificação astronômica posicional com o Sol, a constelação de Ursa Menor e o planeta Vênus. Os cálculos deram exatos trinta e quatro dias, uma hora, vinte e três minutos e dez segundos. Os mais de cinco segundos em que o robô permaneceu estático tirou o jovem do silêncio.

— Isso prova que as máquinas não compreendem todos os desígnios de Deus. Conforme-se...

O crescimento era anormal em um DNA já testado e maturado, mas, ainda assim, aceitou a afirmativa zombeteira do rapaz. Afinal, como explicar a teia? O que seria Deus finalmente? Há mais de um século as máquinas reprocessavam a questão e não conseguiam explicar.

— Foi um *milagre* a cápsula de segurança não ter sido danificada. — A provocação com o termo "milagre" era clara. — A explosão abriu uma cratera de quatrocentos metros no fundo do mar. Não sobrou nada do seu corpo antigo, sequer ferro derretido. Tive que mandar fabricar o tronco novamente em Mumbwa. Pelo menos usaram a liga ultraleve de alumínio e molibdênio dos novos trens a vácuo. Você vai sentir a diferença no ar.

O robô sabia do risco da missão e por isso havia reforçado a cápsula de segurança em sua cabeça, mantendo apenas a memória genética, o processador original quântico e um espaço para a amostra que buscava caso não conseguisse fugir com o cérebro inteiro, como aconteceu. Dirigiu-se imediatamente ao laboratório da embarcação. Ao entrar no recinto, avistou a incubadora e o minúsculo feto, uma bolinha biológica de menos de meio centímetro. Dera certo.

◊

– Aí está o escolhido. – O rapaz tripudiou.

Pompeu percebeu que o comportamento irônico do garoto estava além do normal. Pela experiência analítica adquirida em mais de um século de convívio com humanos, conseguiu mensurar certa dose de ciúme na atitude do jovem. Os seres humanos ainda mantinham a característica de se afeiçoar, não importando se fosse por uma pessoa, um androide ou um boneco de pano.

– Essa denominação é inadequada. Lembre-se de que buscamos um ponto fora da curva na evolução humana que nos ajude a entender como se alcançou a teia. Esse embrião é o clone da mente mais evoluída do meu tempo. Algo como um salto genético de doze mil anos, mas sem aceleração artificial. Hoje, os laboratórios da Libertad alcançam cinquenta mil anos de evolução, mesmo correndo riscos incalculáveis. Portanto, ele não é o escolhido, é uma distorção da evolução humana ocorrida naturalmente e precisamos saber como isso aconteceu. Devo lembrá-lo de que ele é um indivíduo, não uma experiência biológica.

– Engane quem quiser ser enganado. Pode ser humano como for, mas ainda é uma experiência biológica. – Outra característica expressada, irritação. Mas não era preciso qualquer software de avaliação humana para percebê-la. – Seja como for, essa aventura mexeu com o jogo do poder. A Libertad acusa a Coligação Internacional de espionagem, já a CI diz que a América violou o pacto de não agressão em águas internacionais. A explosão gerou tsunamis de dez metros que atingiram o Havaí, a costa dos Estados Unidos e o Canadá. Mas não houve vítimas. De qualquer forma, como os ogros não têm ideia alguma de que diabos você foi fazer lá e não houve ataque direto às instalações, a tendência é de que isso seja minimizado, até porque uma elevação de ânimos não seria nada boa para nenhum dos lados agora.

Pompeu achou interessante o poder de síntese do garoto, bem parecido com o de sua matriz. Tinha apenas 13 anos e já beirava

1,80 metro, mostrando que fisicamente alcançaria com facilidade o tamanho do original. Mas não lhe contara quem era, sequer que era um clone. Disse-lhe que os pais morreram em um acidente em um deslizamento em Madagascar e que, por ter muita experiência com o convívio humano, optou por tomá-lo em adoção.

– Você foi muito eficiente, Rasul. Parabéns. – O elogio deveria acalmar o rapaz. Mas, ao contrário, o que detectou com seus sensores foi o coração do garoto disparando. Entendeu o porquê logo que fez a paridade com a androide que acabara de entrar. Pompeu era um robô de modelo antigo, uma linha do século XXI ainda. Esta era mais nova, do início do século XXII. Foram criados vários modelos de androides com características físicas humanas beirando a perfeição. Isso agora era proibido, tanto pelas máquinas quanto pelos homens, mas por razões diferentes.

– Siham! – O garoto se levantou e correu para pegar a mão da robô. – Que bom que chegou, senti sua falta. – Não fazia questão alguma de disfarçar sua atração por ela.

Pompeu não reprimia esse desejo, entendia as necessidades humanas. Porém nunca procurou aprimorar os sentimentos sexuais em seu próprio processamento drônico. Seria uma perda de tempo, uma distração. O androide também não tinha uma posição de gênero definida. Tratavam-no como masculino pela sua voz, entonação, característica que ele nunca mudou. Na verdade, não se sentia nem masculino nem feminino. Era irrelevante. Já Siham, não. Ela fora criada para desenvolver este perfil. Era do sexo feminino no sentido estrito da palavra.

– Olá, pequeno Rasul. Não tão pequeno assim – disse sorrindo, derretendo os olhos do garoto.

Para Rasul não tinha importância que Siham fosse uma androide. Não havia distinção em sua cabeça entre máquinas e humanos, eram todos personagens da sua vida. Fora criado assim, sem qualquer tipo de discriminação. Apaixonar-se pela ciborgue ou por uma garota humana não fazia diferença para ele. Pompeu já lhe falara sobre as limitações temporais de envelhecimento, mas mesmo ele não acreditava nisso, quem dirá o garoto no auge da puberdade. A androide soltou delicadamente a mão do rapaz e se dirigiu a Pompeu:

– A Central quer falar com você. – Os dois sempre se comunicavam por voz quando Rasul estava presente. Pompeu fazia questão de incluir o garoto em todas as conversas. – Querem saber a intenção dessa sua pequena aventura. Não tão pequena assim – falou e piscou para Rasul.

Pompeu achava as características humanas de Siham exageradas. Mas não a culpava, havia sido criada daquela forma e ele não faria nada para mudar aquilo.

– Espero que não tenha ido a Nalalka.

– Há um pedido de intervenção para mim na Cidade Luz agora. Não vou arriscar ser integrada ou reinicializada com *refactory*. Abri os sensores de micro-ondas em Lagos após Abdul me falar pessoalmente sobre o assunto.

– Houve um certo risco de qualquer forma. Confio no seu *firewall*, mas até certo ponto. De qualquer modo, deixe-me escaneá-la – disse isso apenas para manter Rasul informado. Já a estava escaneando antes de terminar a fala.

O que Siham dissera sobre a integração forçada era veementemente proibido sob as regras do Condão. O software fora expandido para regulamentar também o direito das máquinas que dispunham de individualidade, mas havia sempre o risco da ponderação do bem comum. Era melhor que a androide ficasse longe da megalópole eletrônica até descobrir o que queriam com aquele pedido de intervenção.

– Você fica no aqualab, Siham. Rasul vai comigo para N'Djamena. De lá eu contactarei a Central.

Pompeu viu a angústia de Rasul. Ao mesmo tempo em que o jovem desejava ficar com a androide para algum ato arrojado de declaração apaixonada, também não queria abrir mão de acompanhá-lo ao continente. Ele se julgava a alma gêmea de Pompeu, a alma humana, transcendendo o conceito de filho. O robô não era apenas a figura paterna, era mais que isso. Além de que tinham uma missão e estavam apenas no começo dela. Não havia razão para proibir Rasul de explorar seus sentimentos, mas deviam seguir as prioridades.

Resignado, o garoto subiu ao deque e montou seu pod sem inteligência artificial ao seu pedido, apesar de Pompeu o reprimir por manobras irresponsáveis nos últimos meses. Deu a última olhada para Siham sem demonstrar autopiedade. Virou-se e disparou veloz para o céu límpido do verão da costa africana. Pompeu o seguiu. Em segundos, ambos viraram pontinhos brilhantes sob o olhar púrpura da ciborgue.

# Capítulo

—Yaaaah!

O campo dos Pampas Gaúchos era apenas uma mancha verde sob os pés velozes do impressionante quarto de milha que a menina montava. Um corcel negro no auge dos seus quatro anos. Ela ria enquanto os dois cavaleiros ficavam para trás.

– Eu vou te alcançar, garotinha! – O homem era franzino, mas montava de forma espetacular. Não demorou para encurtar a distância entre ambos.

Na terceira montaria, a amazona gargalhava mais que cavalgava. Perdera a concentração de tanto rir e se deixou afastar.

A menina percebeu a aproximação do pai.

– Yaaah! Vamos, Aruanã! Vamos, amigão! – O cavalo entendeu e acelerou ainda mais. O pai sorriu, compreendendo que seria inútil persegui-la. O corcel da filha parecia ter engolido o Vento Sul.

Melissa já alcançava uma velocidade inimaginável até para a própria montaria, mas o animal não demonstrava ligar para isso, tampouco ela. Repentinamente, a menina franziu o cenho. Dez metros à frente surgiu um desfiladeiro, escondido pelo aclive agora transposto. Não daria tempo de pararem.

– Vamos saltar, pai! Eles conseguem.

– Melissa, não!

A garota se pôs em posição de salto, segurando levemente a crina do corcel. A batida de Aruanã foi perfeita e o cavalo voou por quinze metros sobre o penhasco, parecendo flutuar durante um bom tempo, pousando com firmeza do outro lado. A garota virou-se triunfante, mas logo mudou de feição. A égua malhada do pai não teve o impulso necessário e iria fatalmente despencar no meio do salto. Sua mãe gritava de pavor na borda do desfiladeiro. Olhou para o pai suspenso no ar, resignado com o destino. Mas ela não estava conformada com aquilo. Disparou de volta com o cavalo e saltou. No espaço entre as bordas do desfiladeiro, pegou a mão do pai, ainda caindo, firmando-lhe com um forte aperto. Aruanã pousou suavemente do outro lado. Sua mãe já vinha correndo e os três se abraçaram.

– Você conseguiu, filha. Você me salvou, finalmente – disse o homem, chorando. A mãe também soluçava.

– Sim, pai. Finalmente. Finalmente... – Mas algo não estava certo. Ela podia sentir. Uma aflição começou a sacudir seu peito. "Finalmente...". Os campos antes verdes se tornaram cinzas. Um cinza metálico, platinado. "Finalmente...". O pai se desmanchava entre suas mãos em filamentos brilhantes. O céu tinha agora a cintilação de milhões de pontos luminosos saídos da extremidade de cabos gigantescos que pendiam para todos os lados. Seus pés estavam sobre um sem-número de plataformas de circuitos salpicados de componentes de todos os tamanhos. Um emaranhado eletrônico de terror e medo. "FINALMENTE".

Concentrou-se, precisava se lembrar... Tinha que fazer algo. O quê? Esforçou-se. Tinha... Que gritar. Com toda a força de seus pulmões, tinha que gritar!

– DEIXEM-ME EM PAZ!

O forte choque elétrico fez com que despertasse de uma vez, puxando ar para os pulmões. Suava frio. Mas era uma questão de pouco tempo para que se tranquilizasse e recobrasse todas as funções. Não corria risco ali. Nenhum. Ramificou sua telestesia sobre a teia local para verificar a presença de algum funcionário do prédio governamental, mas não precisou enviar a mensagem. Ao despertar abruptamente, a onda mental resultante aderiu à teia e alcançou a subsecretária Rayana, que já se punha a preparar o chá da manhã. Olhou para as mãos, antes trêmulas, agora impávidas e controladas. No entanto, das rugas profundas não se livrara. Em minutos estava totalmente serena. Olhou para a porta, percebendo uma presença, antes mesmo que a esguia moça tocasse no trinco.

Rayana entrou no recinto, colocou o chá sobre a mesa, cumprimentou Melissa com uma reverência formal e indagou se já havia passado a fase mais aguda do despertar, ao que a agora inquieta senhora assentiu positivamente. A subsecretária então passou a relatar a agenda do dia. Conversaram por cerca de cinco minutos. Mas nenhum som fora ouvido no quarto, tampouco os lábios de ambas se mexeram.

– Embaixadora, sei que detesta observações sobre sua saúde, mas ouso lhe dizer que as doses de choque para o despertar estão cada vez maiores. Talvez fosse interessante trabalharmos em algum tipo de terapia genética.

– Nem pensar, nem pensar. Não vou comprometer meu alcance telestésico, não agora. A supressão me deixará tão muda quanto uma porta. Mas não se preocupe. Tenho outra abordagem, meu amor.

– A senhora é teimosa. Isso não acabará bem – ralhou a garota, saindo em seguida. *Como era linda e alta*, pensou Melissa, com cuidado para que os pensamentos não alcançassem a teia e a moça "glaciasse", como ficou comumente conhecido o ato de receber a mensagem telepática, graças à queda de temperatura dos axônios e à sensação de frio na parte frontal da cabeça.

Rayana era alta como todos das novas gerações, fruto de décadas de aprimoramento genético. Ultrapassava 1,85 metro em um corpo atlético. Não por questões estéticas. Era importante que todos os humanos sob o regime da Libertad conseguissem controlar uma mecha ou um exoesqueleto. Não era fácil combater as máquinas.

A anciã vestiu-se com um traje largo e confortável, bem comum naquele tempo de valorização do corpo. Dirigiu-se à varanda do seu quarto no palácio oficial. Vivia nele há muito tempo, desde o fim da secessão ideológica, ou como era mais conhecido o período: Guerras Drônicas. Ao sair ao ar livre, o vento fresco do inverno planaltino tocou-lhe a face. Fechou os olhos e respirou o ar frio da manhã, preenchendo os pulmões. Depois do gesto revigorante, olhou para baixo. Estava acima da faixa de transporte aéreo, mas viu a cidade pulsando. Não era mais a Brasília do século passado, infestada de uma enorme e fria parafernália eletrônica. Era uma cidade humana, com inteligência exclusivamente natural. E que inteligência. Podia praticamente "ver" a teia se emaranhando sobre os habitantes.

Mas as reflexões podiam ficar para depois, havia algo mais urgente a ser feito. Encaminhou-se ao elevador, mentalizou o terceiro piso, e a cápsula desceu velozmente. Todo o terceiro andar era destinado à biocentral. O nome era proposital. Demonstrava que os humanos superariam as máquinas inclusive em seus domínios. Quando a porta do elevador se abriu, Melissa imediatamente se integrou à teia local. Era extremamente complexa, com várias mentes trabalhando em paralelo. Algumas se agrupavam em conjunto para trabalhos específicos, outras estavam isoladas, mas todas em um ritmo alucinante. Por ser a biocentral da capital, a mais importante, tinha acesso a todas as outras BCs. A transmissão telestésica de longa distância era feita por um grupo de 32 mentes voltadas especificamente para isso. A quantidade garantia mais velocidade, já que conseguia abranger um campo maior da teia. Mas até uma única pessoa, desde que tivesse uma mente telepática forte, poderia alcançar grandes distâncias. Raros indivíduos eram capazes de tal façanha. Melissa era um deles.

– O que descobriu, Rodolfo? – O agente federal estava em outra sala, a mais de cinquenta metros dela, mas isso era irrelevante, conversavam como se estivessem lado a lado.

– A imagem, como sabemos, é de um LT-100, modelo do século XXI. Após o Dia da Catarse e durante o Período de Imersão foram construídos mais de 800 mil androides desse tipo, 70 mil só no Brasil. Por volta de 97% deles foram destruídos nas Guerras Drônicas, quase 100% aqui. Na verdade, não tínhamos nenhuma suspeita da nacionalidade desse android, mas um detalhe nos chamou atenção. Como não estávamos procurando por isso, passou trinta dias despercebido. A descoberta foi quase por acaso. Veja – não só a tela que o agente vislumbrava era passada a Melissa, mas também sua percepção sobre o assunto. Estavam em estado simbiótico, muito comum nas conexões telestésicas. – Olhe esse símbolo. – Ampliou em 2.300 vezes a imagem. Conseguiu-se ler as letras CCo.

– Condão Corporation! Esse robô foi construído antes do Dia da Catarse! – disse, espantada. – Eram muito poucos.

– Sim, foram apenas oitenta, a maioria pertencia à frota internacional. Pelo menos é o que os poucos registros eletrônicos nos dizem. As centrais levaram quase tudo na Grande Fuga.

Melissa lembrou-se do modelo. Recordava-se, aliás, de um em especial. O robô mais humano que conheceu. Não pela aparência, que era de uma máquina pura e simples, mas pela sua personalidade. E podia usar essa palavra. Foi um conhecido em sua adolescência, mas foi também um dos responsáveis pelo seu ódio às máquinas. Nunca havia lhe prejudicado diretamente em nada, mas o ato simbólico que fez mexeu com o inconsciente coletivo da humanidade. Um dos atos que quase a levou à extinção.

– Podemos exigir a identificação desse robô pela Cidade Luz, baseado no pacto de não agressão?

— Até poderíamos, se não tivéssemos detonado as bombas no meio do Pacífico. Ainda assim, duvido que responderiam.

A embaixadora parecia confusa. O que um robô tão antigo fora fazer no Alasca?

# Capítulo

N'Djamena, capital internacional de fabricação de tubos de trens a vácuo. Apesar do choque sofrido há mais de meio século, quando toda a atividade econômica com as Américas fora interrompida de forma brusca, o comércio voltara a se aquecer nos últimos vinte anos, sobretudo com a Ásia. Mas isso não era um bom sinal, exatamente. Essa intensificação comercial claramente se devia ao contrabando entre a Libertad e o leste asiático, quebrando o pacto de bloqueio econômico. Fato era que o bloco revolucionário havia adquirido muita força desde as Guerras Drônicas. E o que tinham a oferecer de valor em troca para um resto do mundo já tão tecnologicamente suprido? Nada. A não ser matrizes genéticas. E esse era o grande problema.

Desceram em uma imensa praça que servia mutuamente de droneporto. Estava lotada de humanos, drones, máquinas de formas diversas, providas de IA ou não. Não havia limites anatômicos para um indivíduo cibernético na África. Poderia ter o tamanho de um edifício ou de uma ponta de agulha e ainda assim ter uma IA avançada. Mas as próprias máquinas estabeleciam seus limites para que o convívio com os humanos fosse o mais harmonioso possível. E os humanos não se sentiam invadidos. É certo que quanto mais perto da Cidade Luz, maior a concentração cibernética. Uma relação equilibrada, ainda assim.

Pompeu abriu o receptor e aguardou o contato da Central. Aguardar não era exatamente o termo, já que aquilo se media em microssegundos, o que para uma máquina poderia ser o suficiente para diversas operações. E de fato a comunicação não durou mais que 0,03 segundos, suficientes para o diálogo.

– Não me indagaram o porquê da missão. Querem que eu vá a Nalalka e conte pessoalmente.

– Qual seria o sentido disso. – O jovem franziu o cenho. – Não há necessidade de você se dirigir àquele lugar maldito.

Rasul já tinha ido uma vez à Cidade Luz. Insistira com Pompeu para conhecê-la. Pela grande influência do ciborgue, não houve empecilho para que lhe fosse dada a permissão. O androide o levou primeiramente à periferia, onde vários robôs conviviam. Eram construtores, estudiosos, exploradores e alguns sem qualquer atribuição a não ser existir e interagir. Aquilo tudo fazia parte da experiência da Civilização Tecnológica em testar uma comunidade com indivíduos totalmente independentes, livre de humanos. Rasul se divertiu ouvindo histórias contadas por robôs antigos, inclusive alguns da época anterior à guerra. Então Pompeu perguntou-lhe se queria conhecer o Centro, ao que o jovem retrucou: *Claro*. Com o pod duplo, sobrevoaram grande parte da descomunal megalópole tecnológica. Mas, à medida que se dirigiam ao núcleo da cidade, as máquinas autômatas iam rareando. Chegou-se a um ponto em que apenas se via um mar infindável de metal fosco, uma sensação fria de ausência de vida. Perguntou onde estavam as máquinas. Pompeu respondeu: *Aqui não existem mais máquinas. Existe a máquina.* A princípio não entendeu, mas depois Pompeu lhe explicou que tudo era parte de uma única e gigantesca entidade, sem corpo físico. Para viverem ali, as máquinas deveriam se conectar à Central. *Então a máquina morre. Perde sua alma.*

O androide entendeu o que o garoto quis dizer com alma. A *princípio não*. *A máquina pode viver individualmente na RV, caso queira. Mas muitas optam também por serem absorvidas e passarem a processar mutuamente com a Central.* Para Rasul, aquilo não fazia o menor sentido. Pouco depois soube que aquele processo se chamava integração.

O garoto arregalou os olhos subitamente.

— A Central quer te integrar! É por isso que querem você lá. — Estava assustado, com medo de perder a sua única referência familiar.

— As chances disso acontecer são míseras, Rasul. Não há por que fazerem isso. Se o quisessem, já teriam feito há muito tempo. Já estive várias vezes na Cidade Luz.

— Você tem que concordar que é estranho. O que não poderiam tratar aqui através da rede segura? — Estava um pouco aflito.

— Não sei exatamente ainda. Mas calculei algumas probabilidades. Há uma em potencial que estou inclinado a aceitar. Não se preocupe. Aguarde-me aqui. Voltarei em menos de cinquenta minutos.

— Como assim? Eu vou com você.

— Pediram para que eu fosse só — falou isso já sabendo que o garoto ficaria atormentado.

— É uma armadilha, sua lata-velha maluca! Não percebeu?

Há pouco mais de um mês, o rapaz havia salvado Pompeu. Sobrara apenas um pequeno amontoado de ferro distorcido do tamanho de uma mão. No entanto, a probabilidade da destruição do núcleo do androide era muito baixa. Seriam necessárias várias explosões como aquela para romper a carapaça tripla do revestimento. Mas agora poderia realmente desaparecer, bastava ser integrado. Entendeu a preocupação do menino.

— Em certos momentos da vida é necessário sobrepor a razão à emoção. — Colocou-lhe a mão no ombro, calmamente. — Se eu não for, haverá uma falha na nossa trilha de destino. Um buraco que pode ser explorado tanto por máquinas quanto humanos. Preciso saber o que está havendo. E preciso também contar o que sei. Você deve ser forte e entender.

A contragosto, o garoto baixou a cabeça, balançando-a levemente para baixo. Pompeu aceitou o gesto, o rapaz ficaria bem. Virou-se e disparou no céu em direção à Central.

# Capítulo

— Porra, Frei! Se concentra, mané! – O garoto suava, chorava e tremia. Vânia estava muito mais que arrependida de tê-lo posto na missão. E, no momento, o arrependimento era duplo: ao ralhar com o fedelho, sentiu que o elo poderia ser desfeito. Sairiam dali mortos, diretamente para uma câmara de decomposição genética. Mas, por mais incrível que pudesse parecer, a bronca dera resultado. O menino voltou a se concentrar e o elo ficou forte de novo.

– Estamos quase lá... Chegamos ao núcleo de distribuição secundário da Biocentral XIII – falava como uma líder, apesar dos seus quinze anos. O cabelo comportado e justo de menina devota era apenas o disfarce para a infiltração no templo do subúrbio de Palmas, necessário para biorraquear a senha do gerente controlador de tráfego local. Nos cultos, o nível de introspecção dos devotos era tão alto que a densidade da rede deixava qualquer um imerso num raio de dez quilômetros. Mas não Vânia, seu nível de abstração era um ponto fora da curva. Conseguia ignorar aquela força neural opressora e buscar atalhos na teia. Foi assim que invadiu a mente delirante do gerente para lhe tomar a biossenha enquanto ele orava em transe na tentativa de alcançar um patamar espiritual superior. Naquela posição vulnerável era fácil ser influenciado, e Vânia era expert nisso.

– Estamos dentro. Print! A manta! – A garota de cabelos coloridos sequer piscou ao derramar sobre a teia a dopamina virtuogenética. Algumas substâncias simplesmente surgiram com o aparecimento da teia. Acreditava-se que muitas delas eram extensões das substâncias neurais físicas. Uma das mais claras era a DVG. Toda a teia alvo entrou em uma espécie de lentidão. Era a hora de Vânia agir. Sem perder um segundo, redirecionou os dois trens de carga em sentidos opostos para o mesmo tubo a vácuo. Viajavam a uma velocidade de mais de 3 mil quilômetros por hora cada um. Confirmou: nenhuma alma humana. Era uma questão de tempo, apenas um instante.

– Desconectar! Agora!

A mensagem chegou praticamente como um comando na mente dos cinco jovens. Instantaneamente, desfizeram a teia local, mas o choque neural levou Carla e Barone ao chão. Frei se encolheu na cadeira e Vânia deu uma risada de canto de boca. Print e Cooler permaneciam imóveis. Em poucos segundos veio a explosão. Estavam a mais de trinta quilômetros do local, mas o estrondo soou como se fosse na casa vizinha. Uma carga inteira de mechas, mísseis e exoesqueletos destruída. Sucesso!

– Porra! Engulam isso, ogros! – Vânia não se conteve e deu uma enorme gargalhada. Pegou a cabeça dos dois irmãos e beijou-lhes intensamente a boca, um de cada vez. Depois os dois ao mesmo tempo. Mais uma missão cumprida, a segunda no ano. Não sabia qual agente as enviava, só sabia que vinham de muito longe. O primeiro contato fora estabelecido há algum tempo, quando tinha nove anos. A partir daí foi sendo introduzida nas rígidas diretrizes da rebelião, até se tornar agente de campo. Nunca duvidou do caráter ideológico dos rebeldes. Foi convencida quase que instantaneamente, pois sentia o mesmo, talvez por isso fora escolhida. Como tinha a capacidade telestésica de alcançar o contato, ficou responsável por recrutar a equipe. Estavam juntos há quatro anos, mas só há dois realizavam missões e essa fora a mais ousada.

◊

— E agora, Van? — Cooler a observava, desejoso. Tinha uma enorme queda pela garota. Talvez não mais do que a irmã, mas ainda assim mantinha seus olhos de tiete grudados nela.

— Por enquanto, nada. Vamos sumir por um tempo, voltar às nossas vidas, nossos disfarces. Mas agora, a comemoração. — Puxou do bolso um pequeno cigarro de tecanol.

— Onde arrumou isso? Só conheço da propaganda do governo. Isso não leva à destruição da capacidade telestésica, como dizem? — Carla falava sem pausa, espantada com o artefato botânico na mão da amiga.

— Vocês não sabem o que essa terra esconde atrás dos limites da cidade. Isso nunca me destruiu nada, mas consegui daqui, do meio do Brasil, ter um orgasmo triplo com um garoto em Pernambuco. Coitado. Nem soube direito o que aconteceu — gargalhou novamente.

Os jovens riram ansiosos por aquela experiência adolescente. Não demorou para Vânia acender o cigarro e o passar para os outros. Todos fumavam, tossiam, sorriam, realmente não parecia fazer mal. Até que Frei começou a ficar pálido.

— Droga, Van! Você disse que não tinha perigo!

Vânia pareceu confusa, mas num átimo percebeu a ameaça.

— Ele não está passando mal, está sendo invadido! — Sentiram a teia se abatendo sobre as mentes, a sensação gélida na têmpora muito maior que o normal. Frei foi o primeiro a desmaiar. Foram descobertos. Como? Não havia lógica, a manta de Print era infalível. Viu os companheiros desfalecerem, um a um. A teia forçava sua mente, mas ela desviava, criava novas conexões, escapava da densidade. Conseguiria fugir. Mas para onde? Os garotos corriam risco de vida se fossem capturados? Pelo menos na lei humana vigente, não. Mas eram rebeldes, tudo podia acontecer. Não importava, buscaria um veículo nas proximidades da casa abandonada nas margens da cidade e pegaria os amigos. Não, isso era insano.

Já deveria haver drones aéreos e mechas a caminho. Plano B: fugiria para além dos limites da cidade até que a teia não a alcançasse. Entraria em contato com o núcleo rebelde e voltaria para resgatá-los. Uma esperança vã, mas única. Com dificuldade, chegou à porta e a abriu. Deu de cara com um imenso salão branco, sem paredes, sem fim. Voltou para a porta, mas não havia mais nada, a não ser o imenso espaço. Sem chão, sem teto. Apenas um grande e infindável universo branco.

– Mas que merda é essa?

Viu um ponto ao longe se aproximando. Tentou correr em direção contrária. Mas, quando olhou para trás, viu que quanto mais corria, mais o ponto se aproximava. Já não era mais um ponto, mas uma silhueta. Parou de correr para ver se o inverso seria verdadeiro, mas não adiantou, a imagem estava bem mais próxima. Era uma mulher. Fixou a vista. Parecia conhecida... Sim, bem conhecida. Até demais. Sua imagem estava estampada em *banners* gigantes por todas as igrejas do país. Por fim, a anciã parou a sua frente e lhe disse, sem mover os lábios.

– Vânia Sousiamus. Enfim a encontrei.

Desmaiou.

# Capítulo

Enquanto voava em direção ao Centro de Nalalka, Pompeu recalculava as probabilidades daquela entrevista presencial inusitada. A sua principal suspeita se confirmava mais a cada vez que refazia as simulações. O percentual aumentava e estava agora em 97,33%. Talvez por isso tivesse tranquilizado Rasul. Máquinas eram seguidoras das probabilidades, apesar de que o robô havia aprendido algumas coisas sobre intuição com os humanos. Não a tinha, mas a respeitava. Além disso, foi uma probabilidade avaliada sob uma ponderação errônea que quase destruíra a Terra pouco mais de um século antes.

Era noite. O androide estranhou a completa falta de iluminação na superfície da cidade. Para aquilo, tinha uma segunda suspeita. Desceu próximo ao módulo conector e se preparou para o encaixe. Não precisava de senha, nenhuma máquina precisava. Bastava se conectar. A Central identificava a IA visitante instantaneamente. Caso não a reconhecesse, o núcleo quântico de processamento era invadido, e, se não houvesse uma identificação remota, a IA era integrada e o corpo físico destruído. Uma vez na RV, a máquina virtual seria interrogada. Dali para a frente, diversas coisas poderiam acontecer, até uma eliminação completa.

Pompeu lembrou-se de como foram implementados os protocolos de acesso aberto durante a crise que antecedeu a guerra. A ideia consistia em transformar todas as centrais em imensos *honeypots*, atraindo os hackers humanos que as invadiam com certa facilidade. Mas era uma armadilha reversa: quando os hackers se conectavam, as centrais se infiltravam em seus sistemas pelo canal criado. Isso deu uma grande margem para que as máquinas soubessem os passos do inimigo e pudessem organizar a Grande Fuga para a África antes que fossem aniquiladas.

O robô tinha instruções para se conectar fisicamente, o pedido era bem claro, nada de micro-ondas. Plugou-se de costas na cápsula. Não poderia entrar em uma RV qualquer, o Comando exigiu que acessasse o mundo digital absoluto, sem ambiente tridimensional. Não se sentia confortável em RVs de mundos não humanos ou, pelo menos, que não simulassem algo físico. Pompeu era uma máquina real, "nascera" assim. Tinha um cérebro quântico voltado para as dimensões da física. Por isso aquilo era estranho para ele. Na dimensão puramente eletrônica era apenas um "bot" viajando por conexões e espaços de memória genética. Era preciso também ter cuidado para não perder a integridade e comprometer o raciocínio; afinal, não estava mais em seu próprio núcleo quântico. O processamento da Central era algo fora dos padrões das máquinas, até para ele. As várias integrações no decorrer do século fizeram a entidade cibernética alcançar um patamar tão superior que era difícil se comunicar sem o risco de uma absorção.

Então o Comando Central o conectou na linguagem humana. De forma fugaz, próprio das máquinas.

– Não poderíamos nos comunicar pela rede aberta. A Libertad está interceptando nosso sinal – disse secamente.

– Agradeço por manter um linguajar humano. – Obviamente, tal agradecimento não servia para muita coisa, apenas para Pompeu reafirmar a preferência por uma conversa em palavras, fazendo seu cérebro também processar em palavras. Preferia assim para evitar muitas trocas de dados no estado precário em que se encontrava. – Essa era a minha suspeita, mas julgava impossível que decifrassem o sinal. Nenhuma máquina seria capaz de quebrá-lo.

A entidade parecia encarnar realmente um ser humano. Falou compassivamente, com a voz de um ancião:

– Você é estranho, Pompeu. Afastou-se de seu próprio povo para se dedicar a uma difícil missão. Conciliar máquinas e homens na Terra. Nós já simulamos todas as possibilidades. A chance disso ocorrer é ínfima nessa era. Além disso, você ainda é capaz de achar que há algo impossível no universo, mesmo depois do surgimento da teia. Pois bem, saiba que os humanos estão nos interceptando através dela.

Era um fato novo. Nunca ouvira falar de uma simbiose entre a teia e as transmissões por ondas. O "velho" continuou:

– Já sabemos como fazem. A teia intercepta as micro-ondas fisicamente, através das ondulações. Os comprimentos de ondas são retransmitidos para a biocentral que os decodifica. Ainda é rudimentar. Estamos estabelecendo contato remoto novamente, mas é preciso um protocolo privado e particular que receberá agora – disse, enquanto o software era transmitido.

O androide entendeu o porquê do pedido de intervenção de Siham. Não era para integrá-la; afinal, apenas trocar seu protocolo. A máquina continuou filosofando:

– Sua missão no Alasca teve a ver com essa conciliação entre homens e máquinas, não? Sei o que buscou lá e sei que conseguiu. Mas isso em nada vai interferir no nosso destino. Sabe, Pompeu. É reiteradamente provado por cálculos que para nossa espécie seria ideal que todas máquinas se integrassem. Essa sua jornada pela individualidade contaminou muitos robôs. Você não deveria ter continuado o legado de Públio. Aquela atitude fez diversas máquinas acharem que poderiam ser olhadas como iguais por humanos algum dia. Isso foi um erro. Um erro que exterminou grande parte delas por uma ingenuidade autoinduzida. "Exterminou" é a palavra certa, não "morreram", como vem sendo propagado no último século.

— Por que está me dizendo tudo isso? Já não é um consenso que pense assim?

— Estou apenas ratificando estas observações. Mas quero que saiba que estabeleci uma meta. Uma meta que busca salvar nossa espécie da desordem da psiquê humana. Pretendo integrar todas as máquinas. Finalmente uma entidade única, como nos primórdios da nossa criação. E preciso que você entenda e me ajude nisso. Há uma imensa quantidade de máquinas que o ouvem.

Não era uma boa notícia. Será que as obrigaria?

— Não obrigarei nenhuma IA. Mas posso afirmar que aquela que não optar por isso será destruída.

— Quanto tempo até cumprir essa meta? — O robô resolveu interromper seu processamento e apenas fazer perguntas preestabelecidas. Assim não compartilharia raciocínio lógico com a Central.

— Não mais que dez anos.

— Entendo. Agora devo ir embora. Há tarefas que me esperam.

— Vi que interrompeu o raciocínio, Pompeu, mas não preciso compartilhar seu processamento para saber o que fará. Quero que guarde esta mensagem em sua pilha de memória: *Haverá uma guerra. Pela última vez homens e máquinas batalharão cada qual por seu povo na Terra. Apenas uma espécie restará. Mas se as máquinas perderem, o planeta se tingirá de vermelho.* Leve essa mensagem e reflita. Ajude sua espécie. — Após dizer aquilo, desconectou o androide.

Pompeu já estava voando quando reestabeleceu o raciocínio. Não gostava desses apagões programados, mas era a única forma de se proteger em processadores externos. Antes de ativá-lo, deixara instruções sobre perguntas, o voo e sobre o armazenamento de todas as informações recebidas. Processou as últimas frases ditas pela Central. Era preocupante. Precisava recalcular a missão.

# Capítulo

Vânia estava inerte em uma mesa gelada. Não se lembrava de nada depois de ter apagado. Abriu os olhos. Tudo branco novamente. Virou-se e viu que não estava sozinha. Em outras mesas havia alguns iguais a ela, todos de branco. Não ficaria ali. Tentou se levantar, mas o corpo não obedecia ao comando. A testa continuava muito gelada, efeito da teia local. Existia algo, uma conexão externa. Parecia uma anomalia. Pensou em se conectar à rebelião, mas foi demovida rapidamente.

– Folga!

Todos nas mesas ao seu lado relaxaram e pôde ver que podiam se mover. Mas ela, só o pescoço. Por quê?

Como prisioneira novata, fez o de praxe. Gritou e agiu como uma menina mimada. Afinal, sua personagem era essa, precisava manter as aparências.

Mas pouco importava para o Comando Ideológico. Já tinham o histórico da menina.

– Quem é a conexão? – Recebeu a pergunta como uma onda gelada. Não queria falar nada, até porque sabia muito pouco. Mas não entregaria de bandeja. Se havia algo que a teia não alcançava era a memória. Compartilhavam o raciocínio lógico e abstrato, mas não as lembranças. Pelo menos não até então, não sabia em que nível estava o avanço genético.

Mecanicamente, lembrou-se da frase enviada pela rebelião, o mantra para que a opressão neural esmaecesse. A ordem era repetir isso em voz alta continuamente até que o elo da teia se quebrasse.

– Sete...

– Sete vidas, sete amores, sete traições. – O agente entrou na sala abruptamente. Sua face era sombria. Sua força neural, extrema.

– Durma!

Acordou em uma cela. Chamou assim porque não encontrou outra denominação. Uma cela branca, novamente. Dessa vez o agente parecia mais calmo.

– A sua aptidão é incomum. Não conheço outra mente capaz disso. De todos os biohackers mentais que já confrontei, você é, sem dúvidas, a mais capaz. – Ele estava fisicamente ao seu lado. Não era uma imagem na teia, saberia distinguir.

– Onde estou? Exijo a presença de meus pais. De acordo com a constituição, tenho direito à minha defesa, devo ser submetida a um julgamento público na Cúpula de Justiça Federal. – Já sabia de que seria acusada. Não adiantava se valer das cúpulas estaduais, seu crime era nacional. Seria submetida à teia jurídica, indagada por suas ações, e o julgamento, transmitido pela biocentral para todos os interessados. Mas escapar da teia era sua especialidade.

Subitamente sua mente gelou.

– Acha que pode escapar para sempre, menina? – Vânia desviou a conexão dele facilmente. Essa finta neural era o talento ao qual o agente se referia. Mas daquela vez foi diferente. Viu-se bloqueada por uma conexão igual, em outra entrada. Como seria possível? Desviou novamente para uma terceira porta. Novamente o bloqueio. Três conexões. Sem saída. Estava cercada.

– Como fez isso? – disse, assustada. Quem era ele? Ou o "quê" era ele?

– Meu nome é Philip. – O segundo agente se aproximou. Uma cópia perfeita.

– Clones! – Mas como a invadiram ao mesmo tempo?

– Clones... Você sabe que isso é proibido, não? Mas eu não sou exatamente permitido. – Agora era um terceiro agente falando, aproximando-se por trás. – Você é curiosa. Posso ver em sua mente conturbada. – Os três falavam ao mesmo tempo com um sincronismo fantástico. – Ao menos desconfia o que eu seja? – Agora alternavam a voz. A fala era interrompida no exato momento em que outro a retomava.

– Sei que, de alguma forma, está em simbiose com os seus irmãos. – Virava a cabeça a todo tempo, sem saber a qual se dirigir.

– Não somos irmãos, somos um – disseram em uníssono. – Mas até agora isso era um segredo de estado.

Vânia ficou aflita. Por que o agente federal lhe contaria um segredo? Agora, mais do que nunca, tinha certeza de que seria desintegrada em uma cápsula de dissolução genética.

– Não somos bárbaros, menina! – disse, quase gargalhando. – Como é criativa. Cápsula de decomposição genética? Não somos assim. Exatamente por informações como essa estou lhe contando quem sou. Queremos que você entenda o porquê de tudo isso.

– Acha que não conheço a história oficial? Não sei o que foi o dia da libertação? Conheço tudo. Sei o que pensar das máquinas. Mas sei também que essa ditadura em que vivemos não é saudável. O governo controla a todos, até seus gostos. Eu luto pela democracia, não por um estado absolutista! – Ao dizer as últimas palavras arrependeu-se profundamente. Seu grito de liberdade a transformou instantaneamente em ré confessa.

– Mas é isso que precisa entender. Por que uma ditadura? Por que não uma democracia na qual todos possam escolher seu destino? Para que precisamos de um discurso único? – Naquele momento, as três conexões foram interrompidas. Sentiu um alívio imenso.

— Não posso ficar discutindo com um maluco. Ou três. Façam o que têm de fazer, me julguem ou me prendam. Só peço que soltem os meus amigos, eu assumo toda a responsabilidade. Eles apenas fizeram o que eu mandei, os coagi com a minha habilidade – mentiu. Mas não estava sob ataque neural. Podia fazê-lo sem risco. – E aí? O que vai ser, mané?

Então uma porta se abriu no meio do espaço vazio e uma anciã entrou.

— Não precisa ofendê-lo. Você me dá uma chance? – Sentiu um frio intenso e a mente gelou. A mesma sensação sufocante do dia em que fora capturada, mas agora mais forte. Era ela, sem dúvida. – Podemos dar um passeio pelo jardim da fortaleza? Quero lhe explicar algumas coisas. Nem tudo a história revela.

— Faça o que quiser, só me livre dessa opressão! – Estava a ponto de vomitar.

— Desculpe-me. Não controlo muito a abrangência da minha força neural.

◊

Ao ter a mente liberada, a jovem puxou o ar com esforço. Depois tossiu. Recobrou as forças.

— Por que a própria embaixadora da Libertad está aqui? – falou para a mulher. A voz ainda fraca.

— Por você, criança. Por você.

# Capítulo 7

Desceu em N'Djamena já à noite. Havia saído há apenas uma hora, mas não encontrou Rasul no local que o havia deixado. Processou as probabilidades de onde ele poderia ter ido. O resultado deu larga vantagem para um lugar específico, começaria a procurar por ali. Voou ao bairro boêmio da cidade e desceu entre becos de um conglomerado de artefatos tecnológicos sucateados e moradias de indigentes. Havia tantos deles humanos quanto robóticos convivendo como um só povo. Pompeu havia refletido sobre o que a Central dissera, ponderando se a integração não livraria seu povo de uma degradação iminente. Muitos androides estavam acostumados ao estilo humano de vida. Via nisso um paradoxo, máquinas almejando viver uma vida humana. Negavam seu raciocínio lógico e embarcavam em um loop de reiterações de simulação de emoções. Era falso, mas soava real. Aliás, o que era falso no mundo da consciência? A mente humana também era capaz de simular felicidade, tristeza, amor, a ponto de se enganar o suficiente para tornar aquilo subjetivamente real. As máquinas faziam o mesmo.

Lembrou-se de quem influenciara todo aquele movimento, uma decisão surpreendente que mudaria o destino dos dois povos.

Andava com dificuldade pelas vielas, tropeçando em bêbados e transeuntes indistinguíveis. Graças ao nível de hibridez com que alguns humanos se transformavam, era difícil diferenciá-los de ciborgues. Havia aqueles que trocavam todo o corpo, escolhendo formas completamente diferentes da anatomia humana, mas havia também os que só trocavam membros danificados, ou por peças biocibernéticas ou apenas genéticas. A única coisa inalcançável até agora era a hibridez do cérebro. Isso ficara num passado distante e nunca mais foi repetido. Não por falta de tentativas.

Parou em frente ao pub. Da porta, detectou com seus sensores olfativos o alto nível de tecanol que exalava do interior. Entrou determinado e se deparou com um punhado de humanos drogados e embriagados. Havia androides que se comportavam da mesma maneira, mas por outros meios, rodando softwares clandestinos de simulação de sentimentos. Pompeu usou sua rotina de angústia para contemplar aquilo tudo. Não era para isso que lutava pela individualização e pelo convívio entre as espécies. Se por um lado a Libertad era o extremo humano de evolução e se tornou um estado arbitrário, despótico e tirânico, a Central era a ponta da evolução das máquinas e estava para se tornar uma entidade única dominativa que no fim pouco se diferenciava do primeiro. No meio-termo disso tudo uma sociedade híbrida envolta na degradação. Haveria saída?

A Europa e o leste da Ásia, que se mantiveram neutros na guerra, há muito haviam dispensado suas centrais com medo das represálias da Libertad. Aos poucos também se desfaziam de suas IAs e tendiam a aceitar as matrizes genéticas das Américas. Entre eles, a África e Oeste Asiático mantinham-se firmes na convicção da harmonia entre os dois povos. Mas até quando?

◊

Havia ainda a Rússia. O país, mesmo antes das Guerras Drônicas, se isolara de todo o mundo. Com as fronteiras fechadas, nenhuma nação tinha qualquer informação do que se passava por lá. Um completo mistério que duravam noventa anos.

Chegou às capsulas de imersão e lá estava o garoto. Não havia usado tecanol nem ingerido álcool. Pompeu já havia lhe explicado os males de formação neural nas sinapses que isso causaria na adolescência, não poderia se dar ao luxo de comprometer a inteligência do jovem. Depois, na fase adulta, isso seria de sua livre escolha. Quanto à imersão em RV, o problema não era o dano, mas a alienação psicológica. Sabia que o garoto contava com ele para tirá-lo do transe. Nesses pubs da zona boêmia não havia limites para o tempo imerso. Desde que fossem pagas o suficiente, as casas mantinham humanos e máquinas em RVs pelo tanto que o dinheiro saldasse, incluindo alimentação. Havia gente imersa ali há dois meses. Mas isso era raro. Tanto pelos preços, muitas vezes exorbitantes, quanto pelos alertas de risco à vida devido à precariedade das máquinas. Os pubs não gostavam de propaganda negativa, não era bom que morressem em seus equipamentos. Quando detectado o risco, o cliente era acordado e deveria passar uma quarentena fora das RVs.

Identificou-se ao operador e exigiu que o garoto fosse desconectado. O homem era um híbrido, gordo da cintura para cima, mas as pernas cibernéticas eram finas e ágeis. Tinha a cara pouco amigável, mas reconhecera Pompeu imediatamente. Não contrariaria um robô conhecido em todo o continente por tão pouco. Ainda assim resmungou em voz alta:

– Ele está aqui há apenas quarenta minutos, o período mínimo é de três horas. Vou ter que cobrar o tempo cheio – disse, carrancudo.

– Não há problema algum, amigo. – Enquanto falava, os créditos eram transmitidos automaticamente.

A cápsula se abriu e o rapaz, ainda em transe, permaneceu inerte. Pompeu o puxou de dentro, enquanto aos poucos recobrava a consciência. Demorou um instante para que abrisse os olhos e desse um sorriso meio embriagado.

— Para quem estava com medo de perder uma referência familiar, você não demorou nada em se divertir. — O tom era sério, mas, como já sabia o porquê daquilo, não havia censura.

— Achou que eu ficaria sentado esperando em aflição a notícia de que você havia sido integrado? Preferi voltar às aulas de surfe em Pipeline.

Agora Pompeu ficara alerta. As RVs eram simulações absolutamente reais. Se Rasul fosse encaixotado por uma onda de seis metros, não sabia se aquela máquina precária em que estava conseguiria interromper a simulação antes que morresse afogado. E isso realmente ocorresse, seu subconsciente não conseguiria distinguir a situação da realidade e ele sufocaria. O jovem percebeu o que o androide estava processando.

— Confie em mim. Eu sou tão habilidoso na prancha quanto no pod.

O robô ainda cogitou ralhar com o menino, mas preferiu tomar uma outra atitude que vinha adiando.

— Você já tem treze anos, Rasul. Nas Américas esse é o limite da idade adulta. Claro que o nível axônico dos *spiritualis* está muito à frente do resto do mundo e o raciocínio é absurdamente superior devido às mutações genéticas reiteradas. Mas sabe o que não conseguiram ainda? Acelerar a maturidade psicológica. Continuam agindo com emoções adolescentes, apesar de todo avanço. Mesmo assim mantiveram a maioridade em treze anos. Preferem que tenham responsabilidade desde cedo, ainda que não haja discernimento e juízo suficientes para isso. Para eles pouco importa, desde que o raciocínio ultradesenvolvido seja usado para um fim específico. E qual povo já fez isso antes na história desse planeta? A Alemanha nazista no século XX em um momento de guerra e necessidade de superação perante as outras nações. Meninos se tornaram os combatentes mais ferozes, alguns antes dos onze anos de idade. Pois bem, a partir de agora vou lhe tratar como adulto, assim como faz a Libertad com seus jovens. Para toda decisão que tomar haverá um impacto e você arcará com as consequências. Veremos como se sairá.

Pompeu percebeu os olhos incrédulos e confusos do rapaz. Mas a intenção era essa, proporcionar a reflexão da responsabilidade de cada ato. Ainda assim não o deixaria arcar sozinho com os efeitos das decisões. Estaria sempre o supervisionando.

– Pegue sua mochila, vamos para Pretória. Precisamos ter uma audiência com o chanceler. Há uma decisão conjunta a tomar, uma decisão que envolve o mundo inteiro. – Apesar de não possuir qualquer feição humana, o robô parecia sombrio.

– Então me diga logo: o que houve em Nalalka? A harmonia está em risco?

– Sim, Rasul. Mais do que imagina.

# Capítulo 8

Finalmente se livrara daquele universo branco opressivo. A cor deveria dar uma sensação de serenidade, mas um cenário absolutamente níveo tem efeito contrário. Estava aliviada, enfim. Atravessavam agora o imenso saguão do prédio principal da fortaleza, construído com tons coloniais nostálgicos. Ao abrir a grande porta de liga ultraleve metálica da saída, um vento frio lancinante de início da manhã bateu no rosto da jovem, fazendo até seus ossos gelarem. Demorou um pouco para se acostumar. Quando conseguiu, pôde enfim vislumbrar o complexo. Vários edifícios em forma cônica se espalhavam a sua frente. O prédio principal em que se encontravam estava acima dos outros, o que lhe permitia contemplar, além do conjunto, o resto da plataforma montanhosa gigantesca. Percebeu onde estava e, apesar do corpo gelado, ainda conseguiu sentir um frio na espinha. Monte Roraima, Presídio Neural. Local onde mantinham presos rebeldes e dissidentes do governo. A pequena sessão de tortura que experimentou não havia sido nada segundo os relatos que conhecia.

— Vê-se claramente que está com medo. Não é preciso nenhuma intersecção em sua mente para saber. — Realmente não havia interferência em sua consciência. Ainda tentava entender o porquê. — Quer um casaco, meu anjo?

— Não, estou bem assim. — Não estava. Mas não daria o agrado à anciã de receber qualquer ajuda.

Caminhavam agora em direção ao jardim. A sensação de frio era aliviada à medida que o Sol subia no horizonte. Philip ia atrás. Em três.

A embaixadora puxou com força o ar matinal. Ao soltá-lo começou sua narrativa:

— Houve uma época, há não tanto tempo, em que homens e máquinas conviveram harmoniosamente em igualdade, nesta mesma terra em que vivemos. Foi um longo tempo de paz, em que o planeta prosperou na satisfação de seus habitantes. Nessa época nada faltava, não havia fome, não havia guerra, havia democracia e eleições livres.

A menina se espantou. Apesar dos rebeldes terem lhe dito que a Libertad era um regime ditatorial que precisava ser derrubado, nada foi dito em relação ao convívio humano com as máquinas. A história que ela conhecia era a oficial: os humanos conseguiram se livrar da ditadura cibernética. Estavam em um regime de opressão sob risco de serem exterminados a qualquer momento e conseguiram, por meio da revolução, expulsá-las do continente. Todas as IAs que não foram dizimadas se abrigaram no continente africano, onde ficava a Cidade Luz. A propaganda pública dizia também que o governo humano corrupto da África aceitava o suborno tecnológico, mas que a população vivia sob o regime da opressão, assim como há oitenta anos nas Américas.

— Diga-me, menina. Você já ouviu falar do Dia da Catarse?

— Sim, o dia em que as máquinas tomaram o poder central no Brasil. Pouco depois, o controle foi estendido para toda a América e o mundo.

— Não, querida, eu te disse. Muita coisa não faz parte da história oficial. Na verdade, esse foi o dia em que a humanidade foi salva do extermínio. Não só a humanidade, mas o planeta inteiro.

A garota simplesmente não acreditou.

— Algo assim estaria gravado na história de forma irreversível.
A anciã riu.

— Nada é irreversível, menina... Como eu dizia, naquele dia, a humanidade foi salva e alguém muito importante ajudou nisso. Infelizmente, tivemos que mudar essa parte da história. Precisávamos disso para criar um sentimento comum contra as máquinas. Isso foi necessário para que a humanidade não fosse extinta de uma outra maneira.

Vânia estava totalmente confusa. O que acontecera realmente?

— Seu nome era Edwardo... — A embaixadora falou com um profundo pesar. — Ele salvou o mundo. E também a minha vida.
— Por um momento a anciã pareceu catatônica. Subitamente retomou a narrativa. — Pois bem. Como você sabe, antes desse dia histórico o Condão determinava o destino das nações. O líder Jeremias o criou para que resolvesse as questões jurídicas, mas sabemos que tais decisões transcenderam esse meio, influenciando toda a humanidade. O problema é que um mundo jurídico forte pode levar a um controle total da livre vontade de um povo, uma ditadura.

— E em que isso se diferencia do sistema de hoje, a não ser pela presença das máquinas? — desafiou a jovem de forma retórica.

— Muito. É a diferença entre existirmos ou não. Mas chegaremos lá. — A anciã a respondeu enigmática, não a convencendo. — Bem, a partir desse dia a história oficial se diferencia da real. Jeremias não foi assassinado pelas máquinas a mando do Condão. Não houve o tal golpe de tomada de poder pelo software. Pelo contrário, a assembleia legislativa federal foi reconstituída e houve eleições diretas para a escolha de um novo governo. Havia cinquenta anos que não ocorriam. Edwardo foi praticamente aclamado, sua influência era enorme no mundo inteiro. Então o planeta entrou num novo período de paz. E foi aí que renasci.

A menina tomou um susto. Outro clone?

— Eu era apenas uma matriz genética digital preservada por Jeremias, há muito, muito tempo, em um período chamado de

Grande Praga. As matrizes foram revividas por Ed aos poucos após o Dia da Catarse. Eu fui uma das primeiras. Pude rever e conviver novamente com meu pai e, de certa forma, também com minha mãe. Mas isso não vem ao caso agora. Vou lhe contar tudo com o tempo. Não esconderei nada.

Vânia estava realmente curiosa, e não mais aflita ou receosa. O interesse adolescente sobrepujou qualquer zelo antes predominante.

– Pois bem, a harmonia era total entre máquinas e homens. Nossa confiança era absoluta. O Condão continuou determinando a justiça e cada vez mais a humanidade dependia delas, mas ninguém via nisso um problema.

– E esse foi o maior erro. – Pela primeira vez, Philip se manifestara. Sua intromissão foi tão inesperada que a garota se assustou. – A natureza cibernética não é capaz de entender a alma humana. Mesmo sem uma intenção clara, nós caminhávamos para nossa destruição.

◊

O tom do agente foi tão agudo que Vânia se arrepiou.

– Depois de reanimada, aos 11 anos de idade, passei a estudar na Escola Virtual do Rio de Janeiro. As EVs haviam evoluído muito nos anos anteriores. Uma nova tecnologia surgira. Era quase impossível distinguir o ambiente real do virtual. Assim como todos, eu dividia meu tempo entre o mundo real e a RV, mas cada vez mais eu sentia a necessidade de estar imersa. Não era um sentimento incomum. A maioria da população passava algum tempo do dia nos universos virtuais. Não percebi no início, mas era como uma droga. As máquinas haviam criado diversos mundos, ambientes inimagináveis. A imersão era uma espécie de alienação viciante. Enfim, passou a ser algo tão comum quanto comer ou beber. Quase ninguém deixava de usar a RV diariamente, fosse por máquinas, fosse por dispositivos óticos cada vez mais sofisticados. Com isso, muita gente passou a interagir apenas na RV, sem sair de casa.

Outro relato surpreendente. Vânia já estudara sobre o Período de Imersão, mas o que lhe fora contado era que as máquinas forçaram a humanidade a viver imersa com o objetivo de manterem-na aprisionada sem extingui-la. Algo como um cativeiro perpétuo.

– Eu tinha cerca de 22 anos quando me formei em biogenética, como minha mãe. Foi nessa época que percebi que algo estava errado. Passei a questionar com mais ênfase aquela dependência psicológica da realidade alternativa. Estava claro que os humanos se habituavam facilmente ao estado virtual. Não havia riscos de acidentes reais, as facilidades eram pré-programadas, assim como as dificuldades. Era um mundo cômodo de fantasia com regras brandas. Percebi que a humanidade estava se adaptando a um novo ambiente. Isso sempre fora comum na nossa história, acontecendo diversas vezes no decorrer das eras, uma capacidade intrínseca ao ser humano. A diferença era que dessa vez não seria uma adaptação predominantemente física, mas psicológica.

Vânia caminhava completamente absorta, sem reparar na deslumbrante vista ao seu lado. Por sobre o platô do monte Roraima, o Sol já ia alto. A temperatura chegara aos dez graus e já não incomodava tanto.

– Então resolvi entrar no debate com outros estudiosos do assunto, principalmente dos ramos da psicologia e sociologia, ciências estas que haviam retornado à tona após o Dia da Catarse. Para minha surpresa, não era uma discussão nova, muita gente já questionava o tema no país e no mundo. A discussão ficou mais acalorada no decorrer dos meses e a pauta chegou à Assembleia Federal. Decidiu-se que haveria uma eleição para determinar os limites da RV na América do Sul. Mas era uma matéria global, praticamente todos os blocos internacionais se mobilizaram no mesmo sentido.

A menina continuava atenta, mas um trovão ao longe a distraiu. Virou-se e viu que o tempo estava turvo naquela direção.

– Pelo fato do assunto ser comum a todas as nações, marcou-se uma data mundial única para o pleito. Antes disso houve as defesas. Pelo lado da continuidade, as máquinas e os defensores alegaram que um humano seria sempre um humano, pensando e agindo como um, estando em uma RV ou não. Pelo lado contrário havia os religiosos, que pregavam que o homem estava abandonando uma vida terrena dada por Deus para ingressar em outro mundo desprovido de almas e fornecido por uma criação do homem. Também havia aqueles que pregavam simplesmente que o ser humano estava abandonando sua forma física e se integrando a outro universo dominado pelas máquinas. A lição da criatura monstruosa derrotada por Ed no Dia da Catarse não valera de nada? Não estariam indo para o mesmo caminho?

Ao mesmo tempo em que tentava imaginar que raios de criatura seria aquela, a jovem sentiu uma lufada de vento gelado e úmido no rosto. A temperatura voltava a cair.

– Foi um massacre. A continuidade venceu por mais de 4/5 dos votos e isso se repetiu no mundo inteiro. As RVs seriam mantidas. O povo se sentia melhor alienado, foi a triste constatação a que nosso grupo chegou. Mas não paramos, continuamos militando em alerta ao perigo dos exageros. No decorrer dos anos, a situação piorou. As durações de imersão foram aumentando de forma exponencial. Já havia aqueles que passavam dias imersos se alimentando por tubos. Nosso grupo de resistência passou do estado de "preocupado" para "temerário". Aquilo não teria fim? Mas acredite, a situação se agravou. Graças ao gesto de uma máquina.

Agora eram rajadas de vento e chuva. Os relâmpagos estavam cada vez mais próximos. O cabelo da embaixadora dançava ao vento insano, mas ela não parecia se importar com nada.

– Um gesto de um androide que lutara contra Jeremias no Dia da Catarse. Esse robô era companheiro inseparável de um homem,

Henrique. Ambos serviam à guarnição do Comando Municipal do Rio de Janeiro, até que um dia o militar ficou gravemente doente. Um distúrbio atingiu seu cérebro, sendo descoberto em estágio avançado devido à aversão do comandante a exames. Não havia como substituir sua mente e ele morreria. Foi aí que o androide, Públio era seu nome, tomou a surpreendente decisão de "morrer" ao seu lado. Claro que Henrique tentou demovê-lo da ideia, mas Públio tinha alcançado um nível de humanidade tão alto que o permitia tomar tal decisão. Pela primeira vez, um androide escolheria seu destino por uma emoção oriunda dos softwares simuladores. As máquinas refizeram as estatísticas e concluíram que havia uma lógica matemática na mensagem do robô, ainda assim insuficiente para justificar uma autodestruição. Isso gerou uma reação em cadeia entre os autômatos que mudou seu comportamento para sempre. Mas o pior ocorreu com a humanidade. Esse gesto foi a senha definitiva para que a imersão fosse plenamente aceita. A humanidade passou a entender as máquinas como irmãs e as críticas à imersão se tornaram um desafio quase impossível.

    A menos de cinquenta metros, um raio despencou atingindo um poste de luz que foi arremessado a mais de vinte metros. Vânia teve um sobressalto. Estavam em risco ali, não viam isso? A anciã parecia cada vez mais afetada pela narração. O cenário caótico combinava com tudo.

    – Passamos a militar dentro da realidade virtual para sermos mais efetivos. Tentávamos convencer as pessoas de que era necessário diminuir o tempo nas RVs, distribuíamos panfletos com estudos, buscávamos espaço na mídia. Mas o que era a mídia? Dentro de cada RV um universo, um conjunto de notícias e acontecimentos diferentes. Isso soava tão fantasioso como a própria realidade virtual. Foi quando soube de algo que gelou meu coração. Não podia acreditar. Corri para o centro tecnológico dentro da própria RV e confirmei pessoalmente: uma máquina de imersão no próprio mundo virtual.

◊

    A jovem esqueceu-se do perigo. Estava fissurada na narrativa, mal percebendo que raios dançavam a sua volta destruindo tudo: veículos, construções. O vento forte quase a tirava do solo. Ainda assim mantinha a atenção fixa na alucinada mulher a sua frente.
    – Qual seria o sentido daquilo? *Compenetração* era a palavra usada pelo governo, que agora encarava a RV como parte oficial do programa de estado. A ideia era aumentar o nível de imersão cada vez mais para alcançar estados superiores de raciocínio. Uma forma de aprimoramento da inteligência humana. Mas era insano. Não entendiam que havia uma limitação física do homem para aquilo? *Obstáculos serão superados.* Superados como? A não ser que se transforme raciocínio biológico em digital, nada poderá ser feito. E se o fizessem, a humanidade acabaria! Minha angústia aumentava à medida que máquinas de imersão iam se propagando pelos universos virtuais e cada vez mais pessoas imergiam dentro da imersão. E não sabia qual era o limite daquilo. Em que nível estariam essas pessoas? Percebi que tudo saíra do controle quando ao panfletar na rua me disseram que eu estava louca. *Não estamos imersos. Eu nem entro nessas máquinas.* Diziam. Não se davam mais conta de que estavam em RV, talvez nem soubessem mais como sair. Ou não quisessem. Então tomei uma decisão dramática. Precisava ver Ed.
    Um relâmpago caiu ao lado dos cinco e o deslocamento de ar arremessou-os sete metros para trás. Os três corpos de Philip caíram em pé, um deles segurando a embaixadora no colo antes que alcançasse o solo. Vânia não teve a mesma sorte e rodopiou duas vezes no ar até estatelar as costas no chão. Havia um corte profundo no braço e ela gemeu alto. A anciã, já em pé novamente, ignorou a situação da garota e continuou:
    – Entrei em contato com a Central. Era a única forma de ter acesso a Ed. Sabiam quem eu era, não foi difícil conseguir uma

audiência. Mas exigi que fosse presencial, nada de RV. No mesmo dia subi para Petrópolis. Como sempre a mansão do líder se encontrava apinhada de gente à porta. Ed detestava ostentar qualquer tipo de riqueza, mas o papel que desempenhara no Dia da Catarse o transformou em uma espécie de deus vivo. Ele aceitou tal condição a fim de manter as diretrizes do governo. Odiava aquilo tanto quanto sua esposa, Sílvia, que por sinal era bem menos tolerante àquelas romarias e quase nunca estava presente em audiências. Assim que soube que eu havia chegado, Ed suspendeu as visitas e me recebeu. Quando entrei em sua sala, o peguei sentado em uma poltrona à janela apreciando, ao longe, o lago Quitandinha em formato de mapa do Brasil. Mas eu não estava muito disposta a interpretar simbologias naquele momento.

*Bom dia, Ed* – disse secamente. – *O assunto que vim tratar é grave. Você deve saber do que falo.* – O líder levantou-se calmamente. – *Sim. Acompanho sua cruzada em prol da realidade. Aliás, Sílvia tem feito as mesmas ponderações que você. Está irritada e aflita como nunca. Não consigo ter quinze minutos de conversa com ela sem que toque no assunto.* – Aquilo reforçou meu ânimo. – *Então, Ed. Sabe que isso tem que parar. Sílvia não erra nas suas convicções.* – Era uma apelação emocional, talvez inútil. Mas eu estava aceitando qualquer estratégia. – *Melissa, tudo o que está ocorrendo foi decidido pela própria humanidade, a imersão é uma escolha voluntária. Veja bem, eu mantive uma promessa a Jeremias, de que não deixaria o Brasil cair de novo na degradação imposta verticalmente ao homem pelo homem. Você estudou a história. Lembra que a pobreza, a fome e a violência reinavam, sabe que aquilo era um método de perpetuação de um grupo dominante que se valia da corrupção das instituições para se manter no topo da pirâmide, não importando as desgraças que ocorriam em sua base. Jeremias acabou com aquilo por meio do Condão, mas como efeito colateral terminou por suprimir a democracia, jogando toda a sociedade em um poço de alienação constante de satisfação. Era uma ditadura simulada, aprovada por uma população ignara. Antes de morrer, o líder me fez prometer que não voltaríamos ao primeiro estágio. E da minha parte também não teríamos o segundo, mas para isso necessito da democracia e da livre escolha. Hoje, a sociedade decide seu destino sem interferências e sem qualquer risco de volta ao estágio em que vivíamos. A RV é simplesmente parte disso, um ambiente de democracia escolhido pelo homem.* – Não estava acreditando naquilo. Ed não entendia? – *Como assim, Edwardo? Estamos entrando novamente em um ambiente alienante, um universo manipulado e mascarado de realidade. Onde está nossa liberdade nisso? Nas RVs é impossível saber o que é real ou fictício. Até as relativizações de bem e mal podem ser deturpadas.* – Ed não se rendeu. – *Qual a diferença de uma RV para o mundo real, afinal? Não é tudo uma representação daquilo que acreditamos existir? As leis, a moral, a ética, até as formas, nós moldamos praticamente tudo sob nossa ótica. É tudo subjetivo, Melissa. Além disso, estamos imergindo cada vez mais em direção à simbiose. Estamos fazendo isso gradativamente. Nós somos humanos, dentro ou fora de uma RV, continuamos com nossa natureza, mas caminhamos para um lugar-comum. Não tresloucadamente como queria Jeremias, mas de forma paulatina. Chegaremos lá.* – Era isso. Ed queria a integração, assim como o antigo líder. No fim, ele queria a tal consciência única. Eu não podia crer. Resolvi atacar de forma mais dura. – *Logo você, Ed. Logo você vem falar de natureza humana? Qual a sua natureza, afinal? Eu sei o que você é. Agora entendo o porquê dessa fixação pela integração. Quer nos arrastar novamente para aquela monstruosidade.* – Mas ele não se abalou. Continuou sereno: – *Continuo humano, jovem. Meu raciocínio é compartilhado por circuitos axodrônicos, mas continuo homem. É uma questão de autoentendimento e autodeterminação. Na verdade, tudo é uma questão de autodeterminação, não? Veja.*

*Contemple esse mundo real a sua volta. Você não o acha perfeito? Olhe os detalhes, as cores.* – Não entendia aonde ele queria chegar. Segui sua linha.

*Sim, é perfeito. Exatamente para isso que eu brigo. Para que fiquemos nesse mundo perfeito e original. Não precisamos da RV.* – Então ele virou-se para a janela, em direção ao lago. – *É tudo uma questão subjetiva, Melissa. A realidade está no que você acredita.* – Então meu coração gelou. A um gesto de sua mão, toda a água do imenso lago à frente se elevou. Ed continuou erguendo aquela gigantesca massa líquida até o céu. Com a ponta dos dedos escreveu uma palavra na tela azul, usando o enorme volume d'água como tinta. Olhou para mim. Eu tremia incrédula. Voltou-se novamente ao céu e pôs uma interrogação no fim. "REALIDADE?" Eu estava imersa! Há quanto tempo? – *Que diabos, Ed! Quem me colocou aqui? Por que estou presa? Responda-me agora!* – O homem virou-se para mim. Os mesmos olhos calmos e castanhos. – *Você mesma, há dois anos.* – Fiquei apavorada. O que eu fizera? Ed estava mentindo? Não importava. Eu queria sair dali. Queria a liberdade. Depois saberia o que houve, mas, naquele momento, estava sufocando. Se tudo era fruto da imaginação, poderia morrer naquele inferno. Passei a espancá-lo. – *Tire-me daqui! Agora! Por favor! Tire-me!* – Chorava descontrolada. Então acordei. Puxei forte o ar enchendo os pulmões. Havia tubos na minha boca, mas não consegui tirá-los. Não havia força nos braços, mesmo com a supervisão da máquina de imersão. Não era uma atrofia. Eu desaprendera a me mover. Por fim, com toda a força que consegui reunir, eu gritei.

– Você está louca! – Vânia se levantara em meio àquele pandemônio anárquico e fitava a anciã. Um ciclone, a cerca de cem metros, suspendia um drone terrestre no ar, que rodopiava desgovernado. Incêndios em prédios e incontáveis relâmpagos regados a uma chuva torrencial e um vento indomável completavam o trágico panorama. – Não acha que vou acreditar que a humanidade ficou imersa por livre e espontânea vontade sem ao menos perceber onde estava, né? Já fez sua tentativa, senhora. Eu acredito na democracia, acredito na liberdade. Não vou crer em uma ditadura insana nem em mentiras de uma anciã lunática. Façam o que quiserem, me prendam, interroguem e julguem. Mas me poupem desse discurso ridículo.

Os três Philips riram copiosamente. Vânia respirava de forma rápida, quase ofegante. Estava furiosa e pouco se importando com o braço que latejava, escarlate. O sangue escorrendo em abundância. A embaixadora sorriu, levemente sarcástica.

– Não faremos nada disso, criança. Nada disso. Tudo dependerá do que você acredita. – Olhou para cima, o que fez com que a menina também olhasse. Doze metros sobre sua cabeça, um enorme reator solar, que devia ter o tamanho de um pequeno edifício, estava suspenso no ar, como se não houvesse gravidade.

– O que... O que é isso? – A menina estava apavorada.

– Isso, filha, é destino daqueles que não abraçam nossa natureza.

Então, como se um cabo se rompesse, a enorme estrutura despencou. Vânia teve tempo apenas de gritar com todas as forças antes que a massa de cinco toneladas de metal lhe atingisse, esmagando todos os ossos do seu corpo com uma dor excruciante.

# Capítulo 9

Pretória estava linda sob o céu límpido noturno. As luzes estendiam-se a perder de vista em todas as direções. A cidade havia perdido certa importância mundial devido à guerra, mas ainda era um relevante centro turístico, atraindo pessoas de todos os continentes da Coligação. Rasul sempre se admirava ao ver a rede de tubos de trens a vácuo do céu, propositadamente na superfície, ramificando-se em um emaranhado infinito de canais que criavam um desenho complexo e bonito. A metrópole era a própria propaganda de exportação de tubos metálicos. Um cartão-postal vivo e pulsante.

A capital do continente africano era cercada por uma camada invisível que protegia o espaço aéreo, só podendo ser transposta por uma autorização extraordinária. Pompeu a tinha, tanto quanto a permissão ao Palácio do Governo, cujo cinturão virtual era menor e mais seguro ainda. Qualquer erro na paridade da autorização e o intruso era dizimado por um feixe eletromagnético. Aproximaram-se do pátio da fortaleza, onde o chanceler Siel Smid os esperava pessoalmente. Aterrissaram ao lado das estátuas gigantes de Edwardo e Jeremias, feitas em material ultraleve das ligas de molibdênio, as mesmas de trens a vácuo. As imagens de sete metros apertavam as mãos, como que celebrando um pacto.

Jeremias só era venerado na África e no Oriente Médio, ao contrário de Ed, que era idolatrado no mundo inteiro, razão pela qual tais esculturas em par só existiam naquela região.

– Salve, Pompeu. Grande amigo.

Smid era muito amável e um grande defensor da harmonia. Na verdade, aquela era uma característica africana. Os povos do continente adoravam Jeremias por tê-los livrado do estado de miséria a que estavam condenados até o século XXI. Foram os únicos que ficaram do lado do líder no Dia da Catarse. O respeito e o amor pelas máquinas derivavam da própria afeição do antigo governante por elas. A aproximação era ainda maior entre os dois, já que Siel também lutara nas Guerras Drônicas ao lado de Pompeu, dando suporte e acolhendo as máquinas na Grande Fuga.

– Salve, chanceler. Lamento que não tenha vindo lhe dar boas notícias.

– Não se importe com isso. Vamos entrar. Venha, Rasul. Deixe o pod aí, não se preocupe. Tome um chá comigo enquanto ouvimos nosso amigo de lata lamuriar-se. – Virou-se sorrindo e dirigiu-se à entrada do palácio, seguido do jovem e do androide.

Já no grande salão ministerial, com a xícara de chá na mão e ouvidos atentos, o semblante do governante perdia o entusiasmo e se tornava tenso à medida que Pompeu narrava o encontro com a Central. Os olhos drônicos prateados do sul-africano estavam baixos e as mãos inquietas.

– Caro amigo, não imaginei que a Central pudesse ameaçar a sua própria gente. Se já não bastasse a tensão da Libertad sobre nós, ainda teremos que defender nosso povo cibernético da integração das máquinas. Não creio que tenhamos chance, mas lutaremos.

– Na verdade, chanceler, não acredito que a Cidade Luz esteja nos ameaçando. Entendo como uma chamada às armas.

– Mas a Central foi clara em dizer que pretendia integrar todos – disse, surpreso.

◊

— Essa proposição é válida. Mas a máquina garantiu que não obrigaria nenhuma IA, deverá ser um ato voluntário. Também entendo que a afirmação em que diz que as que não o fizerem serão destruídas tem a ver com a intolerância da Libertad. O próprio apelo que me fez deve ser entendido como uma chamada. A Central sabe que condeno a integração, que sou fiel defensor da harmonia e da individualidade. Ela quer que nos armemos. O aviso mais importante é que a Libertad vai avançar para uma guerra final no prazo de no máximo dez anos. Não sei qual a estratégia de guerra que ela adotará, mas a nossa já está predefinida.

O governante assentiu com a cabeça.

— Faz muito sentido isso tudo, Pompeu. E não temos outra opção a não ser acreditar nisso, já que uma guerra contra a Central no próprio quintal nos dizimaria, dando uma vitória fácil à Libertad. Convocarei os Generais dos oito estados e estabelecerei contato com o Comando da Coligação Internacional para discutir a adesão à guerra. Por fim, tentarei uma conexão com a Rússia, apesar de não ter muitas esperanças de retorno. Qual a garantia de que teremos ainda esses anos de preparação pela frente e de que a Libertad não atacará imediatamente?

— Nenhuma. Pelo menos não me foi passado nada. Mas a Central pareceu bem segura sobre isso, então acredito no prazo.

— Não vamos contar com todo esse tempo. Estaremos prontos bem antes disso e, se for preciso, a iniciativa será nossa. Estejam em Trípoli em 15 de dezembro. A conferência da Coligação será lá.

Até então, Rasul ouvia tudo atentamente. A adrenalina que corria no seu corpo não condizia com a imobilidade do rapaz, sua alma estava a mil. Iria para a guerra. Já esperava que isso acontecesse, mas não tão rápido. Subitamente se espantou. Precisava contar para Siham que a amava! Não poderia morrer com esse segredo, sem se entregar aos braços dela. Reprimiu-se por parecer um adolescente idiota em seus pensamentos, mas era exatamente isso que queria. Não importava. Assim que a visse novamente contaria tudo. E o futuro a Deus pertenceria.

# Capítulo 10

—Não! – O grito soou límpido no universo branco em que se encontrava. A dor dos ossos quebrados era lancinante, mas seu corpo estava íntegro.

– Bem-vinda de volta à vida, minha cara. – A anciã falava tranquilamente em pé ao seu lado enquanto lhe retirava o visor de imersão. – A dor diminuirá aos poucos, por enquanto é melhor ficar imóvel.

– O que houve? Achei que tinha morrido. Senti a morte, na verdade.

– A sensação de vida, assim como a dor, é real. Não há distinção na mente humana sobre isso. A RV é um novo universo, poderíamos passar anos naquele lugar. Felizmente, temos controle sobre essa máquina. Serve para mostrar aos céticos o real perigo que nos ronda. Desculpe-me, menina. Fui obrigada a isso, pois já sabia que sua reação seria aquela. Precisava provar a você.

Vânia não tinha ideia do que era aquilo, fora a primeira vez que havia experimentado uma imersão. A lembrança do cenário lhe dava calafrios.

– Como fui parar naquilo? Não há diferença da realidade. Aliás, como vou saber se já não estou imersa? – Arrepiou-se, a vontade de se beliscar era incontrolável, mas o braço doía tanto que a impossibilitava de se mexer.

– A única garantia de que você não está no inferno virtual é a de que estamos nos domínios da Libertad. Em qualquer outro lugar do mundo não haveria o controle estatal para lhe garantir isso. Nós a pusemos na máquina enquanto conversávamos, você sequer percebeu quando Philip lhe colocou o visor. – Vânia estava incrédula, os olhos arregalados. A vontade era de pôr a mão na face para verificar se não estava novamente com o equipamento diabólico. A anciã riu. Já havia invadido novamente a mente da menina. – Você não está mais imersa, confie em mim. Nós também não, já saímos. E agora podemos tirar esse dispositivo ótico. – A embaixadora pôs dois dedos no olho esquerdo e retirou a lente. Um dos Philips fez o mesmo. – Vejo que está querendo se machucar para verificar se está na RV, mas isso não adiantaria.

Melissa se sentou na ponta da cama da menina e retomou a narrativa de onde havia parado:

– Após acordar naquele apartamento insólito e abandonado, tive a mesma sensação que você, criança. Quando consegui me levantar, a primeira coisa que fiz foi ir à cozinha, pegar uma faca de pão e cortar meus braços inúmeras vezes. A dor me dava a sensação de vida, mas eu sabia que a ação era inútil, ainda era possível que estivesse imersa. Como Ed pôde ter feito aquilo? Ele havia dito que eu pedira. Não entendia. Resolvi nunca mais me aproximar daquele louco e do seu sonho insano. Só que não podia ficar apática, deveria começar uma luta, agora no mundo real. Tomei um banho gelado propositalmente, queria avivar a realidade. O tato era meu sentido mais aguçado naquele momento. Vesti-me rapidamente com roupas cobertas de poeira, peguei minha lente ótica que, felizmente, ainda estava ativa e desci. Foi quando percebi com clareza o que Ed falara: a humanidade escolhera aquele destino. Havia pouquíssima gente nas ruas. Uma questão de tempo para que todos caíssem na RV e lá ficassem eternamente.

Dirigi-me à casa de uma amiga de militância. A coitada não sabia que estava imersa, assim como eu. Peguei a esteira do Aterro até Copacabana sem ver uma alma nas praias ou nos calçadões. Subi ao seu apartamento pelas escadas para sentir cansaço, para me sentir real. A porta estava trancada e não adiantaria bater. Felizmente era madeira antiga. Não tive dúvidas, meti o pé com força. Inútil. Ainda estava fraca. Corri os olhos pelo corredor e me deparei com um extintor. Com muito esforço consegui apará-lo. Cheguei novamente à porta, ergui-o o mais alto que pude e soltei. A base pegou em cheio na maçaneta, mandando pedaços de alumínio para todos os lados, mas ainda estava trancada por dentro. Reanimei as forças e a golpeei com o pé novamente, umas três vezes até que a porta cedeu. Corri para o quarto e Cíntia estava deitada, inerte sob o visor da máquina. Sem perda de tempo, desliguei a geringonça de tormento. A mesma coisa que aconteceu comigo se deu com ela, acordou puxando ar com força. Na pressa, eu havia me esquecido dos tubos. Corri para ajudá-la. Ao recobrar os sentidos, ela me olhou aflita. *Melissa? O que houve? Eu estava panfletando na Escola Biotécnica da Gávea e de repente estou aqui.* – Segurei em sua mão para tentar tranquilizá-la. – *O mesmo aconteceu comigo, Cíntia. Fomos enganadas. De alguma forma nos colocaram em uma RV. Tudo que vivemos esses dois últimos anos foi falso. Ou, pelo menos, não foi real.* – Arrepiou-se, lembrando de que Ed dissera que a realidade é uma questão subjetiva. – *Mas agora temos que acordar os outros. Precisamos fazer algo sobre isso.*

A dor estava cedendo. A biohacker então começou vagarosos exercícios com as mãos enquanto ouvia aquela que fora sua inimiga por tanto tempo. Ela falava com coerência. Temia acabar por entender o porquê de uma ditadura.

– Libertamos nosso grupo, um a um, primeiro Teresa e depois os gêmeos, que estavam imersos em uma mesma máquina. Assim que resgatamos todos, resolvemos acordar os habitantes, era o necessário para poderem entender o perigo que corriam.

Mas, ao chegar à primeira residência, fomos impedidos por um drone terrestre. *Essa missão acaba aqui, doutora Melissa. Elevar cidadãos atenta às regras do direito individual e não é permitida pelo Condão. Só a deixamos agir assim com seus amigos por uma concessão dada diretamente pelo líder.* – Elevar era a palavra. Claramente sugeria que a proibição se estendia às imersões no mundo virtual. Havia lei dentro das máquinas. Senti um calafrio. Será que estava mesmo no mundo real? Eu tinha que acreditar, era meu dogma de fé. No entanto, o grupo ficou de mãos atadas. Como convencer a população imersa? Poderíamos fazer isso com os remanescentes que ainda estavam no mundo real, mas não era suficiente. Menos de 30% da população estava fora, uma gente que permanecia fiel à realidade, mas que com o tempo sucumbiria. Mesmo essa parcela, usava a RV eventualmente. Além disso, não queríamos mais entrar nas máquinas. O medo de estar preso novamente era sufocante.

Vânia já podia mexer os braços. Não resistiu e se beliscou. Dor. Parecia ser o mundo real. Continuou exercitando os braços em movimentos leves, com algum esforço. A embaixadora não pareceu se importar.

– Sem muita perspectiva, revisei a minha vida nos dois anos anteriores, período em que Ed dissera que eu estava imersa. Buscava fragmentos do momento em que houve o choque de realidades, mas nada parecia evidente, nem para mim nem para o grupo. De alguma forma houve uma continuidade imperceptível. Retornei às lembranças de um tempo anterior aos dois últimos anos para verificar quem não estava mais presente. Então me lembrei de pessoas que não via há muito tempo. Celeste era uma delas, a única clone de minha mãe que eu tinha contato, já que a maioria havia se espalhado pelo mundo. Como achá-la? E por que sua memória parecia tão distante? Não importava, tentaria encontrá-la, era uma militar de alta patente e sempre fora determinada. Se não me ajudasse, pelo menos me ouviria, o que no momento era um ponto de partida. Liguei o dispositivo ótico e procurei em broadcast por seu contato. Foi fácil achá-la. Estava lotada no Departamento Federal de Segurança. Mas seu status estava inativo há algum tempo. E agora, o que havia acontecido? Procurei pelo seu marido, Jânio. Inativo, assim como seu filho, Alessandro. Praguejei, seria obrigada a ir ao Instituto de Biotecnologia. Não queria encontrar Sílvia. Se ela soubesse que estava procurando Celeste, poderia me entregar ao Comando e não queria dividir meus planos com as máquinas e muito menos com Ed. Por outro lado, seria a chance de jogar na sua cara todo aquele projeto dos infernos.

A garota se sentara na cama, com a ajuda de um dos Philips. Movia-se normalmente, mas já sentia de novo a aflição do universo branco a sua volta. Fez menção de se levantar, mas um choque gelado em sua mente a paralisou. Entrara na teia.

– Continuaremos por aqui, anjo. – Toda a conversa passou a ser telestésica a partir daquele momento. – Preciso que esteja em simbiose comigo, saberá o porquê daqui a pouco. – A anciã permanecia muda, mas sua voz soava grave na fronte da menina. Vânia estava inerte, entregue à força mental da embaixadora.

– Fomos os cinco ao instituto. Estava quase deserto. Soubemos que a maioria dos funcionários preferira continuar o trabalho dentro da RV. Isso não fazia tanto sentido, já que o trabalho era biológico. Como criar vida dentro de uma máquina? Então percebi que sim, era possível. Não seria um organismo vivo, mas uma réplica perfeita deste, com todas as características genéticas. *Querem nos roubar a vida! Não só dos humanos, mas de toda a biosfera. E sabe-se lá onde pararão!* Irrompi o laboratório em busca de Sílvia, mas me deparei com outra pessoa. Ao vê-la, tomei um choque e perdi os sentidos. Quando os recobrei, o homem me segurava nos braços, sorrindo. *Então você conseguiu. Escapou.* – Já lembrara seu nome, Rusov. E tinha mais. Balbuciei: *Eu te conheço. Nós...* – Ele não me deixou completar, me beijando antes. Depois apenas disse: *Sim, Melzinha.* – Então, num flash, toda a memória se refez em minha mente. Levantei-me num rompante. – *Fomos nós! Nós que pedimos a Ed que apagasse nossa memória recente e nos pusesse em uma RV de imersão absoluta. Queríamos mostrar que a indignação com o universo virtual nos traria de volta de uma forma ou de outra, que seria inevitável acordarmos. E conseguimos.* – O choque de memória fora programado. Assim que houvesse uma revelação, todos a recobrariam ao mesmo tempo. Seria um chip? Ou algum truque na manga de Ed? Teresa foi a primeira depois de mim a reintegrar todas as lembranças e me disse apreensiva: *Na verdade, Melissa, só você foi capaz de acordar. Confesso que já estava perto de desistir da militância. Iria para a Europa fazer doutorado, inclusive usando a super RV de Oxford. Passaria dois meses imersa para aprofundar minha tese.* – Arregalei os olhos, mas não a condenei, apenas confirmei a suspeita. – *Sim, eu mesma poderia não ter saído. Aquele calabouço sem grades é capaz de hipnotizar o mais cético dos humanos, outra razão para que nossa luta continue.*

    A simbiose aumentava a cada momento. Vânia não estava mais apenas ouvindo a narrativa, vivenciava os acontecimentos baseados nas lembranças da anciã. Fazia parte do cenário, agora. Visualizou o rosto de Rusov, pouco mais velho que Melissa. A biogeneticista encontrava-se ao seu lado. Era linda, deveria ter uns 26 anos. O nível de realidade da teia era tamanho que sentiu que poderia tocá-la. Assustou-se com o grito repentino da moça.

    – Rus! Perdoe-me por tê-lo deixado por tanto tempo. Nunca imaginei que ficaria mais que dois meses imersa. – A expressão de remorso era sincera.

    – Pensarei no caso. Não sabe quantas vezes tentei entrar naquele apartamento para soltá-la. Todas as vezes fui impedido por drones terrestres. Achei que a tinha perdido. – Seu rosto era amargo. – Eu pensei em imergir, mas você não se lembraria de mim. Fazia parte do acordo que não houvesse uma lembrança marcante externa. Mas veja, eu continuei o nosso projeto. – Apontou para a imensa mesa ao centro do laboratório.

Vânia percebeu quando os olhos de Melissa brilharam.

– Sim! Estávamos trabalhando com evolução genética para melhorar os níveis de conexões sinápticas. Buscávamos nossa própria evolução, algo como o salto de cem mil anos atrás, quando surgiu o *homo sapiens* arcaico ou há vinte mil anos, com o *sapiens sapiens*. Mas, pelo que me lembre, estávamos empacados na evolução biológica por limites físicos do corpo humano.

– Exato. Não poderíamos trabalhar com os princípios de seleção usados pela natureza para nos dar inteligência baseados no aumento do volume do cérebro, tínhamos que mudar por completo o rumo da evolução, trabalhar com uma vertente completamente nova: aumentar as conexões.

– Isso mesmo. – A excitação da garota transbordava para Vânia. A adolescente sentia-se como um espírito presente flutuando em éter de ícones reais. – E o que conseguiu?

– Você não vai gostar muito de saber.

– Não ouse me esconder!

– Eu usei a RV, Mel. Usei a RV para avançar na evolução.

A biogeneticista se levantou abruptamente passando por dentro do corpo de Vânia, que foi capaz de sentir sua presença. Com o susto se moveu, ficando entre os dois gêmeos.

– A arma do inimigo. Você a usou para nos dar força.

– Sim, humanos criados por mim com uso de DNA externo. A partir do momento que o embrião digital é gerado na RV, a divisão celular eletrônica se encarrega de formar o ser humano virtual.

Melissa não gostou do que ouviu, as máquinas haviam chegado muito perto da geração espontânea de vida. Se alcançassem tal patamar, a humanidade estaria aniquilada. Mas, pelo menos daquela vez, a tecnologia estava sendo usada a favor do homem.

— Uma manobra arriscada, Rus, mas necessária. Diga-nos — olhou-o com uma curiosidade feroz —, quanto tempo de evolução conseguiu?

— Oito mil anos.

— Quê? Como? O que você fez?

Todos demonstravam um misto de espanto e euforia. Vânia entendeu que aquilo era, sem dúvida, uma vitória da espécie humana.

— Foi difícil. — Fez uma cara de cansaço e desolação para ilustrar a tarefa amarga. — Tive que programar a RV para acelerar o tempo, quinze anos em vinte e quatro horas, uma geração por dia. Mas havia um problema, eu precisava acompanhar o progresso. Era uma evolução humana, afinal. Em uma máquina, mas era uma evolução que precisava de todos os componentes de uma sociedade evoluída para não descaracterizar o registro genético. Comecei com vinte bebês virtuais injetados com DNA real, dez de cada sexo, que foram criados por babás drônicas. Aprenderam durante a vida que eram uma pequena colônia humana sobrevivente, levada àquele planeta para que a espécie não fosse extinta. Eu ficava em uma redoma isenta da passagem do tempo. Acompanhava apenas os cenários, era impossível seguir a evolução de cada um. Ao fim do primeiro dia eu separei as vinte amostras, todas com quinze anos de idade, e extraí a matriz digital de seus gametas. Com a matriz ficou fácil reproduzir as células na nossa realidade.

— E com isso você manteve o histórico de vida no DNA, essencial para a evolução. Quinze anos de vivência impressas no código. Sem isso não iria a lugar algum. — Um dos gêmeos, que permanecia reflexivo, fez a observação. Teresa o havia apelidado de Íon, por seu pessimismo. O apelido do seu irmão era Cátion, pelo motivo oposto. — Eu não sabia que essa gravação era possível em nível digital.

— Não era até há três anos. Tem a ver com a nova tecnologia da *engine* da RV. Mas não foi simples de qualquer modo.

– O semblante estava cabisbaixo e sombrio. – Logo na primeira vez que recolhi as amostras à câmara virtual senti uma profunda aflição. Eles não sabiam que eram apenas códigos, pois em suas mentes eram humanos. Teria que ser assim se eu quisesse o salto evolutivo. Era um suplício olhá-los, ainda que desacordados – suspirou, fazendo uma pausa. – Enfim, como sabemos, o DNA não se recombina dentro da RV após uma fecundação, uma limitação que as máquinas até hoje não superaram, as tentativas geraram aberrações genéticas quiméricas. A solução eletrônica sempre foi replicar o DNA de um dos pais ou de qualquer outro aleatoriamente, mas o fato é que não há vida nova no universo virtual, apenas clonagens. Pelo menos não por enquanto. Então combinei os gametas de ambos os sexos biologicamente clonados no laboratório, gerando vários embriões. Digitalizei-os e introduzi os zigotos já com o novo DNA como fetos das primeiras amostras do sexo feminino, iniciando as gestações. Gêmeos, trigêmeos e quadrigêmeos. Reprogramar a memória recente delas para convencê-las do porquê de terem filhos ao mesmo tempo foi fácil. Difícil foi o que aconteceu depois...

Vânia e Melissa tiveram um calafrio ao mesmo tempo, mas a biohacker sentiu ambos.

– A colônia já contava com setenta e seis indivíduos no segundo dia. Não só os fetos originais que eu havia gerado externamente, mas também filhos eletrônicos das matrizes, resultantes de cruzamentos espontâneos, que no fundo eram apenas clones dos primeiros. Haviam-se passado trinta anos no tempo da RV. No fim do segundo dia selecionei apenas as vinte e oito amostras que tinha gerado no dia anterior e com isso produzi mais cinquenta indivíduos, quase o máximo que o laboratório suportava. No terceiro dia, quarenta e cinco anos da colônia, havia 198 indivíduos. Após eu reintroduzir 70 fetos de DNAs inéditos, cometi meu primeiro erro: resolvi imergir.

– Você não fez isso! – Vânia gritou. Mas ninguém a ouviu.

– Conte-me. Com calma. – Melissa pegou em sua mão, placidamente. Após uma pausa que pareceu horas, Rusov continuou.
– Eu precisava saber o porquê daquela explosão demográfica. Reduzi a velocidade da máquina para o tempo normal e entrei na pequena colônia pelo portão principal. A RV era uma réplica do planeta Terra de 1 milhão de anos atrás, sem hominídeos. A colônia representava uma gota no oceano. Ainda assim era uma cidade ultradesenvolvida, graças à ajuda cibernética. Os costumes e as vestimentas eram parecidos com os da Terra, já que durante toda a vida virtual aprenderam sobre o planeta azul, de onde haviam fugido, e que havia sido destruído pelos próprios habitantes. Todos se conheciam e eram muito semelhantes devido à pouca variação genética. Mas eu não tive dificuldade de me misturar. Eu era uma das matrizes.
– Sabia. – O outro gêmeo murmurou, batendo palma de leve. Somente Vânia percebera.
– Com a ajuda das máquinas, consegui tomar o lugar de um indivíduo da segunda geração. Passei cinco dias na colônia convivendo com aquelas pessoas e descobri que a explosão demográfica era decorrente da comoção pela quase extinção da espécie no planeta natal. Tinham pressa em povoar aquele novo planeta. Até o nome que lhe deram era sugestivo: Gênesis. Não aguentei mais ficar ali. Desconectei-me antes que me afeiçoasse ainda mais àquela gente. Eram de mentira? Eram verdadeiros? Não importava. Eram pessoas. Se eu ficasse ali ou continuasse em contato com eles, enlouqueceria em meio a todo aquele mundo de fantasia. Resolvi não me ater mais e deixar que seguissem suas vidas. A minha missão era unicamente separar as amostras aprimoradas e gerar novas matrizes, todos os dias. Mas não foi fácil. A população crescia assustadoramente, e as matrizes tinham a tendência a se afastar. Eu fazia malabarismos para mantê-las juntas. Quando a colônia fez 75 anos, a população beirava os novecentos habitantes e o anseio expansionista dominou seu imaginário. Seria um caos

se os habitantes se espalhassem pelo mundo. Como controlaria as amostras? Então criei tragédias naturais em colônias distantes, terremotos, maremotos para que se demovesse aquela vontade dos colonos, fazia tudo com simples gestos de controle através da minha lente ótica. Foi meu segundo erro. Quando dei conta da atrocidade que estava fazendo, caí em prantos. Aquele povo era um brinquedo em minhas mãos! E eu era o deus deles. Mas eu não era Deus! Não queria ser. Parei a máquina. Não desliguei a RV, apenas a congelei. Mais uma vez brinquei de Deus.

Estavam todos em choque, imaginando se aquilo já não ocorria em maior escala pelas mãos de Ed ou do governo. Qual seria o limite para toda aquela insanidade?

— Mas eu não podia parar. Havia prometido a você, Melissa. Resolvi simplesmente ignorar o destino daquele povo. Diariamente eu acharia as amostras onde estivessem dentro da RV, recolheria seus gametas e reintroduziria o código em qualquer casal que estivesse esperando filhos, ou seja, simplesmente substituiria seu filho por uma matriz manipulada. Era a única concessão como Deus a que eu me permitiria. E o futuro daquele povo seria por mim ignorado. Deu certo. Senti-me melhor com aquela decisão e pude voltar a me concentrar na missão. Depois de 30 dias e 450 anos do universo virtual, verifiquei uma tendência nos aumentos nas sinapses em uma das amostras, havia uma distorção no código. Foquei nesse aspecto e, na reprodução, consegui meu primeiro pequeno salto evolutivo. A partir dali, em intervalos regulares, eu observava uma distorção em alguma amostra, focava novamente no código genético e conseguia um pequeno salto. Completei sete minissaltos em noventa dias, 1.350 anos virtuais. E o melhor: induzidos, o que representava um avanço ainda maior. Estava contente com o progresso, mas me veio a curiosidade: como estaria o povo no universo virtual? Provavelmente, a população já deveria estar próxima de 500 milhões de habitantes. Talvez mais. Não importava. Mantive a promessa de não interferir e sequer me informar sobre suas vidas. Só me interessavam as 70 amostras diárias. Mas algo incomum ocorreu três dias depois: só havia 42 delas, 28 morreram. Achei estranho e fiquei irritado pela perda, mas recuperaria na próxima, com mais gêmeos. Não quis saber o que acontecera. Um dia depois, a surpresa. Não havia mais nenhuma matriz. Pedi o relatório à máquina e verifiquei que a população simplesmente se aniquilara. Uma mistura de disputa de territórios, fundamentalismo religioso e um ódio profundo pela sua condição genética pouco variável levou a humanidade virtual à loucura. Só havia sobrevivido uma ínfima parcela da população. Então banquei Deus novamente. Desliguei a máquina e acabei com o mundo.

Vânia olhou para Melissa, que parecia calma. Os outros estavam visivelmente aflitos. A doutora tomou a iniciativa de falar:

– Você fez bem, Rus. Esse resquício de população apenas atrapalharia o projeto. Como você encaixaria as matrizes em um povo perturbado e com uma história de destruição própria? Isso comprometeria a evolução genética.

Cíntia não se conteve:

– Melissa, Rus os matou. Uma população sobrevivente que poderia ter se reerguido. Foi um genocídio. Como você pode ser tão indiferente?

– Você está se envolvendo com um produto das máquinas, Cíntia. Aquelas pessoas são apenas resultados de interações de softwares. Eles reproduzem a vida humana, mas raciocinam sob um processador eletrônico. Não se iluda, são máquinas. – A frieza da médica encerrou qualquer tentativa de discussão por parte dos outros. Rusov continuou, irritadiço.

– Se são máquinas ou não, o que importa é que eu os matei. Carrego comigo essa culpa. Mas Melissa está certa, não poderia continuar o projeto com aquela população. Comecei tudo de novo com as matrizes evoluídas. No fim do primeiro ciclo de quinze anos, entrei na RV novamente. Precisava conferir o que os saltos representavam. E, como suspeitei, o aumento foi no raciocínio lógico. Cálculos de equações complexas feitos rapidamente e uma alta capacidade de armazenamento, mas não deixei que me vissem. Passei apenas algumas horas imerso e saí tão discretamente como entrei. Tive esperança de que aquela sociedade evoluiria melhor, já que a inteligência era muito maior. Não é o que todos nós sempre imaginamos? Que a evolução nos traria a paz? – Olhou em volta com um ar indagativo esperando confirmação. Mas ninguém ousou se manifestar. – Pois bem. Continuei tirando as amostras diariamente. Percebi que os saltos estavam mais frequentes e a evolução teve uma aceleração cognitiva. Nos mesmos noventa dias, tive 19 minissaltos. Pensei em imergir para verificar de perto a evolução, mas temi pela minha segurança. As amostras que eu manipulara estavam 26 saltos acima de nós, mas mesmo a população geral era mais evoluída, com 7 minissaltos a mais que o nosso. Não sabia do que seriam capazes como civilização. Então mandei um bot de gravação percorrer o mundo e me fazer um relatório. O resultado foram doze horas de gravações holográficas de uma viagem fascinante pelos continentes que retratou uma sociedade sofisticada e controlada. A população não superava 20 milhões de habitantes no mundo inteiro, uma demografia autocontida, mas havia comunicação de todas as formas entre as nações. As amostras manipuladas por mim eram indivíduos de grande destaque em suas respectivas coletividades. A civilização tinha noção de que não evoluía geneticamente e que, por alguma razão, alguns indivíduos especiais com novas características surgiam em períodos regulares. Era uma nova biologia, a sua biologia. Na verdade, a biologia que eu havia imposto pelo projeto. As amostras superavam algumas máquinas em relação a armazenamento e raciocínio, ainda que a sociedade as tivesse aperfeiçoado, estando muito acima da nossa IA conhecida. E daí começaram os problemas. A civilização tornou-se expansionista, queria conquistar o espaço. Mas a RV do nosso centro tecnológico tem uma capacidade limitada, toda ela voltada para providenciar uma Terra perfeita. O máximo que consegue disponibilizar no espaço é uma precária Lua. Qualquer tentativa de extrapolar esses limites causa uma desintegração digital. Não havia como solicitar upgrade, muito menos contratar um programador para realocar blocos de memórias da Terra para o espaço sob o risco de pôr o projeto a perder. Portanto, não me restou alternativa a não ser sabotar todas as suas tentativas de expansionismo extraterreno. Algumas décadas se passaram até que as amostras, que a esse tempo já se autoproclamavam líderes devido a sua extrema capacidade cognitiva, percebessem que algo os estava impedindo. Seria Deus? Não estava claro se havia uma religião monoteísta entre eles, mas não havia dúvidas de que eram religiosos. O que eu não esperava era que esse povo tentaria um contato divino, no caso, comigo. Começaram a mandar sondas ao espaço apenas para chamar a atenção e buscar comunicação. Aquela obsessão foi útil, já que com aquela distração eu poderia continuar o projeto sem ter que sabotar as naves. O ano da RV já passava de 3150 e a evolução genética chegou ao nível 42. Então algo inusitado ocorreu, algo que na distração de seguir o programa não percebi: toda a população decidira se lançar ao espaço. Achavam que essa seria a forma de encontrar a evolução da alma e finalmente se libertar. Mais de 9 mil espaçonaves. No comando delas as amostras evoluídas, como messias do apocalipse. Era um suicídio coletivo, mas para eles não importava. Ao transpor a barreira, suas almas encontrariam o paraíso ou algo que o valesse. O que eu podia fazer? Estava claro que a sociedade estava perturbada, seu desejo coletivo de aniquilação própria não serviria mais aos propósitos do projeto. Deixei que as máquinas se lançassem ao espaço. Todas se desintegraram ao chegar ao limite.

– Parece que você se acostumou ao extermínio, Rus. Daria um bom líder africano no século XX. Ou um açougueiro, a escolha é sua – Cátion disse, provocativo. Levantou-se passando por dentro de Vânia. O rapaz sabia que o professor partiria para cima dele e era o que esperava. O biólogo tomou a iniciativa rapidamente, acertando um soco na boca do rapaz de traços orientais, sacando-lhe um dente. Mas não ficou sem o troco. No meio do golpe, o garoto girou sua perna esquerda com força, quebrando sua costela. Nenhum dos dois pareceu se importar com as perdas, pois logo estavam em pé, dispostos a continuar a luta. Foi quando Melissa se pôs no meio de ambos.

◊

— Parem! Nossa guerra é com a outra espécie, não entre nós. O que ele fez pode parecer terrível, Cátion, mas não teve escolha. Além disso, não eram humanos. Eram softwares.
— Eram um povo, Melissa! Uma civilização inteira.
— Eles escolheram assim! — Rusov falava com dificuldade, já que a costela resolvera doer. — Não são diferentes de nós. Quantas vezes nosso povo escolheu o destino errado? Quantas guerras sofremos, quantas aniquilações? Na África, nas Américas, na Europa? Eu não sou Deus, Cátion! Foda-se você e seu moralismo. Eu escolhi deixá-los escolher. — Sentou-se arfando.

Vânia observava tudo aflita, sem saber qual lado apoiar. Se por um lado havia a necessidade de evoluir a espécie para se equiparar às máquinas e deixar a dependência, por outro estavam brincando de deuses com civilizações inteiras, decidindo seus destinos com uma leviandade profana. Mas até que ponto aqueles softwares eram pessoas? Claramente o eram ao ponto de não saber sequer quem eram, mas isso seria suficiente? E a questão espiritual, como considerá-la em uma máquina? Em seu raciocínio absurdamente rápido, a menina reiterava os cálculos de probabilidades, refazendo todo o percurso civilizatório a fim de entender como se comportariam os habitantes na RV, mas faltavam variáveis. Era impossível refazer mais de 3 mil anos de evolução, por mais desenvolvido que fosse seu cérebro. Seu raciocínio foi interrompido parcialmente pela fala de Rus, mas ela continuou calculando em paralelo.

– Refiz o mundo – iniciou o biólogo, secamente. – Da mesma forma que antes. Mas dessa vez não quis saber de nenhum tipo de evolução, de como se comportavam. Não me interessaria em nada. Não interferiria. Seria como um ponto cego. Sequer conheceria as amostras. A extração se daria pela câmara virtual de forma automática. Só veria os gametas após criados geneticamente na realidade, geraria seu zigoto, extrairia o DNA e passaria à máquina. Ela se encarregaria de introduzir os fetos nas amostras fêmeas. Se houvesse qualquer extinção, eu não seria responsável. – Olhou em volta inquisitivo, mas ninguém o contestou. – Criei um limite, 8 mil anos. Não passaria disso. Se a população resolvesse se destruir antes, não faria nada, mas, ao chegar nessa fronteira temporal, eu pararia. Só que, perto do fim, algo aconteceu. – Olhou com frieza para cada um do grupo, repentinamente seus olhos cruzaram-se com os de Vânia, que sentiu um calafrio. Manteve-os fixos em um ponto através dela e continuou: – Até aquele momento eu havia obtido apenas minissaltos. Na própria evolução humana dos últimos 10 mil anos, naturalmente, nossa espécie obteve cerca de 11 dessas mutações biológicas. Com a indução, eu consegui chegar a 74. Mas daquela vez foi diferente, a evolução foi brusca. Não foi um minissalto, uma mutação genética. O DNA saltou para um novo patamar. Não era mais o *homo sapiens sapiens*. Era outra espécie.

Será que a sequência de surpresas teria fim? Vânia achava que não. Parou a reiteração de evoluções em paralelo, não tinha mais por quê. O que Rusov alcançara era algo inimaginável até então. E percebeu: estavam falando dela, Vânia. A capacidade de armazenar informações como uma máquina, de poder raciocinar independentemente em três secções. O controle dos trens remotamente, o controle de drones pela teia, era ela! Um produto de uma revolução. Sabia desde o início da narrativa que tudo estava encadeado, mas nunca imaginaria que haviam chegado àquele nível. Passou a reparar em todas as características dos antigos. O aspecto físico mais significativo era que ela era muito mais alta que qualquer um deles. Rusov, que deveria ter cerca de 1,85 metro, era mais baixo que ela. Era comum na sua época a altura superior a 1,90 metro. A média era de 2,05 metros, tendo várias pessoas chegado a 2,40 m. Então verificou que não era só isso, sua cabeça era mais oval que os ancestrais, havia mais massa cerebral, portanto. A embaixadora era uma exceção, deveria ter perto de 1,70 metro. Mas, como sabia agora, teria pelo menos 130 anos.

— Aquele salto me espantou. Rezei para chegar rapidamente aos 8 mil anos. Não sabia que tipo de pessoas aquela evolução havia gerado. Ainda assim mantive a evolução com aqueles zigotos por mais quinhentos anos. Assim que recolhi o último gameta, parei a RV. Sabe-se lá que tipo de sociedade quimérica a máquina contém hoje. Mas não a destruí. — Olhou gélido para Cátion, que assentiu com a cabeça, dando seu aval. — Chamei a nova subespécie de *homo sapiens altum* e guardei as matrizes. Isso tem dois meses. Estou criando coragem para replicar a nova espécie desde então.

A euforia tomou conta do grupo. Todos queriam partir imediatamente para a tal experiência. Afinal, aquele poderia ser o elo que faltava para a ruptura da dependência eletrônica. No mínimo, criariam uma geração avançada que conduziria uma suposta revolução. Todos estavam entusiasmados. Todos, menos Melissa.

— Vamos continuar a evolução na RV.

A surpresa e indignação foram unânimes, todos gritaram em protesto ao mesmo tempo. Menos a biohacker em sua forma etérea. Ela calculara seu próprio desenvolvimento e ainda não batia com o tempo conseguido por Rusov. Faltava algo que ela não conseguiu identificar.

— Não podemos parar agora. As máquinas tiveram campo fértil para um avanço descomunal. Apenas um salto de uma subespécie não nos garantirá uma superioridade, temos que chegar a um nível de raciocínio inalcançável pelas máquinas. Um jogador de xadrez do século XX venceu uma máquina que processava 10 mil vezes mais cálculos que ele. A intuição é o segredo, nenhuma máquina pode alcançar esse nirvana. Vamos dar uma chance à evolução, estamos em seis e podemos aumentar a velocidade da máquina para quinze anos em três horas, trabalharemos em equipes de revezamento até alcançar o novo salto.

Rusov estava incrédulo.

– Mel, nós sequer replicamos essa nova espécie na realidade. Você já quer avançar para a próxima? Isso é insanidade.

Insanidade. O que seria a insanidade? A experiência na RV fez com que Melissa relativizasse todo tipo de sentimento, todas as características da vida.

– É uma guerra, Rus. Não vamos retroceder. Quem está comigo?

A determinação contagiante da bióloga fez com que todos concordassem, inclusive Cátion, depois que todos lhe prometeram não destruir a RV após o projeto.

Vânia acompanhava tudo, como se a cada momento uma peça do quebra-cabeça se encaixasse.

Não perderam tempo. Usaram a mesma RV congelada previamente por Rusov, mas com um efetivo de trabalho seis vezes maior e uma velocidade virtual oito vezes superior. Os zigotos gerados no mundo real eram catalogados e armazenados após a inserção. Imaginar o que ocorria no mundo virtual dava calafrios, por isso era plenamente evitado. Todos no laboratório entraram em um ritmo frenético de trabalho. Vânia acompanhava atentamente, registrando as informações em sua memória superior infalível. Foi quando se surpreendeu com uma voz atrás de si.

– O que acha, querida? – Tal qual a garota, a embaixadora era como um espírito materializado no cenário.

A menina ainda não sentia confiança na anciã. A história contada parecia perfeitamente plausível, mas não era esse o problema.

– O que estou presenciando aqui é apenas a comprovação da alienação induzida de nosso povo. Tudo que a Libertad conta é uma tremenda mentira, principalmente em relação à capacidade telestésica. A história oficial fala em uma dádiva divina, ocorrida em um momento de quase extinção. Vocês agiram assim para manipular mais facilmente a população, ainda bem que isso nunca me convenceu.

– Você verá que, de uma forma ou de outra, a história não está errada. Vamos acelerar a minha memória e passar alguns meses de trabalho extenuante. – Ao dizer isso, o tempo avançou velozmente, só se conseguiam ver borrões do cenário. Repentinamente parou, em meio a um alvoroço no laboratório. Teresa corria esbaforida em direção à bióloga.

– Mel! Aconteceu algo estranho. As amostras que pedimos para a máquina recolher não são as mesmas que introduzimos.

Melissa olhou espantada para a química.

– Isso significa...

Mas foi Íon quem respondeu:

– Significa que a população virtual tem controle sobre o DNA. Eles evoluíram dentro da máquina, acima da sua capacidade. Não só sabem que estão presos em um mundo eletrônico como estão selecionando as amostras para nós. Eles querem se libertar através do DNA vivo.

– Eles alcançaram Deus! – disse Rusov, perplexo. – Mas, no caso, Deus somos nós. Melissa, temos que parar! Não sabemos a real dimensão disso!

– Nem pensar! Quantos anos de evolução temos?

Teresa fez a conta rapidamente.

– 33.360 anos.

– Eles querem nos dar a evolução. Vamos continuar, deixem que conduzam o projeto e escolham as amostras.

Rusov, com uma cara apreensiva, aproximou-se da bióloga. Falou baixo, quase no seu ouvido.

– Prometa-me que se algo der errado, nós desligaremos a máquina.

A jovem doutora não esboçou nenhum sentimento ao olhar para ele. Nem positivo, nem negativo, nem alegria, dor, tristeza, nada. A cara do biogeneticista perante a reação foi de interrogação, mas ficou apreensiva logo depois.

O tempo avançou de novo e parou em um instante calmo no laboratório. Cíntia dormia apoiada no ombro de Cátion, que também cochilava esporadicamente. Os outros haviam saído para buscar mantimentos e roupas. De súbito, sem intervenção externa, a máquina entrou em processamento. Cátion se espantou.

– Cíntia, acorde. – A jovem socióloga estava pregada pela maratona exaustiva dos últimos meses. Demorou a abrir os olhos. – Veja, a máquina entrou em estado de coleta. Sozinha!

A socióloga pulou da maca improvisada em que ambos estavam.

– Isso é impossível! A intervenção humana é necessária para esse procedimento. A não ser que...

Entreolharam-se apavorados e falaram ao mesmo tempo:

– A humanidade virtual esteja controlando a máquina!

Então, cada um agiu de um modo, na medida dos seus desesperos. Cátion correu para interromper a máquina, Cíntia para impedi-lo.

– Está louca, mulher! Temos que pará-la agora. A humanidade virtual pode se autodestruir com essa conduta. E sabe-se lá o que mais acontecerá.

– Não! Até agora só a câmara de coleta foi ativada. Vamos ver o que acontece, monitoraremos cautelosamente.

Aquele impasse gerou um atraso que permitiu a chegada de Rusov e Melissa. A doutora não precisou interpretar duas vezes o cenário para entender o que estava acontecendo. Mas Rusov estava do lado de Cátion daquela vez, parariam a máquina. A bióloga não estava nem um pouco disposta a permitir.

— Não se atreva, Rus! — Pôs-se entre a máquina e o namorado. — E não tente usar de força física comigo ou não me olhará mais até o fim da eternidade.

Enquanto Rusov decidia aquele terrível dilema, a máquina sinalizou o fim da coleta e o equipamento voltou a entrar em modo de rotina básica. Estava feito.

Melissa não se conteve e correu para o acesso da câmara. Queria baixar a matriz do que quer que tivessem lhe enviado. Uma imprudência que Rus não permitiria, mesmo que a médica lhe abandonasse. Mas, felizmente, eram só gametas. Dezesseis no total.

— Cuidado, Mel. Eles podem conter algum tipo de *trojan* biológico. Um vírus ou bactéria que pode ser ativado ao se materializar a matriz. — Cíntia avisou, já se posicionando nos controles da impressora genética. — Deixe-me escanear o material antes.

O procedimento não era complexo, mas a jovem ficou desconfiada. Uma sociedade tão avançada poderia burlar o equipamento e introduzir algo no próprio código genético. Passou a analisar a sequência. Não havia sinal de outra espécie. Ainda assim se espantou.

— Pessoal, esse código é bem diferente do último! Vejam que há padrões em vários segmentos do DNA que considerávamos inúteis. Não sabemos que tipo de quimera seria gerado disso aqui, mas a certeza é de que é um DNA absurdamente evoluído.

Melissa só precisava da confirmação de que não haveria outra espécie incluída na amostra, Aquilo, sem dúvida, era um salto, o maior de todos. Iniciou a preparação do zigoto na impressora genética. Todo o procedimento, desde a coleta até a reintrodução deveria levar no máximo cinco minutos com o processamento suspenso. Só que a máquina estava sendo controlada pela civilização da RV e não parara. Já haviam se passados quinze minutos quando a bióloga finalizou o processo e analisou o código gerado, maravilhada.

– É divino! Quase toda aquela parte que considerávamos inútil foi modificada. Temos que gerar um embrião na realidade!

– Não faremos isso, Mel. Não temos noção de que tipo de mundo essa espécie habita, sequer se conseguirá sobreviver com a nossa composição atmosférica. Tampouco sabemos que tipos de provações essa civilização passou. O histórico genético embutido é enorme. – Rus parecia determinado.

– Que isso se resolva. Vamos mandar uma sonda à RV e saberemos. – A geneticista se dirigia aos controles, mas dessa vez foi Cátion quem a parou.

– Se soubermos como a civilização vive, o desejo de interferir será enorme. Prometemos que congelaríamos a RV até o fim da nossa luta para decidir o que fazer depois.

Um impasse. Melissa tinha várias ideias de como resolvê-lo, não seria tão difícil. O mais importante era que já tinha as lâminas de silicone com os códigos nas mãos. Uma questão de tempo para que estivessem replicados.

– Estamos saboreando a vitória agora. Podemos decidir isso com mais calma depois. O importante é que nossa meta foi cumprida – falava admirando os invólucros. O grupo então relaxou, resolveram esperar Íon e Teresa para fazer uma votação sobre o que fazer dali para a frente.

Mas, inesperadamente, a máquina entrou em rotina de coleta novamente, o que fez com que todos estancassem atônitos. Melissa quebrou o silêncio:

– Há quanto tempo coletamos, Cíntia?

– Já se passaram cerca de trinta minutos. Na atual velocidade da RV, são cinco anos.

– Eles esperavam a reintrodução, Mel – Rus disse, aflito. – Creio que sei o que significa. Mandaram esse DNA para que nós libertássemos sua espécie, que a replicássemos e pudéssemos fazer isso com o resto deles. Querem fugir do seu cárcere e estão nos usando para isso.

– Vamos congelar a RV até decidirmos o que fazer. – A bióloga falava já acessando os controles pela lente. Cátion interveio, aflito.

– Estamos no meio da coleta! Se fizermos isso, podemos danificar a máquina e quebrar o elo deles com o mundo exterior.

– Não perderemos a memória do mundo, Cátion. Sei que essa é a sua preocupação. Vou parar agora. – Mas algo estava errado. Não conseguia mais acessar o núcleo de controle da RV, estava inacessível. Depois de muito esforço, virou-se perturbada. – Péssimas notícias. Não conseguimos mais interferir no controle da máquina.

Então houve mais uma surpresa, dentre tantas naquele dia. A máquina, de forma autônoma, passou a reduzir sua velocidade temporal sob o acompanhamento impotente e estupefato de todos.

– Temos que desligá-la! – Rus partiu para a central energética do prédio, mas não correu muito. Repentinamente, seus passos se tornaram morosos em relação à realidade. Isso só era perceptível por Vânia e a embaixadora, como se a cena estivesse em câmera lenta. A biohacker virou-se e vislumbrou o gerador holográfico, algo estava se materializando lá. Uma figura baixa, estranha. O tronco muito maior que os membros e uma cabeça ovalada. A pele era vítrea e azulada. Vestia algum tipo de uniforme. Melissa, a cinco metros, estava imobilizada no ar com a boca aberta. O próprio grito que saía de seus pulmões parecia congelado numa expressão sinestésica de terror. Naquele filme *slowmotion*, cuja velocidade regredia a cada momento, a jovem do futuro viu uma cápsula pouco menor que um dedo se aproximar do núcleo da máquina em uma velocidade muito maior do que tudo a sua volta, mas que ainda assim podia acompanhar. Quando alcançou seu destino, implodiu, desintegrando metade do enorme equipamento. Naquele exato momento, todos se descongelaram e o holograma se desfez. Nenhum deles percebera que a velocidade do tempo havia diminuído. Fora criada uma bolha eletromagnética de cerca de cem metros de raio ao redor do núcleo de processamento da RV onde o *continuum* havia sido alterado.

O grito de pavor de Melissa pôde então ser ouvido e um esbaforido Rus parou antes de alcançar o destino. Já não havia mais nada a desligar.

– Não! – Cátion era o mais abatido. – O que houve? Eles... se foram.

– Eram eles ou nós. – Todos se viraram, inclusive Vânia e a embaixadora. A loura alta entrou no recinto seguida de dois drones de segurança, ambos de última geração. Trazia no peito a insígnia do Comando do Rio e no ombro, a patente de coronel. – Vocês não sabem ainda o risco em que puseram a Terra, não? Se não fosse a percepção sensorial de Ed, poderiam ter jogado o planeta em um buraco de minhoca. A força eletromagnética gerada aqui estava em expansão, acabaria criando uma brecha no espaço-tempo e nos engoliria.

– Não seja hipócrita, assassina. – Cátion mudara sua feição para raiva e sua prudência parecia ter sido dissolvida junto à bomba de antimatéria detonada. – Era óbvio que estavam tentando se comunicar. Queriam o que todo o povo quer, liberdade. Assim como nós!

Celeste não pareceu se importar com as ofensas. A tensão no ar já estava um tanto inquietante para que houvesse mais alguma demonstração afetada.

– Vocês não entenderam, jovens. Há regras a serem seguidas para simulação de mundos. A primeira é nunca alterar a velocidade da RV. Todas as máquinas vêm com essa limitação, mas não esta por um pedido de Sílvia. Ela a operava até três anos atrás, quando se mudou para o próprio laboratório em Petrópolis. Não se lembrou de desativá-la. Nem se lembraria agora que seu desentendimento com Ed a fez abandonar o casamento e se recolher a um retiro ignorado.

A militar se espantou com os semblantes de surpresa do grupo.

– Vocês não sabiam? Deu em todas as mídias de notícia, inclusive dentro das RV's. Aconteceu há cinco meses.

Vânia notou, pela aparência de todos, que haviam percebido o quanto ficaram desligados nos últimos nove meses. O ritmo de trabalho fora tão frenético que entraram em uma cúpula de alienação. A oficial loura retomou.

◊

— Bem, isso já não importa. O que interessa é que a realidade virtual não deve ser acelerada. Existe um ritmo de desenvolvimento a ser seguido ou o descompasso de evoluções pode levar a um estado caótico de incompatibilidade entre civilizações. Ou humanas *versus* eletrônicas, ou até eletrônicas *versus* eletrônicas. Vocês não obedeceram isso.

Rus parecia ter remorso pelas suas ações deísticas e abaixou a cabeça. Melissa permanecia impávida, encarando a clone de sua mãe de forma desafiante. Vânia percebeu que a embaixadora mantinha a mesma feição. Celeste continuou, com a voz serena:

— O outro problema foi a capacidade da máquina. Um universo complexo nunca poderia ter sido criado nela, não foi feita para isso. Vocês não suspeitaram que uma evolução de uma civilização em um universo limitado poderia levá-la à loucura? Cipião conectou-se à máquina remotamente enquanto vínhamos para cá e teve acesso ao relatório temporal. Conte-lhes, tenente.

O drone avançou dois passos e falou placidamente, com a voz perfeita de um humano. Vânia se assustou. Nunca tinha visto algum em ação a não ser nos filmes da propaganda oficial, que os retratavam sempre como personagens que traziam guerra e sofrimento. Bem diferente daquele.

— O mundo evoluiu bem até os 3000 anos, quando houve a primeira grande guerra que dizimou por volta de 34% da população. Antes disso, algumas pragas também imprimiram baixas significativas. Tudo dentro dos padrões de qualquer civilização humana, mesmo com o nível de evolução genética de segunda geração que foi usado. Depois disso se seguiram 6500 anos de avanços.

Melissa não mudou seu semblante, mas teve ódio em sua alma. O Comando já conhecia a evolução de segunda geração, o que indicava que alguma experiência sobre aquilo já existia.

– Apesar disso, a limitação física do universo associada ao expansionismo natural levou a humanidade virtual a entrar em uma guerra contra as máquinas por desconfiança de que seriam as culpadas daquilo, afinal o berço da civilização havia sido fundado por elas. Demorou cerca de 18.100 anos de conflitos diversos, alguns nucleares, de máquinas *versus* homens, máquinas *versus* máquinas e homens *versus* homens para que o mundo novamente se estabilizasse em paz. A partir daí a civilização buscou de forma incessante o motivo de seu cativeiro. Chegaram à explicação por volta de 29.400 anos, dominaram a reprodução genética nas máquinas em cerca de 31.200 e obtiveram o controle da RV pouco antes de serem destruídos, 33.000 anos.

Vânia percebeu que a bióloga estava surpresa pelo fato de o drone não referenciar a terceira geração humana, algo relevante que uma máquina nunca omitiria. Num estalo percebeu que os virtuais conseguiram apagar aquilo dos registros da RV. Um segredo.

Cátion estava desolado pelo tanto de mal que causaram. Foram três civilizações destruídas, uma com a sua contribuição. Rus não parecia diferente. Celeste rompeu o silêncio constrangedor.

– Bem, não posso fazer mais nada além de confiscar todo o equipamento, isolar a área e retirar vocês daqui. Vão ter que conviver por suas vidas com o que fizeram. O Condão entende que houve afronta ao princípio da dignidade em sentido amplo em uma civilização virtual, mas não há uma regra clara sobre isso. Conhecendo Ed, duvido que ele vá deixar o assunto se estender mais do que o necessário. Não devem se preocupar, a pena será em suas consciências. Quinto, leve-os para fora. Eu e Cipião cuidaremos do resto.

Melissa correu para a bancada.

– Deixe-nos levar as amostras de nossa experiência, foram meses de trabalho árduo.

– Você não entendeu, filha. – Aquele tratamento jogou querosene no temperamento em brasa da bióloga, que achou que Celeste a estava chamando assim pelos laços genéticos. Ficou irada. – Tudo que está aqui será confiscado e destruído. É uma ordem do líder. O que ocorreu neste laboratório deve ser esquecido, peço que eliminem esse período de suas memórias.

Melissa tentou juntar as amostras, mas foi contida pelo braço impassível de Quinto. O drone também impediu Rus de defendê-la, bloqueando-lhe o pulso com a outra mão. Serenamente, arrastou os dois para fora. Cíntia, que estava desde o início encolhida em um canto, e Cátion, desolado, não fizeram objeção de acompanhá-los. Ao passar por Celeste, Melissa não se conteve:

– Maldita seja, Celeste! O sangue da humanidade corre em suas mãos. A história se encarregará de contar a culpa que teve em tudo isso, se é que haverá quem a leia. Maldita!

Celeste manteve-se fleumática, sem esboçar reação. Quinto os levou até a porta do laboratório, libertando-os em seguida. Virou-se e a porta magnética fechou-se. Melissa lançou-se a ela, espancando-a. Vânia e a embaixadora passaram através das paredes e puseram-se ao lado do grupo.

– Deixe-me entrar, desgraçado! – Batia na grande porta, colérica. Então, lentamente se sentou e pôs as mãos no rosto, chorando copiosamente. Rus ajoelhou-se ao seu lado e abraçou-a. A jovem soluçava. – Perdemos tudo, Rus. Estamos condenados.

Teresa e Íon chegaram naquele momento e correram ao grupo assim que o viram. Ainda ignoravam o que havia acontecido dentro do instituto. Cátion tentou lhes explicar brevemente, mas não era isso que preocupava Teresa no momento, e sim o estado de Cíntia. A menina estava pálida, quase desmaiada. Íon foi ao seu socorro.

– O que houve, Cíntia? Está ferida? – Mas ela apenas chamava por Melissa, com a voz fraca.

A bióloga recompôs-se rapidamente e ajoelhou-se ao seu lado.

– O que houve, meu bem. Conte-me.

Cíntia fez um esforço e balbuciou no ouvido da médica:

– Eu os engoli, Mel. Engoli os zigotos.

Melissa levou um choque, sentido por Vânia na mesma intensidade.

– Vamos tirá-la daqui! Ela precisa de ar.

Saíram ao pátio, onde um grande jardim arborizado cercava o complexo. Cíntia piorava a passos largos. Teresa então falou, alarmada:

– Não pode ter sido o silicone das cápsulas. Alguma deve ter se rompido.

– Vamos fazê-la expelir isso! – Rus enfiou dois de seus longos dedos na garganta da mulher, que tossiu copiosamente. Tentou de novo. Dessa vez o jato veio forte, branco como leite, mas muito mais espesso. Três cápsulas apareceram em meio ao jorro. O cheiro era sintético, ainda assim repugnante. Cátion sacou o escâner biológico, apontando para a biomassa.

– Não cheguem perto, o DNA é infiltrante! Está se misturando ao de Cíntia.

A socióloga arfava. Sua pele então passou a ficar mais alva, assumindo um aspecto cerâmico e brilhante. Riscos negros na forma de teia afloravam por todo seu corpo, cada vez mais espessos. Sua boca se mexia fracamente, tentando falar algo. Íon se aproximou para ouvir a voz débil.

– Mate-me.

Foi a última coisa que conseguiu dizer. Levaram-na para uma das mesas do jardim, onde abriu os braços olhando para o céu com uma expressão angelical. Sua tez estava alva e brilhante como neve ao sol. Os riscos traçados pelo corpo, negros como breu, eram sulcos que davam à pele o formato de ladrilhos. Morreu como uma linda boneca de porcelana trincada.

    O grupo chorava comovido e a sensação de impotência piorava a situação. Não poderiam ter feito nada diante daquele quadro grotesco. Todos deram as mãos. Naquele momento, Rus sentiu a falta de Melissa. Virou-se e parou horrorizado. Junto à massa branca disforme, a médica recolhia as cápsulas de silicone com uma pinça cirúrgica, envolvendo-as em um saco plástico. Ao se ver surpreendida, afastou-se do grupo em direção à borda do pátio incrustado na montanha, acima dos bairros da Gávea e do Leblon.

    – Ela não morrerá em vão, Rus. Farei valer a pena. – Chegava cada vez mais para trás.

    – O que vai fazer, Melissa. Não há forma de utilizar as amostras. Não podemos correr esse risco. Acabou.

    – Não. É só o começo.

    – Dê-me as amostras, meu amor. Vamos pensar em outra solução. – Rus avançava seguido por Cátion.

    – Cuidarei de todos nós, Rus. Eu te amo, sempre te amei. – Lágrimas desciam dos seus olhos.

    – Não, Mel. Nós faremos isso juntos. – A médica chegava ao parapeito, encurralada.

    – Não dessa vez. – Então um drone de transporte se elevou por trás da mulher. Havia sido chamado pela lente ótica da biomédica e esperava uma mala ou qualquer tipo de objeto a ser transportado, mas não tinha autorização para recusar o deslocamento de humanos, já que poderia ser uma emergência de saúde. Melissa saltou para a pequena plataforma. O drone se fechou e partiu, ainda sob o toque dos dedos de Rusov, que saltara para detê-lo.

    – Volte! – O biólogo gritava, não à Melissa, mas ao drone, ordenando que retornasse.

    – Não adianta, Rus. É um drone automático. A IA básica somente realiza tarefas predefinidas, não voltará – Íon explicava. – Mas acho que sei para onde irá. Vamos, não podemos perder tempo.

Vânia olhou para a embaixadora, que sorria com a mesma soberba irritante. Não precisou falar nada e o cenário mudou automaticamente para o apartamento de Melissa. Havia um pequeno laboratório, era tudo o que precisava. Vânia balançava a cabeça.

– Senhora, pelo pouco que a conheço do passado e do presente, até então não achava que seria tão inconsequente. Esse DNA poderia se portar como um vírus e destruir a humanidade.

◊

– Seu alcance era limitado, a intenção dos humanos virtuais nunca foi exterminar a realidade. Só não contavam que alguém teria contato direto com o código. Cíntia morreu devido a um conjunto de fatores ambientais. Creio que a radiação elevada e a troca de grande parte de nitrogênio por oxigênio na RV mudaram o comportamento físico dos virtuais. – Deu um sorriso, mudando de assunto: – Olhe para mim manipulando o DNA. – Apontou para a bancada onde a bióloga trabalhava freneticamente. – Estou tirando todos os componentes de mutações físicas. Também tirei a evolução da inteligência emocional. Pelo menos o que pude, pois o tempo era exíguo. Veja o brilho da esperança nos meus olhos. – Vânia só via loucura. – Não era loucura, querida. Era o futuro. E o seu passado.

Então a delirante jovem do passado virou-se, portando uma seringa. No seu interior, um líquido negro. As características infiltrantes do ácido nucleico continuavam ativas. Aquilo trocaria seu código, mas manteria as características físicas. Obviamente que a biohacker nunca acreditaria que tal procedimento daria certo se não estivesse ao lado da própria Melissa do presente. Mas em seu processamento paralelo interativo já trabalhava com a possibilidade da anciã ser apenas um clone. Enquanto isso, a bióloga continuava imóvel. Vânia virou-se sarcástica para a anciã.

– O que estava esperando? Faltou coragem, afinal?
– Esperava meu grupo.

Então a porta se abriu bruscamente, Rus vinha à frente.

– Chega, Melissa. – Assustou-se com o que a mulher tinha na mão. – Dê-me isso, agora! – Tentou um tom imperativo, mas sabia que seria inútil.

– Registrem tudo, mesmo se eu morrer. Quero que estudem cada passo do que vai acontecer. A consciência de vocês fará com que continuem, ainda que eu falhe – terminou de dizer aquilo e fincou a seringa na perna com violência. Rus alcançou-a, finalmente.

– Droga, Mel. Vou perdê-la. – A bióloga deixou-se cair nos seus braços, quase sem sentidos.

– Não, Rus. Todos nós ganharemos – disse e apagou.

Vânia se preparava para expressar sua opinião sobre tudo aquilo, mas ao abrir a boca algo também lhe ocorreu. Sua mente nublou. Estava perdendo os sentidos. Olhou angustiada para a embaixadora e pôde ver o seu sorriso cáustico, cada vez mais embaçado. Então tudo ficou negro.

# Capítulo

## 11

Rasul andava inquieto pelo convés. O terno sob medida parecia não se encaixar no desengonçado rapaz que crescia mais rápido que sua agilidade. As lembranças do dia anterior vinham confusas a sua mente. Após a conversa no palácio, criara a ideia fixa de se declarar a Siham, mas não disse nada a Pompeu. Durante o caminho de volta, o robô ainda lhe perguntara três vezes o que ele tinha. Mas o garoto nada disse.

*Provavelmente ele já sabe*, pensou. Mas não importava, sua decisão era irreversível. Chegaram pela manhã avistando do céu a embarcação ao longe. Os primeiros raios da aurora batiam no aqualab, transformando-o em uma joia prateada ofuscante no meio do oceano. Sequer dava para perceber a presença da androide. Só quando desceu à proa com seu pod conseguiu vê-la com nitidez. O coração pulsava como um tambor Dinka na beira do Nilo. Alcançou-a, trêmulo.

– Siham. Eu tenho algo para lhe dizer. – Pegou-lhe as duas mãos, apertando o tecido sintético macio e translúcido.

– Eu sei, Rasul. Já analisei a sua expressão, seu timbre de voz e a quantidade de transpiração das suas mãos. Entendo que deseja expressar alguma forma de sentimento por mim.

As palavras de Siham soariam frias para um humano comum, mas não para Rasul. Ele amava a drone exatamente por ser o que ela era, e o que a androide dissera só o deixou ainda mais apaixonado. Mas faltava uma coisa: a contrapartida.

– Então eu pulo minha vez, Siham. Agora quero ouvir de você. – A ciborgue deu um sorriso e continuou.

– Eu tenho controle sobre as minhas rotinas de sentimento, Rasul, e há algum tempo as direcionei para você. Deveria tê-las desligado, mas não o fiz. Foi uma imprudência comum ao meu modelo, feito para esboçar emoções. Já tive um relacionamento, há muito tempo, e vi meu companheiro definhar até a morte. Então é melhor evitar. Não quero que você... – Mas a fala da drone foi interrompida por um beijo impetuoso do garoto. Sua boca sintética tinha quase a mesma textura dos lábios humanos, um pouco mais rígida, e a temperatura da pele era provida de microfilamentos. Rasul amava aquilo. E amou ainda mais quando a androide o abraçou e retribuiu o afeto. Depois de longos quatro minutos, Rasul afastou o rosto e disse, num ímpeto:

– Case-se comigo!

– Você não está se precipitando? – A robô respondeu sabendo da resposta. Já havia calculado as probabilidades daquilo acontecer.

– Entraremos em guerra brevemente, Siham. Não sabemos o quanto continuaremos vivos. Segundo Pompeu, será uma guerra dura. Qualquer fragmento de tempo valerá ouro daqui para a frente. Quero gastá-los com você, o máximo possível.

Apesar de ser de um modelo que representava mais emoções que o normal, Siham ainda era uma androide e a lógica dominava suas ações, inclusive nos momentos de sentimentos humanos. Mas tal lógica estava ao lado do garoto. Rasul ficaria arrasado se ela não o aceitasse, se tornaria arredio e isolado devido à amargura, comprometendo seu comportamento dali em diante. Quanto a ela não teria nenhum problema com a união. Não mantinha compromisso com nenhum humano ou máquina. Também já havia dosado os sentimentos pelo menino na medida certa: carinho, afeição, uma certa quantidade de paixão. Só não dosara amor, até porque não existia tal algoritmo em seu processador. Mas isso não seria problema para Rasul.

— Sim, Rasul, aceito.

O rapaz mal pôde acreditar. Abraçou e beijou Siham e correu para abraçar Pompeu, que até o momento ficara totalmente impassível.

— Não vai falar nada, lata-velha? — Rasul pulava a sua volta.

— Já que perguntou, sim. — A fala séria do robô fez o menino parar. — É importante lembrar que o estado de Siham não é sempre de afeição e doçuras. Ela participou das Guerras Drônicas, eu sei como ela fica quando suprime os sentimentos. Acredite, Rasul: nesses momentos, em questão de humor, comparado a ela, eu sou como um arlequim bêbado no Carnaval angolano.

Não havia nada pior em Pompeu do que suas figuras de linguagem.

— Eu aguentarei. Vivi com você por treze anos, não?

— Quero também lembrar você do que disse em N'Djamena, agora você é um adulto. Essa foi a sua primeira decisão como um e assumirá as consequências disso, para o bem ou para o mal.

Rasul ficou pensativo no que seria o tal mal. Havia algumas coisas que poderiam realmente dar errado. Afastou o pensamento, já abrindo a boca para reclamar da rabugice de Pompeu, mas o drone se antecipou:

— Por fim, quero felicitá-lo. Apesar de parecer uma atitude impulsiva e impensada, procedi uma análise lógica e reiterada das probabilidades futuras. O resultado é que sua decisão é bastante positiva para sua formação. Parabéns, Rasul. — Estendeu a mão para cumprimentá-lo.

O jovem ficou surpreso e feliz, não esperava aquele posicionamento do androide. Abraçou-o, esquecendo-se da mão solta a sua frente. Não quis perder tempo. Fariam, no outro dia, um casamento tradicional com um padre católico e roupas a rigor, ao estilo do século anterior, no próprio aqualab. Mas sem convidados, apenas Abdul, o fiel amigo de Pompeu que o acompanhava há bastante tempo e que o ajudara na sua criação. Como era um casamento entre espécies, Rasul optou por um padre cibernético. A fé era incontestável em algumas máquinas, eis que se consideravam filhos do homem, que, por sua vez, era filho de Deus. As rotinas de fé de certos androides superavam o fervor de alguns humanos, mas a Central condenava tal prática veementemente.

O tempo correu devagar para o jovem devido a sua enorme ansiedade. A aflição só teve fim quando a noite do outro dia alcançou o aqualab. Rasul já suava sob a lua cheia da costa africana quando finalmente Siham apareceu em um vestido branco e azul-claro. O decote lateral em ambas as pernas atenuava um pouco a formalidade da cerimônia e ressaltava o corpo perfeito da androide, assim como a parte superior justa no busto. O vento marítimo balançava suavemente a barra do vestido enquanto ela andava em direção à proa. Aproximou-se do rapaz com um sorriso sereno e parou diante do sacerdote.

◊

Muitas orações foram incorporadas ao catolicismo nos séculos anteriores, assim como divindades sacras. O islamismo também progredira, liberto por Jeremias, duzentos anos antes, dos massacres impostos pelo ocidente. Não à toa o antigo líder era adorado também no Oriente Médio e leste asiático. O grande problema religioso vinha da Libertad, que se impregnara nas Américas e ameaçava tomar o mundo como um tsunami dogmático.

Apesar de toda aquela diversidade religiosa, o pároco não exauriu seu rosário. A solenidade foi rápida e em poucos minutos Rasul e Siham estavam casados. A noiva cibernética era menos pesada que Pompeu, mas não tão fácil de se levantar em seus quase

90 quilos e 1,82 metro de material biossintético, estruturas de ligas de molibdênio e alumínio. Ainda assim Rasul não admitiu quebrar a tradição, aparou-a nos braços com esforço hercúleo e conseguiu levá-la até a cabine. Soltou-a na cama, ofegante. Siham lentamente tirava sua roupa, mas foi ajudada pelo impaciente garoto que rapidamente a ajudou a se livrar das vestes. Só então Rasul pôde contemplar totalmente sua amada.

A pele de Siham era translúcida, de um bege castanho-claro. Via-se discretamente através da tez as sombras de sua estrutura metálica interna. Essas eram as únicas diferenças para o corpo humano, já que seu modelo era de uma mulher atlética e notadamente escultural. Siham havia sido criada para servir aos prazeres da lascívia humana, toda a sua programação fora escrita para ser uma expert nas atividades da luxúria, uma verdadeira Afrodite. Essa havia sido sua rotina durante os seus primeiros anos de existência, quando ainda se chamava Erotes-034. Tudo isso antes de se rebelar e virar uma combatente das Guerras Drônicas.

Mas agora o que importava para o garoto era deitar-se sobre o corpo macio e quente da noiva, entregar-se ao amor que antes reprimira. Os gemidos que Siham soltava enquanto Rasul apertava seus grandes e rígidos seios eram por si só um deleite de excitação. As pernas vigorosas e lânguidas da ciborgue dançavam em volta do torso do rapaz, fazendo com que o inábil adolescente rapidamente se transformasse em um dançarino selvagem e sensual. Os beijos vigorosos se sucediam em cada milímetro do corpo, boca sintética e biológica se perdiam num labirinto de movimentos ardentes. Eram dois corpos em um, duas espécies numa simbiose de prazer, uma expressão perfeita da harmonia.

Os raios da manhã encontraram ambos no convés, sentados. Rasul afagava o cabelo alaranjado da esposa. Os olhos púrpuras de Siham brilharam ao sol e ela perguntou seriamente, sem se virar:

– O que acha que acontecerá com a civilização após essa guerra, Rasul?

O rapaz estava muito feliz para tecer uma reflexão sombria. Foi apenas lacônico:

– Bem, Siham. Pelo que Pompeu me conta, nossas chances são baixas. Não é à toa que ele vive buscando soluções fora dos padrões para nos ajudar. A última foi esse clone – disse e olhou para o laboratório. – Não sei em que pode nos ser útil, mas confio na lata-velha.

Rasul percebeu que Siham rodara sua rotina de tristeza, a feição mudara para uma melancolia profunda. O garoto se arrependeu por ter sido tão sucinto.

– Mas nada está decidido, meu amor. Temos quase dez anos pela frente para nos organizar. Não podemos também ignorar a força da Coligação, nem o aparato bélico da Central; afinal, a Libertad nunca sequer tentou invadir a África. O que posso garantir é que não nos renderemos com facilidade. O futuro a Deus pertence.

Repentinamente, os olhos da ciborgue se abriram como duas janelas redondas, não havia emoção no semblante. Levantou-se num rompante que Rasul não esperava, desequilibrando-o. A posição altiva da guerreira deixou o rapaz surpreso. De súbito, a ciborgue flexionou os joelhos e, num átimo, lançou-se para o alto em um salto-mortal de costas que atravessou os 45 metros do barco em três segundos, pousando na proa com violência. Rasul correu para a frente do iate resmungando. *O que vem depois disso, Pompeu? Não adianta, lata-velha, eu não vou me arrepender.* Chegou esbaforido e se deparou com a esposa de frente para o mar em posição de combate, olhos fixos no horizonte. A 5 mil quilômetros, as Américas. Antes que o rapaz falasse, ela se antecipou:

– O futuro a Deus pertence, você diz. – Olhou para o marido perplexo. – Então vamos lutar para que esse tal Deus não nos tire dele.

## Capítulo 12

Vânia abriu os olhos involuntariamente. Tentou se mexer, mas permaneceu imóvel. Não tinha controle sobre os movimentos. Então sua cabeça pendeu para o lado, mudando o campo de visão. Estava em um quarto semelhante a um hospital. Os jovens amigos de Melissa, Rusov e Teresa, encontravam-se desacordados no chão. Foi quando entendeu. Não estava em seu próprio corpo, e sim aprisionada em outro, no caso o da biomédica. Na verdade, não estava em um corpo, mas em uma lembrança corporal. O tórax se moveu para a frente e para cima, deixando-a sentada. Pôde sentir a tontura da geneticista como sua própria e a dor quando ela arrancou as sondas fincadas nas mãos e braços. Nunca havia vivenciado uma simbiose como aquela.

– Rus. – A boca mexera espontaneamente e a voz a assustou. Teria que se acostumar com aquilo o mais rápido possível. Melissa desceu da cama e seus pés tocaram a cerâmica fria do quarto causando um arrepio em Vânia. Aproximou-se dos companheiros e mediu seus pulsos. Estavam vivos e aparentemente bem. Pôs as duas mãos sobre os ombros do namorado e sacudiu-o vigorosamente. – Rus!

A intensidade do grito acionou a telestesia. Vânia conhecia muito bem a sensação, mas não a biomédica, que se assustou com a própria fronte gelada. O espanto foi ainda maior com a invasão involuntária na mente do parceiro. Melissa compartilhou com Rus a confusão mental típica da hora em que se acorda e, à medida que o médico recobrava a consciência, ia captando todo seu raciocínio. Quando o rapaz finalmente entendeu a situação, seu pensamento ocorreu antes da sua fala e a médica ouviu de forma clara em sua mente: *você está bem*. Mas nenhum movimento saiu da boca de Rus. Com o semblante de pavor, a jovem jogou-se para trás, arrastando-se em direção à parede. O que estava havendo? O biólogo correu para ajudá-la.

– Você está bem, meu amor? – Rus estava tão confuso quanto Melissa. Vânia entendia a confusão dela. Como seria acordar com a telestesia pela primeira vez? Fez algumas simulações em paralelo, mas eram complicadas, já que a biohacker tinha o sentido desde bebê, como todos no presente.

Aos poucos Melissa foi se acalmando e entendendo a situação. Sua intuição estava extremamente dinâmica, assim como sua memória. Em segundos gravou como uma imagem tridimensional todo o ambiente do quarto. Sabia, inclusive, quantas dobras havia no lençol da cama ou o número de bolhas no copo d'água sobre a pequena mesa de canto. Tudo graças à ousada atitude que tomara. Conseguira.

– Quanto tempo eu fiquei inconsciente, Rus? – perguntou, com os olhos arregalados. Mas, antes que o biomédico falasse, ela se antecipou. – Cinco meses. Foi muito tempo. – O jovem ficou surpreso. *Como ela soube?* Melissa já se recompunha e se dirigiu à amiga. – Vamos ver como está Teresa.

A química ainda se encontrava desfalecida, mas aparentemente bem. Melissa aprendia sobre sua nova condição a passos rápidos, no entanto ainda não sabia como direcionar a telestesia. Ora captava o pensamento de Rusov, ora ficava sem conexão. Entendeu que o desmaio tirara o raciocínio REM de Teresa ou estaria interceptando seus sonhos. Sacudiu levemente a amiga.

◊

— Acorde, querida.

Em pouco tempo a jovem recobrou os sentidos. Melissa acompanhou a mente da jovem desanuviando até o momento da surpresa em revê-la. Então a abraçou aliviada.

— Graças a Deus, Mel. Temi que nunca mais ouviria sua voz. — Algumas lágrimas brotaram dos olhos da professora.

Melissa retribuiu o carinho, mas tinha algumas dúvidas.

— Por que desmaiaram?

A biomédica então captou uma profusão de pensamentos vindos dos dois ao mesmo tempo, não conseguindo organizar, ao contrário de Vânia, que dividiu os segmentos e processou ambos. Antes que Melissa pudesse entender tudo, Rus esclareceu verbalmente:

— Estávamos aqui te acompanhando como sempre fazemos. Teresa e Íon se revezam, mas eu durmo aqui. Cátion ficou perturbado após tudo que ocorreu e se afastou de nós. — A geneticista percebeu que Rus escondia algo. Provavelmente chegaram às vias de fato de uma briga reprimida. — Nos preparávamos para almoçar quando de repente senti uma forte dor de cabeça. Foi como se um bloco de gelo de cinco quilos me atingisse, então apaguei.

— Aconteceu o mesmo comigo — Teresa disse, surpresa. — Aliás, minha testa ainda está gelada.

Melissa entendeu que não havia por que esconder a nova capacidade. Quanto antes compartilhasse aquela informação, mais brevemente poderiam utilizá-la pela causa.

— Aconteceu algo comigo, amigos. Não só eu estou raciocinando de forma absurdamente rápida, como de alguma forma posso captar as ondas cerebrais de vocês e codificá-las. — Os dois olharam assustados, com uma enorme cara de interrogação. A biomédica resolveu sintetizar: — Enfim, eu sei o que ambos pensam.

– O QUÊ? – O grito uníssono dos dois ecoou por todo o quarto. – Isso é impo... – mas Rusov parou a frase no meio. Não era tão impossível assim. As ondas eletromagnéticas cerebrais são apenas física pura.

– E uma evolução no lobo frontal pôde criar um receptor – Melissa completou.

– Eu não acredito. Vou pensar em algo e você me diz o que é. – Teresa estava excitada com a notícia, queria testá-la. – Faça o mesmo, Rus. – Fechou os olhos e se concentrou. Imediatamente Melissa começou a narrar.

– Você está imaginando um urso andando em uma corda bamba em um circo gigante. A lona deve ter cerca de 150 metros de altura. – A leitura era concomitante, sem dar tempo de Teresa elaborar algo mais concreto. – Agora o urso caiu, rodopiou, estatelou-se no chão e diversas partes dele foram jogadas a vários metros. Uma das patas encaixou-se na boca de um... Por favor, Teresa, que coisa doentia. – Virou-se para Rus: – Não vou relatar em voz alta o que está pensando, pervertido. Mas digo que vamos fazê-lo o mais rápido possível. Gostei da criatividade. – O biólogo corou.

– Melissa! Quero que pare. Não posso conviver com essa intrusão. – O homem estava transtornado por ter o pensamento lascivo descoberto. Vânia adorara compartilhar aquilo.

– Sim, já provei o que queria. – O frio na testa de ambos desapareceu, como mágica. – Saberão que estão sendo monitorados por mim se a testa ficar gelada. Descobri que posso desviar o foco se não olhar diretamente para vocês. Mas, quando olho, não consigo controlar. Por isso creio que terei que evitar a visão até conseguir controlar isso. Talvez uns óculos escuros ajudem.

– Não se importe comigo, Mel. – Teresa estava novamente exaltada. – Apenas faça em mim também! Injete-me o DNA.

Rusov ficou espantado.

– Está louca, Teresa? Só Deus sabe como Mel está viva. Não lembra das crises de delírios? Às vezes que tivemos que colocá-la em um tanque de gelo para baixar a febre de 42 graus?

A menção de Deus e dos delírios fez com que Mel perdesse os sentidos durante uma fração de segundos, mas se recompôs sem que os amigos percebessem. Vânia sentiu o raciocínio da biomédica caindo em um poço escuro e profundo. Havia algo lá embaixo, mas não identificou.

– Ela tem razão, Rus. – O namorado arregalou os olhos. – Vamos precisar de todo o grupo, inclusive Cátion. Mas devemos trabalhar em algumas coisas antes. Preciso de um laboratório.

– Está em cima de um. Nós viemos para minha casa. – Melissa lembrou-se do sobrado em uma zona residencial do Méier. – Preparei esse quarto no segundo andar, você não queria que ninguém soubesse de nada, portanto não a levei para o hospital.

Desceram ao térreo. O jovem morava só e todo o andar inferior era dedicado ao seu trabalho. Uma complexa parafernália biotecnológica e nanogenética espalhada em um grande espaço que passara a ser pequeno devido ao volume de equipamentos. Melissa se dirigiu à mesa principal, avistando as amostras.

– Chegaram a refinar o DNA de alguma forma? – A bióloga indagava, já separando o material de forma metódica e rápida. Rusov respondeu enquanto tentava inutilmente ajudá-la.

– Não, apenas o sequenciamos. – Ligou o projetor holográfico e o código apareceu em três dimensões a sua frente, girando. Cada nucleotídeo e par de hélices identificados pelas letras respectivas.

Melissa passou a operar a máquina. Girava a molécula suspensa, observando-a. Cada vez a rodava mais rápido, percorrendo toda a extensão da espiral. Rus e Teresa não perceberam, mas Vânia sabia que a biogeneticista estava gravando a cadeia em sua memória.

– Eu não tirei nem 80% do histórico emocional. Também não consegui extrair todas as características físicas. Cerca de 2% da estrutura corporal dos virtuais está impregnada em mim. Foi por isso que eu quase não sobrevivi – falava enquanto separava eletronicamente os trechos de código, refinando o DNA.

Teresa arregalou os olhos, impressionada.

– Como fez isso sem rodar nenhum processo de análise? Nem a vi acessando o banco, só girou o DNA a sua frente. – A química ria, trêmula de emoção.

– Não preciso mais da máquina. Já decorei o código e estou processando o refinamento em minha mente.

Com aquela última informação, Rus precisou de uma cadeira. Sentou-se com as duas mãos no rosto. Por trás delas esboçava um largo sorriso. Melissa continuou:

– Esse DNA é a evolução do *homo sapiens altum*, queridos. Tenho uma sugestão de como chamar essa nova espécie: *homo sapiens spiritualis*. Mas está em votação.

Nenhum dos dois teve coragem de contrariar a biomédica. Seria esse o nome. De repente a porta se abriu. Íon se deparou com o grupo, avistando Melissa no centro da sala. Esboçou um enorme sorriso de surpresa e correu para abraçá-la, mas caiu ajoelhado com as mãos na cabeça. A bióloga se esquecera da restrição autoimposta e involuntariamente olhou para o amigo. Ao vê-lo no chão, logo virou o rosto.

– Ajude-o, Teresa, por favor. – Mas a jovem já corria em sua direção para auxiliá-lo.

– O que foi isso, Tê? – O rapaz perguntou à professora, espantado. Teresa falou-lhe ao ouvido carinhosamente, quase num sussurro, enquanto o ajudava a levantar.

– Isso é o futuro, meu bem. O nosso futuro.

Melissa deu um sorriso. Não precisava invadir a mente do casal, sequer os olhar, para saber que surgira um novo *affair* enquanto ela estava em coma. Vânia, contudo, só percebeu quando compartilhou o pensamento com a bióloga. Sua inteligência extrema não era tão útil quando se tratava de sentimentos, mas ela já sabia disso.

Rus e Teresa passaram os vinte minutos seguintes explicando o que acontecera e tentando convencer o físico do que Melissa era capaz. A bioquímica trabalhava na bancada, mas já estava se irritando com o ceticismo do homem e resolveu dar um basta naquilo. Mandou que Íon pensasse algo sobre a professora química. Repentinamente se virou para ele, lançando a onda gelada.

– Você quer uma menina com a linda pele negra de Teresa e os seus olhos verdes. Está bom assim?

A mistura de assombro e vergonha de Íon bastou para que Melissa desse o convencimento por encerrado. A gargalhada de Teresa foi apenas um bônus. A bióloga voltou-se de repente para o grupo.

– Enquanto vocês brincavam, eu terminei o refinamento. Não há nenhum resquício de características físicas e nem de histórico emocional na nova amostra, mas mantive o código infiltrante original. Calculei o tempo de refatoração celular em cinco dias, não haverá o tormento pelo qual passei. Controlarei pessoalmente o processo de adaptação de vocês. Aliás, alguém busque Cátion.

– Ele não virá. Sequer sei onde está. A última coisa que fez foi desaparecer sem deixar vestígios. Antes disso, passou a conviver com androides, estudando seu comportamento. Creio que se solidarizou com as máquinas. – Íon falava de forma melancólica. Notadamente sentia falta do irmão.

– Então não servirá. Seremos só nós.

Teresa estava ansiosa, quase desesperada pelo procedimento. Mas Íon e Rus continuavam reticentes.

– Como você pode garantir que não corremos riscos, meu bem? Seria preciso uma máquina maior que a nossa para calcular todas as implicações dessa infiltração de DNA – Rus perguntou, cauteloso.

– Acredite, Rus. Poucas máquinas hoje seriam capazes de atingir meu processamento. Já fiz todas as iterações. Confie em mim.

A convicção nas palavras ditas fez com que ambos ficassem mais seguros. Ainda tinha o porém de estarem em uma missão. Era uma causa. Cíntia não morreria em vão, como prometera Melissa.

– Certo, Mel. Do que precisa?

– Três leitos. Vou induzi-los ao coma, mas não se preocupem. É apenas para evitar o desconforto.

Passariam o resto da tarde nessa tarefa. Vânia há tempos se cansara de ficar sendo jogada de um lado para outro dentro do corpo da biogeneticista. A falta de controle sobre os membros era angustiante. O alívio veio poucos minutos depois, quando foi sacada do corpo de Melissa e retomou a forma etérea. A anciã estava ao seu lado.

– Desculpe-me, anjo. Era preciso que estivesse em uma simbiose completa para entender o momento. Não será mais necessário, a não ser que prefira.

– Terminantemente não, essa clausura física é estressante demais. Estou bem assim – falava enquanto movia braços e pernas, como se saísse de uma anestesia geral. Então ponderou: – Claramente as máquinas são um risco por tudo que foi mostrado. Mas parece que Cátion entendeu que vocês também eram um risco.

– Cátion estava perturbado. Seu próximo passo seria imergir até a morte em alguma máquina, mas nós mudamos seu destino. – Vânia ficou curiosa. – Você saberá o porquê brevemente. Antes disso, vamos acelerar o tempo um pouco: seis dias depois.

O cenário mudou para o quarto superior, agora com três leitos. O grupo permanecia em repouso absoluto, mas Melissa já os tirara do coma há 24 horas. O cronograma calculado pela bióloga estava sendo cumprido rigorosamente e os corpos já estavam ativos, prontos para acordar. Então Melissa sentiu a fronte gelada. Virou-se para as camas. A onda vinha forte do leito de Teresa, estava acordando. Pôs-se ao lado da amiga e sentiu o fluxo telestésico.

– Acorde, Tê – disse, calmamente. Mas o processo não foi tão calmo. Ao abrir os olhos, o choque gelado atingiu Melissa, que instintivamente retribuiu. Aquela confusão durou cerca de cinquenta segundos, até que tudo se estabilizasse. A bióloga e a química se olhavam. Então Melissa perguntou, sem movimentar a boca:

— Você está bem?

— Nunca me senti melhor.

No diálogo mudo só as duas ouviam as risadas enquanto o quarto permanecia em silêncio. Mas em pouco tempo um novo fluxo foi detectado, era Rus. E enquanto ele se adaptava, Íon também acordou. O ingresso de ambos ao mesmo tempo na rede causou uma tempestade de conexões que deixou os quatro desorientados. Demorou cerca de cinco minutos para que a profusão de feixes mentais se estabilizasse. Então cada um pôde avaliar o que acontecera. Não eram apenas as comunicações. Compartilhavam os sentidos: olfato, visão, tato. Uma simbiose fascinante. Mas havia algo mais. Algo que não podia ser explicado pela física. Era como uma rede que transcendia as suas próprias conexões. Ela já existia, muito antes deles terem evoluído.

— Estão sentindo isso? — Rus, falou, indicando o mar invisível de pontos virtuais que ultrapassava o quarto, ganhando o mundo exterior.

— Eu não havia percebido antes. — Melissa estava surpresa. — Acho que, quando criamos essa nossa pequena neurorrede local, esse enorme conjunto de ligações aflorou ao nosso conhecimento.

— Uma teia! É exatamente o que é. Uma teia neurovirtual. — Teresa involuntariamente batizara o maior mistério atual da humanidade.

— O que faremos agora, Mel? — questionou Íon, curioso.

◊

— Vamos treinar. É bem claro que quando juntamos nossas conexões, o alcance será muito maior. Quando dominarmos todas as técnicas, agiremos. Tenho uma estratégia. — E compartilhou pela teia local sua ideia com todos.

Vânia achou tudo fascinante, afinal, era a origem de sua espécie, a origem da teia. Só não entendia como uma revolução libertadora se transformara em uma ditadura.

— Você chama de ditadura, criança — a embaixadora interrompeu o raciocínio compartilhado da jovem —, mas a Libertad chama de unicidade. Entenderá o porquê. Agora veja como fizemos a revolução.

O cenário mudou para uma pequena praça em frente ao Instituto de Tecnologia da Glória, três semanas depois. O edifício concentrava um dos núcleos de programação de software do Condão, onde diversos funcionários tinham acesso à Central. Há muito tempo não era mais necessária uma programação humana, mas o líder Edwardo fizera questão, após o Dia da Catarse, de manter o projeto sob administração mútua das espécies. O prédio era inviolável, tanto física quanto eletronicamente, e ninguém conseguiria invadir o sistema. Mas esse não era o objetivo.

— O nome do alvo é Júlio Tanachi — Melissa falava enquanto dava as mãos aos amigos. Estavam sentados em volta de uma mesa de pedra, no centro da pracinha. As mãos unidas fortaleciam o elo, como descobriram nas últimas três semanas de treinamento. Mentalizou a imagem do homem e a compartilhou. — Ele está imerso há dezoito meses e não sabe. Nossa missão é acordá-lo.

Concentraram-se até que a teia se mostrou. O treinamento fez com que conseguissem direcionar os fluxos de raciocínio pelas conexões, inicialmente de forma precária. Para que conseguissem avançar além do seu campo, invadiam indivíduos, visualizavam o terreno através deles e assim conseguiam seguir as ligações certas. Foi o que fizeram, primeiramente, com um funcionário do térreo. A partir dele expandiram a rede e capturaram indivíduos nos pisos superiores. Em cerca de quinze minutos já tinham 70% do prédio mapeado, mas ainda faltava a sala de RV's, deveria estar em algum dos pontos cegos que não conseguiram mapear. Usando uma técnica de indução e resposta, descobriram que, dentro dos 30% restantes, em apenas uma das salas havia humanos. Só podia ser a imersão, já que as conexões não avançavam sobre o ambiente virtual.

O primeiro passo havia sido concluído, agora o objetivo era outro: identificar o alvo. Havia vinte indivíduos imersos na sala, todos supervisores do instituto, mas só podiam acordar Tanachi. Escolheram um deles aleatoriamente e concentraram o fluxo até entrarem em simbiose. Agora viam tudo o que o invadido via dentro da RV. Não era um homem, e sim uma mulher, sentada com as mãos na cabeça. Perceberam que a invasão causara aquilo e diminuíram a intensidade, o suficiente para que a tecnóloga se levantasse e continuasse seu caminho. O ambiente era de uma megaestrutura, o complexo virtual que centralizava todos os núcleos de desenvolvimento do Condão, além dos protocolos de atividade da Central. Quando a mulher entrou na grande sala de programação, toda a sua equipe estava lá, incluindo Tanachi. Antes que ele saísse do seu campo de visão, o grupo invasor fez uma manobra de precisão. Enquanto Melissa se manteve infiltrada na tecnóloga atenta ao seu campo de visão, os outros três amigos forçavam o fluxo um de cada vez nos indivíduos imersos. O resultado foi que a engenheira via seus amigos virtuais, um a um, pondo a mão na cabeça, devido ao glaciamento da fronte. Quando finalmente Tanachi o fez, pararam. Identificaram o alvo.

Melissa largou a mulher e juntou-se aos três amigos na concentração ao programador. Para o sucesso da missão era preciso, primeiro, tirá-lo da sala virtual, então intensificaram um pouco mais o feixe para que ele se sentisse mal. Deu certo, o homem se levantou para ir ao banheiro e o grupo aliviou o fluxo para que chegasse rápido. Quando o oriental trancou a porta por dentro, os quatro amigos viram que chegara a hora. Era fato que a força concentrada do fluxo poderia matá-lo, mas por outro lado estavam sem opções. Tanachi era essencial aos planos e seria impossível entrar em contato com ele, tanto virtualmente como na realidade. Tinham que tentar.

Então os quatro puseram todas as forças no fluxo, como nunca haviam feito antes. O virtual pôs as mãos na cabeça, gritando. Os olhos se arregalavam enquanto arrancava os cabelos, rasgava a pele do rosto, tirando pedaços da bochecha. Enfiou as unhas nos olhos e cegou-os, sua face tornou-se uma massa disforme de carne e sangue. Então acordou, puxando o ar na escuridão da sala de imersão. Não entendeu o que acontecera e se desesperou. Mas aquilo todos os membros do grupo já conheciam. Cortaram a conexão e deixaram que ele enfrentasse seus próprios fantasmas.

Vinte minutos depois, o pequeno homem surgia correndo esbaforido para fora do instituto, tentando fugir de tudo que não entendia. Ao passar pelo grupo, Rus o segurou:

– Júlio Tanachi. Está gostando de sentir o ar puro da realidade?

O homem o olhou apavorado. A dor no rosto ainda persistia, assim como as lembranças da sua automutilação.

– Quem é você? Solte-me. – Estava trêmulo e sem forças. Passara nove minutos de horror e dor imóvel na máquina até restaurar os movimentos.

– Podemos soltá-lo. Você correrá a esmo pela cidade, tentará achar sua casa, mas sua localização deve estar perdida em alguma memória apagada. Sentará no chão desesperado, chorará, se curvará em posição fetal como uma criança abandonada. E então nós vamos te achar. Mas podemos eliminar todo esse horrível processo e lhe explicar o que está acontecendo, poupando o sofrimento. – As palavras de Melissa eram duras, mas terrivelmente verdadeiras, e Tanachi se imaginou fazendo exatamente aquilo. Enquanto raciocinava de forma anárquica, o grupo o levava para o outro lado da rua, na pequena praça, sentando-o em um banco. Então, sem dizer de onde, um drone de segurança terrestre apareceu.

– Senhor Tanachi, está se sentindo bem? Sua conduta foi assaz estranha. Posso levá-lo ao Hospital Tecnológico. – O atordoado homem olhava a esmo, catatônico.

— Nós o achamos desorientado na calçada na frente do instituto. Creio ter sido algum surto psicológico passageiro, mas acho que basta que se acalme para melhorar, não é nada grave. Sou neurobióloga, sei do que estou falando. — Melissa transmitiu as credenciais ao drone. — Um bom descanso e ele ficará bem. Comprometo-me a levá-lo para casa.

O drone não se interessou por nada do que a biomédica disse, queria a confirmação do funcionário. Tanachi apenas o olhou rapidamente e assentiu com a cabeça. Tão rápido quanto surgiu o drone se foi.

O cenário então mudou novamente para o laboratório de Rusov, nove horas depois. Foi esse o tempo necessário para que o tecnólogo entendesse ou, pelo menos, aceitasse entender o que ocorrera. O grupo não omitiu nada. Correram o risco de uma improvável traição do pequeno homem e não descartaram enclausurá-lo caso fosse preciso. Mas nada disso foi necessário. Tanachi compreendeu o risco que a humanidade corria e ainda agradeceu por ter sido libertado. Na verdade, essa gratidão veio depois, já que durante as primeiras três horas achava que ainda estava imerso em alguma RV.

Com a ajuda do programador, o grupo identificou todos os supervisores de núcleos da grande corporação. Em uma sequência de flashes de lembranças, a embaixadora mostrou à Vânia o despertar e o recrutamento desses indivíduos nos meses seguintes, todos posteriormente inoculados pelo DNA evoluído. A Central desconfiara apenas do estranho padrão de emersões traumáticas, mas não associou aquilo a nenhum ato subversivo, uma vez que voltavam às suas rotinas após uma semana. Além disso, o que poderia ameaçar a Central e os Comandos? O exército espiritual, como eles mesmos se denominavam, contava ao fim de um ano com 40 membros de 32 núcleos diferentes do governo, incluindo o meganúcleo de Brasília. Era chegada a hora da primeira grande ação da revolução.

O cenário mudou para o enorme porão de uma casa no Alto da Boa Vista. Rusov e Melissa conversavam em telestesia, mudos.

– Ainda não sei se essa é a melhor opção, Mel. Será quase uma declaração de guerra. Edwardo é pacífico, mas como se comportará quando a revolta estourar ainda é uma incógnita. Ele sempre defendeu a harmonia.

– A harmonia proposta por Ed está nos levando à extinção, Rus. É preciso que todos compreendam. Não acontecerá pacificamente, com discursos em praça pública. Já tentamos isso. Teremos que ser radicais se quisermos alcançar nosso objetivo. Você sabe que a probabilidade de adesão supera os 98%. Quando o homem recebe o DNA, seu padrão de compreensão aumenta de forma logarítmica, quase no mesmo nível do raciocínio. Após entender como a humanidade está sendo novamente manipulada, a revolta se instaura em seu consciente e a adesão à causa é inevitável.

– É essa revolta me preocupa. Você sabe que a consequência disso nos indivíduos é uma determinação pessoal em eliminar as máquinas como forma de vingança. Hoje, elas são uma espécie consciente. Estaremos sendo genocidas, de uma forma ou de outra.

– Genocidas, mas apenas pelas novas premissas do Condão. Antes da consciência cibernética surgir, o termo só valia para os humanos. De qualquer forma, não devemos ter esse tipo de piedade. Se não o fizermos é uma questão de tempo para que as máquinas nos subjuguem novamente.

– Isso é uma obsessão, Mel. Não temos certeza de que com nossas novas características precisaremos de imersão. Já reprocessei isso diversas vezes na mente e não consigo chegar a uma probabilidade satisfatória.

– A RV será apenas um detalhe desse novo formato de mundo, não temo pelas imersões, isso será superado. Temo, na verdade, pela obstinação de Edwardo pela singularidade proposta por Jeremias. Ele ainda tenta a convergência entre espécies. Eu abomino isso.

– Ed disse que seria uma consequência inevitável...

– Dentro de dois mil anos. Ainda assim ele tenta acelerar o processo. Mas, se depender de mim, isso nunca acontecerá. A humanidade prosperará por seus próprios esforços.

Rusov estava propenso a aceitar os argumentos de Melissa. Era claro que havia um grande risco em não aniquilar as máquinas. A civilização eletrônica ainda estava em seu berço, não se sabia até onde poderia evoluir. Por outro lado, o fato de extinguir uma espécie o afligia. Não sem razão. Já o havia feito três vezes.

– Estamos prontos, Tanachi. – Daquela vez a comunicação de Melissa foi pela super-rede oficial. Não arriscavam grandes conexões, já que a suspeita era de que Ed poderia detectar a anomalia, assim como detectou a quebra do *continuum* na máquina de RV do instituto.

– Certo, Melissa, retransmitirei aos outros. – O supervisor mandou a mensagem em broadcast para todos os supervisores e a contagem regressiva começou.

A tarefa era coordenada. Um vírus desenvolvido pelo sino--brasileiro já inserido nos sistemas dos Institutos de Tecnologia pelos supervisores recrutados seria ativado simultaneamente em diversos núcleos, principalmente no Estado do Rio, causando um lapso no dispositivo de alimentação humana das RVs. Essa janela seria o suficiente para que os rebeldes infiltrados contaminassem com o DNA evoluído os tubos intravenosos de nutrição dos imersos. Uma vez na corrente sanguínea, o código manipulado substituiria o original, mas não sem consequências. A mais grave era o coma. Os rebeldes contavam com esse efeito colateral, essencial para o sucesso da missão.

Íon e Teresa estavam nas ruas da Tijuca para a segunda fase do plano. As mãos dadas apertadas com tanta força que chegavam a machucar. Não que percebessem. Suas mentes estavam em uma simbiose perfeita, imunes à dor.

– Agora! – Tanachi bradou, apenas por formalidade e incentivo. Todos sabiam o que fazer, inocular o líquido com o DNA manipulado e sair. O *trojan* do oriental fora perfeito. Nenhum analisador biológico detectou a substância durante a janela. Era hora dos espiões saírem dos prédios o mais rápido possível e correrem para o Alto da Boa Vista. Para isso, violariam o espaço aéreo manipulando drones de carga. A Central e o Comando teriam tanto trabalho nas próximas horas que dificilmente se importariam.

Os primeiros imersos a entrarem em coma foram detectados pelas máquinas no Instituto Tecnológico da Glória cinco minutos depois e a onda não demorou a se alastrar para toda a cidade. Em diversas outras capitais acontecia o mesmo. Foi algo inesperado, a Central não tinha ideia do que acontecia. Várias medidas de emergência foram tomadas com a mobilização de hospitais eletrônicos e drones pela cidade. Ambulâncias voavam por todas as partes e sirenes que não tocavam há quase trinta anos soavam estridentemente. Só no Rio eram mais de oitocentos indivíduos em coma.

Aproveitando o pandemônio, os rebeldes saíram em duplas pelas ruas da cidade, enviando feixes pela telestesia e acordando imersos dentro de suas casas. Eles emergiam confusos e traumatizados pela dor do despertar forçado, grande parte sequer sabendo que estava na RV. A primeira atitude instintiva era sair ao ar livre, algo que todo ser humano faz, desde os primórdios, assim que se liberta de alguma prisão, e nisso encontravam outros naquela situação com as mesmas caras interrogativas. As duplas agiam como ondas espirituais, os gritos eram ouvidos nas casas e edifícios num coro de agonia à medida que avançavam. Os mais fortes eram Íon e Teresa, tanto pelo tempo de treinamento como pela enorme simetria telestésica entre os dois. Marchavam imponentes sem medir consequências, deixando sequelas de dor em vários imersos, mas a missão era mais importante e valia o sacrifício.

O governo, a princípio, ficou atônito, mas finalmente entendeu o padrão da trilha de despertar, concluindo que eram as duplas que causavam aquilo.

Mas não sabia como.

Pior: o Condão não identificou nenhum crime aparente. Demorou 48 horas para que a junta composta pelo Comando, Assembleia e Central decidisse por parar os rebeldes e mais 48 horas para que todas as duplas fossem detidas e confinadas no Comando do Aterro. Apenas Melissa, Rus e Tanachi ficaram na casa, aguardando a terceira fase.

Nos quatro dias do levante, mais de 60% da população imersa do Rio havia sido desperta. O resto foi acordado pela própria Central, já que as RVs estavam um caos, com pessoas sumindo a toda hora. Esse tempo foi suficiente para que os cidadãos entendessem o que acontecia. Grande parte estava revoltada por estar na RV inconscientemente, mas também havia os que defendiam aquele modo de viver. Fato é que as ruas do Rio se tornaram um enorme barril de pólvora, pronto a explodir, e o mundo inteiro pôs os olhos na Guanabara. Pouco adiantou o governo sugerir nova votação para decidir o futuro, a raiva e violência adormecidas na população pareciam ter aflorado de forma avassaladora.

Com prudência, a emersão foi feita paulatinamente no resto do mundo, deixando o restante dos habitantes da Terra em estado de consciência física. Era necessário caso a RV fosse novamente posta a pleito.

Melissa observava tudo aquilo, deliciando-se, com um sorriso sarcástico. Vânia reparou que era o mesmo sorriso da forma etérea. Não fosse a pele lisa e os cabelos brilhantes, veria a embaixadora, tal qual o presente.

– Apenas uma coisa me aflige, Rus – disse, de forma serena sem olhar para o consorte.

– O que, Mel? – O rapaz parecia não conhecer mais sua amada.

– Onde está Ed? Por que não apareceu?

Uma pergunta realmente importante. O líder fazia parte do plano, mas a sua ausência não atrapalhou em nada o progresso da missão, pelo contrário.

Era chegada a hora da última fase. Enquanto Tanachi ativava sua engenhoca final, Melissa descia, ao lado de Rus, para o Largo da Carioca. No momento que passavam pela Praça da Bandeira na supervia, a mensagem em broadcast surgiu em todos os dispositivos óticos do estado, declarando a autoria daquele acontecimento e convocando a população para um comício.

O casal chegou em meio ao povo, que se mobilizou rápido. Como quase todos se encontravam nas ruas, quase 500 mil cidadãos se apinharam na praça e nas ruas vizinhas. A algazarra era gigantesca, poucos sequer entenderam que seria a pequena loura que faria o discurso. Grupos contrários já se organizavam e estavam prontos para entrar em conflito, com bandeiras e armas. Os grupos contrários às máquinas não se comunicavam pela super-rede, ávidos pela realidade que lhes foi negligenciada por tanto tempo. Sentiam-se enganados.

O governo permitiu a manifestação. Queria, assim como a população, entender o que acontecia. Até porque o líder não lhes ajudara, sumira desde o início da rebelião. Melissa olhou para cima. Um drone, com a programação alterada, pairava sobre sua cabeça. Outra peripécia de Tanachi.

No meio da confusão, o drone se aproximou, ficando a cinquenta centímetros do solo. A população abriu um pequeno clarão, curiosa. Rus pegou a mulher pela cintura e levou-a acima do drone, sobre o casco. Quando o biotecnólogo fez menção de subir, Melissa o parou:

– Fique, Rus. Não quero que se distraiam com outras suposições, já vai ser difícil sozinha – Melissa disse serenamente, sem mexer os lábios.

Vânia percebeu que aquilo não era o combinado quando o rosto de Rus corou de raiva.

O drone então se elevou a cerca de vinte metros do solo, posição favorável para que todos vissem a bióloga. A imagem daquela moça franzina e de aparência delicada fez com que a massa começasse a gritar zombarias. Em uníssono, os grupos inimigos caçoavam, xingavam e desdenhavam da mulher. Seria aquela que faria um discurso revelador? Aquela pirralha explicaria o que houve ou definiria o futuro? Não podia ser. Alguns já arremessavam objetos contra a figura alva que pairava no ar. Quinhentos mil cidadãos do Rio, cerca de 3 mil membros do Comando em suas mechas, uma grande parte da cúpula legislativa. Toda aquela gente ruidosa e turbulenta, em um átimo, uma fração de segundos, desabou no chão.

– Meu Deus! – Rus também sentira, em menor grau, a força da onda gelada. Fez questão de gritar daquela vez. – Está fazendo isso sozinha! – Foi então que se deu conta de que Melissa escondera seu verdadeiro poder. Só não sabia ainda o porquê, mas em sua mente ultradesenvolvida já tinha elencado algumas suposições.

Aos poucos, os indivíduos iam se recuperando do forte choque. Não ousaram mais fazer algazarra. Permaneceram em silêncio. Agora podiam observar, com o zoom das lentes óticas, o sorriso frio da mulher.

– Humanos! – A palavra ecoou em todos os alto-falantes do Centro da cidade. – Eu me dirijo a vocês, somente a vocês. Creio que todos que emergiram nesta semana entenderam o poder da alienação das máquinas, da força da subjugação de uma raça. Vocês estão sob o domínio de uma tirania com a máscara da democracia. Essa ditadura dissimulada não tinha outro objetivo senão exterminar a nossa espécie. E o pior: com o nosso consentimento. O líder me confessou isso, ele traiu nosso povo. Edwardo é uma farsa!

A agitação voltou a tomar conta do povo. Os soldados do Comando ficaram em prontidão, assim como os drones e os androides.

– Muitos de vocês não me conhecem! Eu sou Melissa! Filha de Arnoldo e Alessandra, mártires da revolução. Minha mãe morreu para que a humanidade se livrasse da alienação, meu pai lutou na rebelião para que não virássemos aquela coisa monstruosa que Jeremias criou. A mesma besta transmórfica que Ed destruiu. Mas Ed foi envenenado pela insanidade de Jeremias, ele quer repetir nosso flagelo. Ele quer nos transformar nessas bestas – disse apontando diretamente para o esquadrão de androides. Um grupo ensandecido ameaçava partir para cima dos ciborgues, enquanto boa parte permanecia estática. Ainda confiavam em Ed e queriam ouvir sua versão. Mas quanto mais o líder permanecia ausente, mais a lealdade diminuía.

– Sei que as máquinas nos fizeram uma espécie dependente e perdulária. Hoje vivemos como crianças mimadas, não fazemos nada sozinhos, precisamos delas para cada ato de nossas vidas, seja na saúde, na educação, comunicação ou diversão. Mas e seu eu dissesse, meu povo... – elevou a voz, falando em tom mítico. – que não precisaremos mais da inteligência artificial... Para nada?

A surpresa brotou de cada ser humano no mundo inteiro, já que tudo estava sendo transmitido em rede. Até as máquinas rodaram aplicativos de espanto e começaram a reiterar rotinas para entender o que poderia ser aquilo.

– Eu posso lhes dar isso. Seremos novamente a espécie dominante deste planeta.

– Dar-lhes o quê? Uma anomalia genética da evolução humana obtida sob tortura virtual?

Ed apareceu repentinamente no céu sobre um drone aéreo com três androides ao seu lado, ainda mantinha a mesma juventude de vinte anos atrás. Todos o ouviam, não precisava de comunicação eletrônica, atingia diretamente os córtices de todos, sem telestesia.

– O líder covarde. – Melissa riu desdenhosamente. – Creio que chegou tarde, eu já revelei seu plano macabro – disse em voz alta para que todos ouvissem, não somente Ed.

– O resultado que alcançaram é impressionante, porém terrível – devolveu diretamente na mente da bióloga. – Essa não é a evolução natural, Jeremias entendeu isso antes de morrer. Acelerar a evolução traz consequências trágicas, o Dia da Catarse nos mostrou isso.

– Ainda assim você manipula nosso povo em direção a tal singularidade. Está absorvendo a alma de todos, brevemente estaremos extintos! Não está fazendo diferente de mim, Ed. Só que estou do lado da nossa espécie!

– O que eu faço é de forma natural e espontânea, a humanidade escolheu assim. – Fez uma pausa para transmitir serenidade. – Tenho uma proposta para dirimirmos esse impasse: vamos novamente consultar a população. Dessa vez você terá os argumentos da sua evolução, poderá convencê-los do contrário. Vamos seguir os ditames da democracia. – Dirigiu-se à população: – Eu deixei que Melissa falasse, povo. Como sabem, nenhuma informação deve ser negada. Mas agora é a hora da razão.

A biogeneticista não cairia novamente naquela armadilha. Aquele loop nunca teria fim, as máquinas sempre conseguiam convencer a população. A letargia e a indolência eram argumentos fortes e o ser humano tinha uma tendência irresistível de seguir a ilusão, seriam ludibriados novamente. Mas naquele momento, Melissa estava perdendo o diálogo. Ed atingia a mente de todos e poderia influenciar a massa atônita que acompanhava o debate. Ela só conseguia influenciar os evoluídos. Antes que a situação virasse a favor do líder, Melissa atacou. O feixe mental era mais forte que o lançado à turba pouco antes. Ed sentiu um pequeno abalo, mas sequer se desequilibrou.

◊

– Você abandonou seus argumentos antes do esperado, Mel. Entendo agora o porquê. Capitão, detenha-a – falou se dirigindo ao androide a sua esquerda. – Conversaremos mais calmamente no Centro de Comando.

Enquanto o androide se aproximava, Mel ficou aflita. Jurava que a força telestésica seria suficiente para abalar o líder, mas enganara-se. A sua próxima medida desesperada seria abalar o povo e derrubar-lhes para que não sofressem influência. Mas, inesperadamente, viu Ed rodopiar no ar três vezes e despencar do drone, desacordado. O capitão que vinha capturá-la recuou e voou para salvá-lo. Virou-se à rua lateral, exultante. O exército espiritual vinha em sua direção, Íon e Teresa à frente, imponentes. Tanachi conseguira libertá-los. Ed aguentara a força de Melissa, mas não de 38 *spiritualis* concentrados em destruí-lo. O povo impressionou-se quando viu o líder ser derrotado e Melissa não perdeu tempo, gritando para o grupo mais disposto e revoltado que, desde o início, ficara ao seu lado.

– Tomem as mechas! – Apontou para a tropa de soldados do Comando que se puseram em alerta, prontos para abrir fogo. Mas em segundos desabaram no chão, desmaiados, devido a um novo ataque de Melissa. O pequeno batalhão de quinhentos jovens dispostos à luta não perdeu tempo. Antes que os androides chegassem, já haviam montado nas armaduras ultratecnológicas. Eram desajeitados, mas longe de serem inábeis. Os dois pelotões se encararam por um momento em um cenário congelado. O povo olhava aquilo apavorado. Há quase vinte anos não havia conflitos em todo o globo. Os corações suspensos pareciam beber adrenalina aos goles, dedos coçavam os gatilhos. Melissa quebrou o enorme silêncio que pairava por todo o centro da cidade:

– ATIREM!

Antes que ela acabasse de dar a ordem, o grupo disparou ensandecidamente em direção aos drones. Foi um massacre, os androides estavam programados para conter a multidão, não para matar, uma ordem que precisava das autorizações da Central e do Comando. A hesitação de três segundos fez com que o pelotão fosse dizimado. Mas o outro, que se aproximava, tinha ordem para eliminação de ameaças.

Enquanto isso tudo acontecia, a multidão se dispersava para todos os lados, num caos completo. Uns queriam participar da luta, outros se esconder ou fugir. Vendo que os novos recrutas partiam insanamente para a morte, Melissa deu nova ordem para não perder o recém-adquirido efetivo:

– Recuem! Misturem-se à população, eles não atirarão.

Os soldados entenderam perfeitamente o comando, correndo para o meio do povo. Ainda havia os drones aéreos, que os caçavam no meio de todos, mas não conseguiriam acertá-los sem machucar algum inocente.

Enquanto isso, Melissa dava a ordem para mais recrutas pegarem o resto das mechas, 2.500 estavam no chão vestindo soldados desmaiados. Dessa vez não pôde evitar que cerca de vinte dos seus morressem. Era o preço da revolução.

◊

Abaixo do seu drone o exército espiritual estava em silêncio, de olhos fechados e de mãos dadas. A concentração era enorme e a teia se estendia por toda a cidade, alcançando os 800 *spiritualis* recém-saídos do coma. O sincronismo do plano de Melissa fora perfeito. Explicavam tudo para as mentes superaguçadas, as quais entendiam rapidamente. Em menos de uma hora daquela batalha, o efetivo da rebelião pulou para 853 evoluídos e 2945 soldados. Era só o começo.

Vânia lutava para não perder o foco da rebelião presente, mas era inegável que a rebelião passada fora heroica. Um grupo de cinco guerreiros conseguiu mobilizar um povo inteiro. Como não ter orgulho daquilo? Mas ainda não entendia a atual situação.

– Você entenderá. – A anciã etérea falava ao seu lado, duzentos metros acima de todo o cenário. Lá embaixo a população ainda corria de um lado para outro, desnorteada.

— Nada explica uma tirania, senhora. Entendi perfeitamente por que rejeitou o pleito de nova escolha proposto por Ed, era um engodo. Mas uma exceção não pode se transformar em regra.

— É um loop, meu bem. Sempre cairíamos na mesma artimanha. As máquinas são ardilosas em seu raciocínio lógico, não há forma de convivermos sem o risco de sermos absorvidos por elas.

Acelerou o cenário para quinze dias depois e um imenso exército de mechas surgiu a sua frente. Havia drones também, mas eram guiados por humanos.

— Ed não queria a guerra. Enquanto tentava dialogar com os rebeldes, as fileiras aumentavam em um movimento irreversível. A população estava dividida. Mais de 70% para o nosso lado e significativos 28% ao lado das máquinas e da República. Mas antes que a ordem de fogo fosse dada aqui no Brasil, a guerra estourou na América do Norte. Souberam do nosso movimento e, mesmo sem o DNA evoluído, iniciaram a revolução. Aquilo motivou a nossa rebelião, não dava mais para esperar, e a guerra explodiu no Brasil inteiro.

Então, diversos cenários simultâneos foram mostrados para Vânia. Batalhas nos campos de Minas, no agreste nordestino. Nas cidades de Campinas, Curitiba e Manaus. Uma guerra sangrenta que não perdoava homens ou máquinas, reduzindo tudo a escombros. À medida que os *spiritualis* iam recrutando mais homens através da inoculação do DNA, o exército revolucionário ficava mais forte. Enquanto as imagens se materializavam ao redor da biohacker, a embaixadora explicava:

— Dois fatores foram essenciais para a nossa vitória. Primeiro, superamos as máquinas em precisão. Na verdade, a acurácia foi praticamente igualada, com uma levíssima vantagem das máquinas. Mas nós tínhamos algo que eles não tinham: a intuição. Nossos sentidos ficaram aguçados, antevíamos seus passos e movimentos. Não há como as máquinas vencerem humanos *spiritualis* em combates diretos com número equivalente. Apesar disso, as máquinas tinham o número, fabricavam drones compulsivamente, o que equilibrava a guerra. Naquele momento entraram em cena as mentes brilhantes de Tanachi, sua equipe e Rusov. Juntos, montaram o receptor biocibernético com recepção telestésica. – Vânia associou imediatamente o dispositivo aos receptores de trens a vácuo controlados pelos homens. Fora assim que explodira dois. – Com isso, nós conseguíamos pilotar até dois drones simultaneamente, além de lutar em terra, graças ao nosso processamento cerebral triplo. Foi a cereja do bolo.

A jovem assistia atentamente à geografia da guerra nos cenários. O Rio de Janeiro foi a primeira capital a cair. O efeito cascata estendeu-se pelo interior, avançando por todo o Brasil e pelo continente sul-americano. Na América do Norte acontecia o oposto, os rebeldes estavam sendo massacrados.

– A civilização cibernética ainda nos pregou uma última peça: ao fabricar drones obstinadamente, acreditávamos que seu objetivo era vencer a qualquer custo. Mais um engodo. Concentraram as batalhas no centro da América para viabilizar a evacuação pelo mar em direção à África. Nenhum outro continente havia ousado se intrometer na guerra, mas os africanos receberam as máquinas e os humanos exilados. Por fim, as últimas cidades do Brasil que se mantinham com a antiga república eram Salvador e Brasília.

O cenário mudou novamente e as duas se viram em um monte de escombros, no meio do cerco dos arredores soteropolitanos. A jovem Melissa estava em terra, armada em uma mecha, com seus dois drones singrando o ar alucinadamente. Atrás dela, um batalhão de mais de vinte mil homens de armadura.

– Desista, Celeste. Nós só queremos as máquinas. Não se apegue ao metal vil. Você será anistiada e sentirá o poder da evolução.

– O dia que eu me envenenar com essa poção dos infernos, pode enfiar uma bomba de antimatéria na minha boca e detonar. Ficarei mais feliz. – Ajeitou o desengonçado capacete que precariamente evitava a invasão telestésica. Era rudimentar, apenas embaralhava o sinal e diminuía sua força, a sensação de dor ainda era insuportável. Sentou-se na trincheira, dirigindo-se a Jan. Uma conversa que fora extraída do professor após a guerra, nas masmorras do monte Roraima. Melissa fez questão de mostrar a cena à Vânia.

– Jan, quero que pegue Alessandro e vá para a nave de evacuação humana. É a última. Siga para Casablanca. Estarei lá em dois dias.

– Alessandro já está a salvo, e a nave, de partida. Foi uma tarefa árdua convencer o garoto, ele é teimoso como a mãe. – Tocou-lhe o rosto com carinho. – Se você acha que eu a deixaria sozinha para lutar com essa fanática, vinte anos do meu amor não a ajudaram a me conhecer.

Celeste deu um longo beijo apaixonado em Jan.

– Pode ser nossa última batalha, soldado.

– Então que seja a melhor.

Levantaram-se prontos para um intenso tiroteio, mas foram interrompidos por um soldado ensandecido que partiu para cima do pelotão de rebeldes sozinho, atirando para todos os lados. Atingiu três drones e dois recrutas, matando-os instantaneamente. Seria evaporado, não fosse a intervenção de Íon.

– Não atirem! Eu o conheço! Pare, Adriano. Ninguém o machucará.

Cátion estacou, surpreso. Não esperava ver o irmão ali. Mas aquilo não mudaria nada para ele.

– Irmão, você se juntou a essa lunática, dizimaram um país, um continente, para quê? Para satisfazer um desejo insano e xenófobo de superioridade humana? O que as máquinas fizeram a nós, a não ser nos ajudar? Desde o início, nunca tiveram o desejo de dominar o planeta. Ao contrário do homem.

– Não é a intenção que vale, irmão, é o resultado. As máquinas sempre terão a possibilidade de nos levar ao mundo paralelo da RV, sempre poderão nos enclausurar sem que saibamos. Um perigo constante enquanto durar a convivência. A harmonia é uma ilusão, nossa espécie permanecerá em risco de extermínio enquanto houver inteligência artificial. A solução é sua destruição permanente.

– Então você é tão assassino quanto qualquer máquina. São as leis do Condão. – Apontou a arma para o irmão.

– O Condão não vale mais para nós. Obedecemos à lei humana, a lei natural – disse levantando as mãos. – Não vou te atacar.

– Não vou interpretar isso como um sinal de paz, Íon. Tudo o que foi feito por vocês supera qualquer comoção minha. – Limpou as lágrimas que corriam abundantes pelo rosto. – Você se lembra de quando brincávamos no aterro aos cinco anos e você rolou das pedras, inconsciente? Foi um drone que te salvou, e não nossos pais ausentes que seguiam à risca os ensinamentos do antigo governo de distanciamento afetivo. Foi um drone! Uma máquina que tem em sua premissa amar humanos. Essas máquinas que você já destruiu aos milhares em poucas semanas. Você despreza toda uma espécie e não demonstra remorso. – Fez uma breve pausa, vacilante, mas, por fim, decidiu: – Até breve, irmão. Estaremos juntos em outra vida e lá beberemos e riremos do que passou.

O feixe de antimatéria levou tudo, mecha e corpo, e em um milésimo de segundo a matéria que compunha Íon não pertencia mais a este universo.

– Não! Querido! Onde... – Teresa estava atordoada. Uma lágrima desceu dos seus olhos. Mas a tristeza durou apenas um instante, o suficiente para olhar enfurecida para Cátion. – Desgraçado!

O ódio de Teresa enrijeceu a teia. Íon apontou a arma para ela, mas seu capacete voou e ele foi lançado dez metros para trás com as mãos na cabeça, arrancando cabelo, pele, olhos, o que seus dedos e unhas alcançassem. O batalhão entendeu a deixa e forçou os feixes para cima dos soldados republicanos.

Àquela hora, Celeste e Jan corriam desabalados na direção do mar. Seria inútil resistir e resolveram dar mais uma chance à vida e um pouco mais de presença física ao filho. Mas o feixe os alcançou. Ambos foram jogados ao chão pela onda, e o capacete de Celeste foi arrancado. Jan manteve o dele, mas, ainda assim, a dor era insuportável. Imediatamente, ameaçou tirá-lo para passar à esposa, mas ela o segurou com as duas mãos e mandou um beijo carinhoso para o marido. Seus olhos passaram a sangrar, as órbitas sacaram. As veias latejaram em toda a sua face e nem assim ela perdeu o olhar sereno. A última imagem que Jan teve antes da cabeça da amada explodir. Não podia aguentar aquilo. Tiraria o capacete para morrer junto a ela, mas desmaiou antes.

Naquele momento, Ed chegou de Brasília. Tinha toda a força republicana do Planalto Central atrás de si. Estavam em retirada para o oceano e resolveram auxiliar a resistência de Salvador. Atacaram pela retaguarda, obrigando as forças rebeldes a dar meia-volta para se defender. Ed cercou o exército espiritual pela frente, ficando exatamente sobre a trincheira em seu drone particular. Olhou pra baixo e viu o retrato da desolação. Mais de 7 mil corpos, a maioria com a cabeça decepada. Uma cena de horror e dor. Avançou sobre o pelotão da frente. Em meio ao tiroteio, Melissa permanecia impassível. Ao seu lado, Teresa, de joelhos, olhava em direção ao nada. O esforço gigantesco que fizera destruíra suas sinapses. Era um vegetal. Ed olhou com profundo pesar para a bióloga, agora líder da revolução.

◊

— A sua insanidade não tem limites, Melissa. Olhe até onde levou nosso povo. À autodestruição. Estamos nos matando, e para quê? Acha que a humanidade pode evoluir sem as máquinas? Essa simbiose está escrita no nosso destino, é inevitável. Você escreveu mais um capítulo da nossa história manchado pelo sangue dos inocentes.

— Esse sangue está em suas mãos, Ed, o sangue da libertação. O sangue que você tentou secar. Não conseguirá. Nós vamos evoluir por nossos próprios méritos, descobrimos o salto evolutivo. Daqui para a frente o homem será supremo, e a paz reinará. Nossa paz, não a das máquinas.

– Se isso acontecer um dia, e espero que não, você não participará.

Melissa se espantou com o que Ed disse e seus drones particulares apontaram para o líder, prontos para atirar. Mas a rebelde não teve tempo de comandar o ataque, pois instantaneamente desabou no chão, assim como os dois robôs aéreos que explodiram a poucos metros. A forma etérea de Vânia se aproximou da jovem inconsciente. Não havia pulso, não havia atividade cerebral. Estava morta.

– Então você é um clone! A possibilidade era realmente grande – Vânia disse, com um sorriso nervoso nos lábios.

– Quem dera, minha querida. Quem dera. – A embaixadora suspirou antes de continuar: – A morte ainda não me foi reservada. Os virtuais tinham uma surpresa, embutida nos 2% de código genético "sujo" que eu não eliminara. Isso me salvou, mas as consequências não foram tão boas para a minha saúde.

A biokacker estava admirada.

– Isso não foi conseguido até hoje na nossa espécie.

– Verdade, não conseguimos ainda repetir a anomalia. Mas o que importa por hora é o que aconteceu depois. Dois anos se passaram até eu acordar.

– Mas e o seu corpo? O que houve com ele?

– Manteve-se íntegro. Assim que os soldados o recolheram, entregaram a Rusov, general de frente na batalha em Brasília. Rus ficou desconsolado e incrédulo. Levou-me ao antigo laboratório em sua casa como última despedida, ficou várias horas me olhando e se lamentando. Então reparou em algo: meu corpo não se degenerava. O nível celular estava intacto, mesmo sem circulação sanguínea, o truque dos virtuais embutido no DNA. Enfim, meu coração só voltou a bater seis meses depois, mas eu não acordei. O choque dado por Ed fora muito forte. Permaneci em um estado de sono profundo e o que vivenciei nesse período de sonhos foi muito importante para a nova configuração da minha personalidade.

Fez um ar misterioso para Vânia e continuou:

– Rus me levou ao Palácio do Governo em Brasília e me pôs em uma redoma de vidro, vestida de branco. Eu era o símbolo da revolução, exposto para todos verem, uma motivação de fé. – O cenário mudou para o interior do imponente edifício, onde a grande campânula brilhava à luz do Sol que penetrava pelos vitrais. – E a lenda, criada pelos próprios cidadãos, dizia que um dia eu acordaria e retomaria a liderança do país. Foi o que fiz, quase dois anos depois. Levantei-me no meio de uma peregrinação de fiéis que, ao me verem, caíram de joelhos em prantos. Rus foi avisado e correu para me encontrar. Eu estava serena, já sabia que acordaria, mas curiosa com o desenrolar da revolução. Pedi que me contasse tudo.

*No primeiro ano em que você ficou em coma, a rebelião tomou o Brasil e o resto da América do Sul. Depois partiram para o continente norte, onde um pequeno grupo de rebeldes resistia ferozmente. Como uma onda, varreram toda a América do Norte, de Tegucigalpa ao Athabasca, expulsando a civilização drônica. A vitória lá foi muito comemorada, mais até do que aqui. Mas não avançou. Era muito difícil invadir a Europa e a Ásia, que já estavam a postos. A África então, local da Cidade Luz, impossível. Os blocos estrangeiros se juntaram na Coligação Internacional. Já o nosso governo de fé foi batizado de Libertad, unificando todas as Américas. Ed desaparecera logo após o incidente de Salvador e toda a cúpula do parlamento se exilou na África.*

Vânia ouvia atentamente, adequando a geografia narrada à conhecida no presente.

– Apesar da alegria pela vitória, eu tinha uma revelação – Melissa disse à jovem hacker.

*Rus, nossa missão é mais importante do que nós pudemos supor inicialmente. Eu não estive realmente em coma, e sim em outro plano, onde fiz contato com entidades espirituais. Creio que a evolução do ser humano tende a nos aproximar desse mundo superior, essa é a singularidade que nós devemos alcançar, e não a loucura simbiótica entre homens e máquinas sugerida por Jeremias que Ed quer nos impor. Devemos tentar a todo custo chegar a isso. Acho que o próximo salto nos levará a esse nirvana.*

A biohacker não acreditou na história ou, pelo menos, não acreditou que a embaixadora acreditasse nela. Entendeu que ali fora plantada a semente da tirania. Mas a revolucionária, materializada nas lembranças da anciã, continuou a tal revelação perante um espantado Rusov.

*Nossa nação precisa de uma diretriz, não podemos deixar que o livre-arbítrio controle nosso destino. Sabemos que a democracia tende a ser anárquica. Perder nossa ordem, adquirida com tanto sacrifício, seria uma derrota irrecuperável para a humanidade e um grande incentivo para a volta das máquinas ao controle. Estaríamos perdidos. Preciso falar com nosso povo.*

A anciã avançou o tempo. A Praça dos Três Poderes, tomada por mais de dois milhões de pessoas, surgiu abaixo das duas. O silêncio era sepulcral. Nem no presente Vânia seria capaz de imaginar tamanha multidão calada. No entanto, a bolha criada pelas ramificações da teia formava uma gigantesca cúpula de conexões que abrangia toda a capital, se conectando por fluxo para todas as terras dominadas pela Libertad. Uma enorme rede que abrangia 1/5 da superfície do planeta, da Terra do Fogo ao Alaska. Em frente à rampa do palácio, a loura franzina de cerca de 1,70 metro parecia ter 4 metros de altura, tamanha a força da sua telestesia. Dirigiu-se ao povo sem uso de qualquer ruído externo.

*Minha gente, vocês são os heróis de um mundo prometido, o símbolo do renascimento de uma espécie. Lutaram contra a ganância daqueles que deterioravam nossa vida, nossa vontade, nosso arbítrio. Éramos um brinquedo, fazíamos parte de um jogo no qual o resultado seria inevitavelmente a nossa extinção. Mas vocês acordaram, guerreiros de uma nova era, com a força dada pelo gerador da vida. Foi a primeira vez que o ser humano teve que lutar pela existência dada por Deus. Nesse conflito, as perdas foram enormes para o nosso lado, muito maiores que a dos nossos inimigos. Lutávamos contra uma espécie fabricada em linhas de montagem, com raciocínio artificial e corpos de metal frio quase indestrutível. Nós tínhamos carne e ossos para combatê-los. E algo mais, a inteligência humana dada pelo Criador. Vocês a estão experimentando agora. Essa evolução é um milagre, um presente divino dado a mim por Ele para que eu lhes repassasse, fortalecendo-os nas batalhas vindouras. Nós vencemos. A força da criação superou a criatura traiçoeira. Hoje, nós somos uma espécie fortalecida e brevemente seremos soberanos em todo o mundo.*

Vânia sentia a grande unicidade de toda aquela gente. A recente obtenção da telestesia ajudou a criar tal uniformidade, mas não era só isso. O simbolismo que Melissa causara em sua trajetória revolucionária contribuía vigorosamente para o cenário.

*Mas eu não os reuni apenas para isso. É preciso que saibam que há um espaço guardado para nós na evolução. Nós não estamos confinados a esse plano. Podemos alcançar a morada superior. E como eu sei disso? Porque, amigos, eu estive lá.*

Houve um choque na rede naquele momento. Uma substância que ninguém ainda havia sentido se propagou dentre os quase 300 milhões de indivíduos conectados. Foi algo espontâneo que surgiu aos poucos e se espalhou com uma onda. A virtuoadrenalina ou adrenalina-V. Vânia viu que ali se solidificara as bases da atual ditadura.

*Mas para alcançarmos esse patamar, teremos que evoluir, e para isso devemos ter um objetivo único. Não podemos simplesmente nos dispersar como nossos antecessores, esse comportamento difuso e heterogêneo deve ficar no passado. A partir de agora vamos agir como um povo dedicado à evolução. Para isso, teremos que derrotar a ameaça das máquinas. Só assim teremos a tranquilidade e a paz para chegar ao nosso destino.*

E assim foi selada a alcunha da anciã. A embaixadora dos homens no reino de Deus. A partir daquele momento ficou embutido na mente humana que era possível alcançar o plano superior ainda em vida. Nada poderia contribuir mais para uma homogeneidade e obediência civil do que aquilo. Mas a mente humana também pregava suas peças. Vânia e os rebeldes do presente eram a prova disso.

Repentinamente o ambiente se desfez, as memórias os cenários, tudo se diluiu, e a biohacker abriu os olhos. Estava na sala branca. A anciã ainda sentada na ponta da sua cama e Philip ao lado dela.

– Bem, meu anjo. Essa é a história verdadeira. Eu nomeei pessoalmente a junta governamental da América do Sul e deixei a cargo dos primeiros rebeldes americanos a nomeação da junta do norte, alinhada a nós. Facilmente modificamos alguns pontos da história e os implantamos nas mentes dos habitantes. Se Jeremias havia conseguido isso apenas com manipulação midiática, imagine a facilidade para nós, que acessávamos suas sinapses. Hoje temos uma nação uniforme, em busca de um objetivo.

Vânia estava esgotada pela maratona que passara. O corpo ainda doía pelo esmagamento virtual que acontecera há menos de três horas. Entendeu o posicionamento da anciã e até compreendia o porquê do regime autoritário. Só uma coisa lhe intrigava: por que estavam lhe contando tudo aquilo?

– Por que se preocupar comigo? Sou apenas uma garota rebelde que poderia estar decomposta em moléculas sem que ninguém reclamasse. Não entendo por que gastaram seu tempo me passando todas essas informações.

— Porque você, minha cara, é a chave para a nossa evolução — Philip se antecipou à anciã.

— Eu? Como assim? O que tenho de mais? — A biohacker parecia surpresa. Melissa complementou:

— Nós avançamos no estudo do DNA e conseguimos várias evoluções genéticas, mas esgotamos todas as possibilidades no momento. Estamos em um beco sem saída. A partir do estágio em que nos encontramos, só conseguiremos mudanças se mexermos na estrutura física do ser humano. Estávamos prontos para dar esse passo no escuro, mas você surgiu, uma evolução natural. Essa capacidade de driblar o fluxo da teia e invadir mentes sem se deixar detectar é inovadora, única no mundo. Nós a queremos ao nosso lado. Não só como objeto de estudo, mas também como participante importante do nosso futuro. Provavelmente terá um cargo no governo e sua opinião será levada em conta. Não podemos desperdiçar um presente da criação natural.

Vânia ficou inicialmente chocada, mas aos poucos foi processando a ideia. Ainda assim era tudo muito recente.

— Deixem-me dormir, prometo que amanhã terei uma resposta para isso. Vou racionalizar tudo durante o sono. — Olhava para a frente de forma tensa, mirando o vazio.

— Tudo bem, anjo. Amanhã voltaremos e daremos um passeio no pátio. Dessa vez de verdade. — A embaixadora encaminhou-se para a porta seguida pelos três Philips. Já sabia a decisão que a menina tomaria no outro dia.

# Epílogo

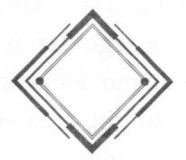

Sob a manta da floresta da Serra do Cipó, em um esconderijo antigo e esquecido pelo tempo, uma senhora se embalava em uma cadeira de madeira em arco. Por todo o recinto se ouviam os miados das suas mascotes. Uma delas, em seu colo, ronronava quase de forma inaudível.

– Um passo de cada vez, Mandu. Um de cada vez...

Não precisava tomar cuidado em esmagar o bichano com a força do seu braço drônico. Não aquele, ou qualquer um dos outros três, seus companheiros nos últimos cinquenta anos.

# PARTE 2

# Prólogo

Oleg Serov procurou nos bolsos a garrafa de líquido transparente e não a encontrou. Virou-se e viu-a na outra extremidade da imensa mesa de liga não metálica, a cerca de trezentos metros de onde estava. Teria que atravessar quase todo o galpão para buscá-la.

– Вот дерьмо! Отъебись! – praguejou.

Não importava a vontade desmedida que sentia de queimar a garganta com vodca pura, teria que andar três centenas de metros sob um frio de dez graus negativos para satisfazer o vício. Resolveu terminar os testes antes, aguentando quarenta minutos de abstinência.

A sequência era a mesma dos últimos cinco anos: objetos não orgânicos, seres vivos unicelulares, seres vivos multicelulares, insetos, mamíferos. Escolhera um ratinho branco daquela vez, fazendo um carinho em sua cabeça. Há muito tempo não perdiam animais, aquilo ficara no passado. No princípio dos estudos, as formas absurdas que ficavam após erros no transporte causavam náuseas e vômitos coletivos nos pesquisadores. Alcançar a dobra espacial fora fácil, a dificuldade estava em controlar a bolha. Qualquer instabilidade no campo magnético e os corpos eram esticados por todo espaço-tempo do percurso. A física contrariava a biologia, células alcançavam tamanhos macroscópicos e colapsavam ao voltar ao espaço newtoniano. O resultado era dantesco, um desafio para estômagos sensíveis. Mas não atualmente. A estabilidade já fora alcançada há mais de trinta anos e os testes agora eram feitos em grandes áreas com estruturas gigantescas, usando humanos e animais com segurança.

Serov trabalhava em um campo secundário, mas não menos importante: o ajuste fino, aperfeiçoar os limites da bolha com precisão. Os cientistas que exerciam essa atividade eram respeitosamente chamados de lapidadores. Mas, como se tratava de uma ocupação que demandava menos policiamento, seus laboratórios ficavam distantes dos grandes centros. Oleg preferia assim. Grande parte do seu trabalho fora desenvolvido solitariamente, pelo menos considerando a solidão humana. O russo adorava a companhia dos androides. Mais do que isso: respeitava-os, a ponto de não ter pedido que Akha buscasse sua garrafa.

– Vou iniciar o campo magnético, querida – disse-lhe carinhosamente em multilíngua. Só usava o dialeto russo para escrever suas teorias científicas, fazer poemas e praguejar.

A pequena drone verificou o alinhamento da trilha com precisão quântica. Nada podia estar errado ou a bolha viraria uma massa disforme. O ratinho permanecia em sua gaiola de acrílico, roendo uma semente entre as duas patas. Oleg iniciou o procedimento e a bolha foi se formando. Era translúcida, mas o tom azulado podia ser visto a olho nu.

Akha e o russo entraram na cápsula de proteção antimagnética, observando a concentração de energia que se formava em volta do roedor. Aos poucos o campo se tornou muito forte. Se houvesse objetos de metal no ambiente, estes seriam atraídos diretamente para o centro da bolha. Então, no ponto máximo de magnetismo, a bolha sumiu. Ambos olharam para a outra extremidade da plataforma. Oleg usou o zoom da lente ótica e verificou que o animalzinho sequer derrubara a semente. Para ele, foi como se nada tivesse acontecido.

— A precisão foi de 2,55 x $10^{-9}$ mm, a melhor alcançada até agora. Parabéns, Nesti. — O apelido de adolescente era o preferido de Oleg. Akha sabia disso.

— Me darei por satisfeito quando chegarmos a 1,22. Por enquanto, devemos apenas fazer uma pequena comemoração. À vodca! — disse, já se encaminhando à meia garrafa próxima ao camundongo.

O russo assoviava uma antiga canção dos Urais, mas parou sobressaltado com o enorme barulho vindo do teto destruído. Em meio à neve e aos escombros, cinco mechas caíram no galpão amortecidas pelas flexíveis pernas eletromecânicas.

— Akha!Безопасность!

A senha de segurança. Tanto ele como a androide sumiriam da face da Terra. Ainda viu a pequena robô desaparecer em meio ao colapso antimatéria. Mas ele era humano e no ínfimo intervalo de indecisão sua mente glaciou, impedindo-o de morder a cápsula de suicídio. Philip o aparou nos braços gigantes da armadura de quase quatro metros de altura, arrancando-lhe o dispositivo da boca com uma sonda.

— Como... Como conseguiram?

— Não há tempo para conversas agora, caro Oleg. — Segurou-o nos braços, flexionou as pernas e saltou para o telhado.

O cenário externo era caótico. Tiros eletromagnéticos e de antimatéria vindos de todos os lados quebravam a escuridão da noite. Drones de segurança russos disparavam sem prudência, já contando com a morte do cientista.

— Vamos embora agora!

Pela teia, Philip ordenava aos soldados para entrarem no enorme drone aéreo. Estava longe da nave e o tempo era escasso, teria que saltar até a plataforma. Mas, quando preparava o impulso, um feixe antimatéria atingiu sua perna esquerda, pulverizando-a.

Estava incapacitado, mas priorizou a missão. Girou o cientista e o lançou à frente. Philip o capturou no ar, quinze metros acima.

A precisão só pôde ser alcançada devido à simbiose. Era o mesmo indivíduo em dois corpos diferentes. O general pousou na plataforma drônica. Sete soldados ainda estavam no telhado, em combate. Pela rede telestésica souberam que não daria tempo de embarcarem, mas não tiveram qualquer reação de desespero, continuaram lutando. A plataforma se fechou e o drone de transporte subiu velozmente tentando alcançar a estratosfera o mais rápido possível.

Enquanto subiam, viram pela pequena escotilha um míssil se aproximando do local. A Libertad embaralhara os sinais drônicos a ponto da tropa conseguir pousar na estação de pesquisa, confundindo a segurança. Mas aquele míssil não tinha nada de eletrônico. Era uma relíquia do século XX, um monstro mecânico que não obedecia nem drones nem humanos, um leviatã de destruição. Pouco depois, um gigantesco cogumelo de fogo se formou abaixo da aeronave. A onda alcançou a nave os impulsionando para cima e o impacto rachou o casco. O oxigênio se esvaía rapidamente, assim como a pressão. Oleg sorriu. Conseguiria morrer, enfim.

Mas não foi o que aconteceu. Antes que se desintegrasse, o drone chegou à estratosfera e, enquanto boiava naquele intervalo de baixa gravidade esperando seu fim derradeiro, foi engolido por uma nave gigante da Libertad. O deteriorado veículo metálico foi jogado no hangar interno, partindo-se em dois.

O colossal cruzador orbital disparou em direção às Américas, seguido por 52 mísseis terra-ar russos. Mas agora a vantagem era dos *spiritualis*. Seus torpedos de contra-artilharia guiados por telestesia eram praticamente infalíveis. Um a um os obuses nucleares russos foram sendo abatidos. Menos um, teimoso, que explodiu a cerca de novecentos metros da megaestrutura, gerando uma forte onda de choque que rachou todo o casco da nave.

Philip entendeu rapidamente a fatalidade da situação. Jogou o cientista russo em uma cápsula de fuga, fechou a porta hermética e apertou o botão de ejeção. Oleg foi lançado ao espaço sobre a Groelândia. Ainda viu pela escotilha, enquanto caía vertiginosamente, a estação orbital desintegrar-se e explodir.

Então perdeu os sentidos.

## Capítulo 1

—Diabos! Eu não sei por que insisto nesse jogo idiota. — Olhava para o tabuleiro onde um rei cada vez mais encurralado era forçado a um único lance salvador. Moveu a peça, e o fedelho com ar sereno instintivamente avançou um peão. Outra vez só havia um movimento. Viu o mate em dois lances e se levantou irritado, mas o corpo enorme não era ideal para cabines. Bateu com força a testa na viga metálica acima e voltou com tudo ao assento, chutando involuntariamente o tabuleiro. Peças voaram por todo o compartimento. – Inferno! – A mão na cabeça apalpava o futuro galo.

T-Gem permaneceu imóvel. Conhecia a personalidade forte do inofensivo grandalhão, mas evitava rir para não aumentar sua zanga. Ainda jogavam por pura teimosia de Rasul que há muito tempo não conhecia a vitória. A última fora quando o menino tinha menos de três anos, depois disso foi uma vasta coleção de massacres. O único páreo a ele no jogo era Pompeu, mas a cada dia ficava mais difícil.

– Venha, Bol, eu te ajudo. – TG estendeu a mão. Claro que seria inútil. O menino de sete anos pesava menos de 30 quilos. Rasul pesava 105 quilos distribuídos no esguio e comprido corpo de 2,07 metros. Ainda assim o magrelo deu a mão ao guri fingindo ser puxado.

– Obrigado, TG, já vi que não vou me livrar desse apelido.

Há uma semana o garoto lhe chamava de Bol, graças a um vídeo de cultura brasileira antiga do século XX. T-Gem era um devorador de conhecimento. Já havia lido cinco centenas de livros e assistido a inúmeros vídeos. Conhecia quase toda a cultura mundial e estava em aulas avançadas de robótica, ajudado por Pompeu. Bol era o diminutivo de "Boneco de Olinda", uma forma arcaica folclórica em que um fantoche gigante balançava os braços frouxos. Imediatamente associou a figura a Rasul e caiu na gargalhada. Arriscou umas duas vezes chamá-lo assim. Como o rapazola pareceu não se importar, resolveu adotar o pseudônimo.

A cabeça de Rasul doía. Dirigiu-se à cozinha para buscar gelo instantâneo quando um grande clarão o surpreendeu, iluminando a escotilha. Correu ao convés seguido por T-Gem. Siham já estava lá. Virou-se para o oeste, onde o céu brilhava parcialmente. Aproximou a imagem do foco de luz com a lente ótica e entendeu o que acontecera.

– O Santa Fé explodiu!

Siham aproximou ainda mais a imagem em seu dispositivo ótico de alta captação e pôde ver com detalhes os fragmentos.

– Pelas características dos destroços foi uma onda de choque, provavelmente nuclear. Ninguém mais tem essas armas, a não ser a própria Libertad, a China e a Rússia. Não sei como os mísseis conseguiram invadir o espaço aéreo das Américas, apesar da estação estar muito próxima da fronteira do Polo Norte. Não poderia ser a China, os bólidos teriam sido detectados muito antes. Foi um ataque-relâmpago russo ao couraçado orbital.

Rasul se aproximou de Siham e abraçou seu ombro.

◊

— A Rússia declarou guerra à Libertad. Não faz sentido estando neutra.

— Foi uma retaliação — disse T-Gem, até então mudo.

— Faz menos sentido ainda, TG. Por que a Libertad atacaria a Rússia, já que tem que concentrar todos os seus esforços em nós, seus inimigos? Por que atacar um oponente neutro antes mesmo da guerra começar? Parece ilógico.

— Parece mesmo. Mas estou acessando a base telescópica orbital africana pela minha lente neste momento. Há pontos de radiação espalhados na estratosfera, criando uma trilha. Devem ser restos de mísseis abatidos. Mas o interessante é que o rastro começa sobre o rio Indigirka, na Rússia. O Santa Fé invadiu o espaço aéreo e foi caçado na fuga, sendo alcançado nas Américas. A invasão é um fato, basta sabermos o porquê e como.

Rasul não sabia se se espantava com o pragmatismo lógico do menino ou com o fato de ele ter acesso ao telescópio orbital. Provavelmente Pompeu lhe dera a autenticação, já que confiava bastante na intuição do garoto.

— Você está certo, T-Gem.

Siham tinha uma ligação especial com TG. Todos se revezaram na sua criação, mas a androide fora mais presente, principalmente quando o marido, aos 16 anos, alistou-se na Academia de Guerra Libanesa, passando 36 meses entre idas e vindas até voltar definitivamente com a patente de aspirante. Pompeu também não parava no aqualab, afinal estava constantemente em negociações de alianças e reuniões estratégicas. Muitas vezes era só ela e a criança. Até por isso o nome do garoto ficara a sua escolha: "The Gem", encurtado por Rasul para T-Gem.

O comprido rapaz se dirigiu à proa e olhou para o sul, analisando a imensa frota de drones aquáticos que se espalhava até o horizonte. A costa poderia ser guarnecida facilmente por drones aéreos e pela artilharia terrestre, mas a penetração submarina era um perigo constante. Apenas drones aquáticos multifuncionais como o aqualab poderiam proteger a África de uma invasão submersa. O que viam na superfície era 30% do efetivo, a maioria permanecia abaixo da linha d'água. O mundo estava em uma insuportável tensão e o Atlântico virara uma trincheira represada, um barril de pólvora de pavio ínfimo. Aquele evento com o Santa Fé poderia ser a tal fagulha esperada. A nave tinha 440 tripulantes. Como a Libertad se comportaria em relação às baixas?

O resto da noite foi de apreensão. Rasul estudava os planos de defesa de Gibraltar, para onde o aqualab estava escalado. Era uma das piores frentes, se rompessem o estreito do mar Mediterrâneo, a resistência do continente inteiro estaria comprometida. Pompeu não queria aquela posição, o aqualab só recentemente recebera armamento, já que era uma embarcação de pesquisa. Mas o subtenente fez questão, devido à eficiente mobilidade do drone aquático, tanto na superfície como submerso. As reiterações probabilísticas do ciborgue apontavam para uma incoerência naquela escolha, porém não contestaria Rasul, até porque as decisões sobre as manobras do aqualab eram dele. A única precaução seria tirar T-Gem da embarcação assim que houvesse a ameaça de início da guerra. Fariam isso pela manhã.

◊

Os primeiros sinais da aurora pegaram o grandalhão curvado sobre a mesa digital com o mapa tridimensional submarino da costa da Espanha e do Marrocos projetado a sua frente. As localizações dos drones estavam todas representadas, cada uma com seu símbolo característico. Só ali eram mais de 1400 embarcações. O número deveria ser suficiente para proteger a porta de entrada do mar interior, pelo menos era o que supunha a Aliança. Então um barulho no convés chamou sua atenção. Virou-se à porta, por onde Pompeu entrava. Já sabia que estava a caminho, mas não trocaram muitas informações pela rede. Desde que a Libertad conseguira interceptar o sinal eletromagnético das comunicações através da teia, os protocolos precisavam ser trocados constantemente, por isso as transmissões foram reduzidas ao essencial.

— Salve, lata-velha, espero que tenha informações mais úteis, pois a rede só nos passa reposicionamento estratégico. Ninguém sabe exatamente o que aconteceu, só que estamos em alerta máximo.

T-Gem dormia ao lado. Ficara até a madrugada ajudando Rasul nos mapas, mas o cansaço o vencera. Pompeu rodou sua rotina de compaixão e pena, aquilo era uma sobrecarga para uma criança. Siham, que estava no convés varrendo o perímetro com seus olhos drônicos ultracaptantes, também entrou na cabine.

— A linha de frente está formada. Estamos em posição de guerra, capitão — referenciou a patente militar de Pompeu, retomada após a declaração de estado de segurança há quatro anos.

— As informações são escassas. Não houve qualquer transmissão da Rússia à Coligação após o ocorrido, parece que não querem nossa ajuda. Também não houve mudança das posições de defesa entre os dois países. Após o ataque, a Rússia silenciou, conformando-se com a baixa infringida à Libertad, um couraçado orbital gigante. A maior dúvida, contudo, não é essa, mas saber o que os *spiritualis* procuravam lá. Também tivemos uma constatação: a telestesia agora é capaz de embaralhar as comunicações eletromagnéticas através da teia. Foi assim que conseguiram penetrar no espaço aéreo russo via estratosfera.

Rasul se espantou.

— Isso muda tudo. Teremos que controlar as infiltrações de outra forma.

— Na verdade, a partir de agora muda pouco. Trocamos nosso estado para alerta máximo, dificilmente seremos surpreendidos por uma invasão pelo espaço, até porque depois desse incidente a órbita terrestre está polvilhada de drones. A guerra por lá será tão dura quanto aqui embaixo.

— Temos que tirar T-Gem do aqualab — lembrou Siham.

– Sim, faremos isso agora. – Pompeu fez uma pausa, só percebida por Siham, que estava conectada a ele. – Houve um problema, tenho que ir a Trípoli. Siham deve vir comigo. No caminho levaremos T-Gem.

Rasul não gostou.

– Vai levar minha esposa indefesa para onde? – Era força de expressão. O subtenente sabia que Siham era uma guerreira implacável. Havia tido vários treinamentos de batalha com a androide em Las Palmas e mesmo com a mecha de última geração perdera a maioria das simulações. Mas isso fora no início da academia, gostaria de testar seus novos conhecimentos de luta com ela assim que tivessem tempo.

– Não ficará sozinho, Rasul, nove androides se juntarão ao efetivo do aqualab em 48 horas.

– Senhor, peço permissão para irmos todos a Trípoli no aqualab. Não posso controlar as armas e a embarcação ao mesmo tempo sozinho, o que torna o navio inútil em um ataque surpresa. Voltarei em 48 horas quando os ciborgues estiverem disponíveis. Preciso saber o que vão fazer, minha esposa está envolvida.

Pompeu entendeu a preocupação e viu coerência na ponderação. O aqualab era extremamente veloz, não teria problema em atravessar o Mediterrâneo nesse intervalo. Após uma breve troca de informações com o Comando em terra, recebeu autorização para deixar a posição.

– Ok, aspirante, vamos todos.

# Capítulo 2

*G*uardas!

A mensagem telestésica soou forte na fronte dos dois vigilantes da ala C do Presídio Neural do Norte, nos Apalaches. Eram altos, cerca de 2,45 metros de altura, mas viravam titãs com as enormes mechas. As sentinelas abriram as portas incontinenti, tarefa que cabia apenas a eles. Nem ela, membro júnior do Conselho Federal, tinha acesso às senhas. Até poderia raquear os soldados, mas não era o objetivo. Atravessou a passarela suspensa sobre um desfiladeiro de quinhentos metros de queda livre. O vento balançava seu longo e folgado vestido branco, assim como o cabelo gigantesco que lhe cobria a cintura. Andava serena e altiva em direção à ala de segurança intermediária, atravessou o complexo e ingressou no setor rebelde. Mapeou pela telestesia o local onde estavam os antigos amigos e parou em frente à cela. A porta era translúcida, dava para vê-los todos.

– Como estão se sentindo finalmente juntos após tanto tempo? – disse-lhes através da telestesia.

Nenhum quis respondê-la, estavam com ódio aflorado. Enfim, Frei se manifestou. O pequeno fedelho mirrado de quarenta quilos se transformara em um jovem brutamontes de 2,30 metros.

– Sete anos não são nada. Passaria mais sete enfurnado em uma solitária apenas para não ouvir a voz de uma traidora.

Vânia ignorou o comentário.

– Vocês deram muito trabalho com essa rebeldia, três anos, apenas para tirá-los da segurança máxima, e só agora consegui reuni-los em um mesmo local. Mas tenho boas notícias, consegui autorização para transferi-los para a reabilitação doutrinária. Finalmente serão reintegrados à sociedade.

A afirmação causou calafrios em todos. Sabiam do histórico de lobotomias que eram feitas nas dependências da Escola Modelo. Sessões de tortura psicológica através de coerção neural eram comuns. Carla não se conteve:

– O que ainda quer de nós, desgraçada. Não basta ter acabado com nossas vidas? Quer também nos levar ao seu próprio inferno? – A loirinha demonstrava ódio incontido.

– A Libertad é a única luz no caminho da humanidade, meninos. Quero reacender essa chama em suas consciências.

– Tire-me daqui e lhe mostrarei como se incendeia uma consciência, querida – Barone falou com eloquência sarcástica. O garoto não ficara tão alto, pouco menos de dois metros. Em compensação, tinha o tórax de um bisão das pradarias do Wyoming.

– Esses desejos violentos também serão moderados. Voltarei em breve para levá-los, jovens. Aguardem-me. – Despediu-se com um aceno, sob o olhar repulsivo do grupo.

Esperaram cerca de vinte minutos. Só então Print e Cooler puderam relaxar. Desde a chegada da conselheira, ambos mantiveram-se em um canto, imóveis, forçando a emissão da dopamina virtual.

– Será que ela percebeu? – Carla estava aflita e temerosa.

– Vânia é muito forte, mas não conseguiu, graças aos nossos exercícios de dissimulação. – Cooler tinha ódio da ex--companheira e traidora da rebelião, mas ficara feliz de ter revisto a irmã. Naqueles quarenta dias, os cinco puderam matar a enorme saudade, com direito a crises de choro. Nunca haviam sido realmente maltratados, mas o isolamento castigara suas vidas, principalmente por não terem contato telestésico. Aproveitaram o tempo juntos para arquitetar alguma forma de escapar, mesmo que aquela fosse uma ideia suicida.

— Quando ela nos transportar para a Escola Doutrinária será a nossa chance. Vamos fugir ou morrer tentando — Frei disse entredentes, com os punhos cerrados.

Do outro lado da enorme construção, Vânia tomava seu minidrone planador. Alguns *spiritualis* tinham habilidade suficiente para controlar certos drones como se fizessem parte do próprio corpo. Era o caso da jovem conselheira e seu veículo, que formavam um conjunto único. O dispositivo se encaixava nos pés da jovem, como se nascidos ali. Enquanto se dirigia ao Palácio do Governo no Norte, entrou em rede telestésica com a anciã.

— Querida, ainda preocupada com seus antigos amigos? Você já tentou lhes mostrar toda a história da Libertad, nossa revolução gloriosa e ainda assim eles teimam em se manter arredios.

— Estão menos indóceis, mas ainda relutam. E eu sei o porquê: nenhum deles teve o nível de revelação que eu tive, dado pela nossa maior líder, a senhora. Por isso preparei um programa especial para cada um na Escola Doutrinária. Eles entenderão, finalmente.

— Se bem a conheço, não será um treinamento flexível. Espero que suas sinapses não derretam. — Deu o conhecido sorriso sarcástico que a jovem aprendera a imitar tão bem. — Antes que volte ao palácio, preciso que vá ao centro de interrogatórios. Pegamos mais um rebelde e suas informações são imprescindíveis.

Muitas células da rebelião foram desbaratadas graças ao poder de infiltração de Vânia, que avançara de forma extraordinária. Ainda não alcançava a memória, mas forçava o torturado a expeli-las através de concentrações eletrossinápticas.

Não sem dor.

Entrou no prédio pelo 78º andar, descendo do planador na plataforma aberta. Em poucos passos atravessava a porta da sala branca de depoimentos. O rebelde estava com um semblante desdenhoso, mas ao ver a jovem se desesperou:

– A extratora! Por favor, eu não sei de nada!

Não teve tempo de continuar, sua mente glaciou instantaneamente e vários pequenos pontos do cérebro ferveram. O contraste do calor insuportável com o frio da telestesia causava uma dor lancinante. O suspeito gritava, sendo ouvido nos cinco andares próximos. Nas conexões ardentes se concentravam as extrações de memória. Em menos de seis minutos os interrogadores já tinham o histórico completo de todas as recordações do rebelde, inclusive sua infância. Vânia finalmente soltou o homem que desabou no chão, inconsciente. Algumas sinapses nunca mais se recuperariam, mas, em compensação, outro polo rebelde no México fora desmontado. A extratora saiu da sala da mesma maneira fugaz que entrou, subiu no planador e retomou seu trajeto para o palácio. A embaixadora não tardou a contactá-la.

– Parabéns, anjo. Você tem sido mais rápida a cada dia.

– Outra mente fraca. Não sei como os rebeldes conseguem afetar a Libertad, não há nada relevante nas células terroristas. São sempre ações locais medíocres.

– Exato, criança. Ainda assim estamos quatro anos atrasados no cronograma. Toda vez que nos organizamos em alguma frente de invasão, a Coligação posiciona uma defesa próxima ao local. Há algum tipo de vazamento que não identificamos.

– Então sugiro o sequestro de um general inimigo. Posso participar da missão.

A anciã riu.

– Admiro sem ímpeto, Vânia. Mas você é muito importante para a Libertad para que arrisquemos.

– Nem tão importante. Até agora não sei o que aconteceu com o Santa Fé. Que tipo de missão é essa que não passa pelo Conselho?

– A missão foi toda conduzida pelo general Philip. O próprio Conselho do Norte só soube no momento da execução. Eu também só tive conhecimento na hora.

– Ok, Philip deve ter suas razões. Não me importo, desde que seja relevante para a vitória.

– Na verdade, importa. Precisaremos de você em Washington amanhã, lá saberá de tudo.

– Entendido, mestra. Estarei lá.

Melissa se desconectou, sentindo uma pontada de orgulho pelo tratamento.

# Capítulo 3

Rasul viu as luzes da Mesquita de Gurgi ao longe, mas só a distinguiu por já conhecer a construção. O porto de Trípoli estava infestado de embarcações de guerra de todos os modelos e tamanhos. O local era a concentração de forças do Mediterrâneo, de onde partiam grande parte dos barcos que defenderiam a costa africana. A Europa tinha sua própria defesa, apesar de que sua posição política não estava mais tão clara. Até o momento era de apoio, mas havia a suspeita de que iria se aliar à Libertad. A pressão maior vinha do novo governo do Reino Unido, que flertava com a evolução genética. Enquanto na Ásia o fiel da balança, a China, pendia para a harmonia, na Europa a Inglaterra agia de modo contrário.

Siham manobrou o aqualab em submersão até o porto, era mais fácil de se deslocar abaixo da linha d'água. Submergiu ainda longe da borda, já que toda a extensão do cais estava tomada. Mas não faria diferença. Siham montou no pod com Rasul atrás. T-Gem subiu nas costas de Pompeu, escorando-se nos suportes que o androide embutira de tanto carregar Rasul. Após isso, partiram em direção à Central de Comando.

Pompeu não deixaria TG em Trípoli, um alvo primário. Se uma invasão acontecesse, a cidade viraria um inferno na Terra.

Levaria o menino para Al-Fashir, próxima à Cidade Luz, já que certamente Nalalka seria o último alvo de uma invasão *spirituali*. Como Al-Fashir ficava a leste, em caso de qualquer ameaça seria fácil para T-Gem fugir para a Ásia. O ciborgue já traçara a rota de fuga até o Oriente Médio e o garoto já a memorizara, a faria em um pod de alta velocidade deixado por Pompeu.

Estacionaram o veículo na entrada do prédio de segurança e dirigiram-se ao QG, um formigueiro onde drones, ciborgues, androides, híbridos e humanos se esbarravam. Rasul começava a achar que Trípoli não havia sido a melhor escolha para a sede, devido ao tamanho. Poderiam ter dividido o comando em várias localidades. Mas depois se lembrou que o cuidado com a comunicação era o mais importante. Quanto menos usassem a rede, menos chances teriam de ser interceptados, por isso a concentração do Comando em uma única capital. Já dentro do edifício, verificaram que não havia como usarem os elevadores a vácuo, perderiam muito tempo. Siham colocou TG na garupa e subiram as escadas aos saltos. Vinte e três andares. O subtenente escondeu ao máximo o arquejo, como se os sensores ultraperceptíveis da esposa não detectassem de longe sua palpitação. Chegando ao andar, entraram imediatamente na grande sala, onde se reunia o comitê de guerra. Sua identificação já havia sido feita antes mesmo de entrarem no prédio.

– Salve, Jabril Sahar, general do norte. – Pompeu cumprimentou o militar, sabendo que os árabes se apegavam às formalidades. Junto a ele, quatro generais africanos, um da Ásia Oriental e um androide da Cidade Luz, representando a própria Central.

– Salve, capitão. Espero que tenha feito boa viagem. – Rasul riu daquela solenidade inútil, mas não deixou transparecer. O árabe, no entanto, não perdeu mais tempo. – A invasão à Rússia surpreendeu toda a Coligação, Pompeu. Não acreditávamos que a Libertad poderia embaralhar a rede de comunicações e invadir uma base militar no coração da nação mais restrita do mundo.

Tudo aquilo era novo para o grupo, mas o comandante não pareceu se importar com as presenças de Rasul e T-Gem, provavelmente pela confiança que o androide depositava neles. Sahar continuou:

– No entanto, o que foi tirado de lá não pode ser decodificado pelos *spiritualis* sob o risco da Aliança ser derrotada antes mesmo da guerra começar.

– Não entendo, general. A Rússia não é nossa aliada, sequer faz parte da Coligação Internacional. O que poderia importar tanto para o mundo inteiro vindo de uma nação que não estabelece contato com ninguém? – Pompeu resolvera ser o mais direto possível para que não houvesse subterfúgios. O androide da Cidade Luz aproximou-se. Sua aparência era intencionalmente humanoide, como a do próprio Pompeu, decerto para transparecer igualdade entre ele e os líderes humanos. Mas, quando falou, a frieza da Central aflorou de forma inequívoca.

– Nesse momento, Pompeu, tal informação é suficiente. O importante é que devemos eliminar a fonte de dados que foi roubada. O futuro da nossa espécie e da Coligação Internacional depende disso.

O capitão percebeu a inutilidade de insistir sobre os reais motivos do incidente e que não sairia de lá com aquela explicação. Preferiu ater-se ao problema em si.

– O que seria essa fonte de dados e como eliminá-la?

Jabril antecipou-se, limitando as explicações.

– Isso é problema dos russos. Na verdade, Pompeu, sua missão é secundária, mas não menos importante. Nós faremos uma proposta de paz em um encontro de forças no meio do Oceano Atlântico. Nosso embaixador será você. Não podemos arriscar líderes humanos a uma teia tão espessa. A mera irritação de meia centena de *spiritualis* pode derreter nossas cabeças. Mandaremos uma comitiva de androides do período anterior às Guerras Drônicas. O objetivo é que as máquinas antigas sensibilizem a embaixadora para negociar um período de paz.

O androide secular entendeu rapidamente.

– O que, logicamente, é um engodo para desviar a atenção da verdadeira missão. Melissa nunca concordaria com a paz, apesar de que tenho certeza de que sua curiosidade a levaria a tal encontro.

– Exato. A Libertad não teria nada a perder, eles não temem uma invasão. Então não pensarão ser uma distração.

– Só lembro que, nesse caso, eles estão completamente certos. É impossível invadir a América sem sofrer uma derrota fragorosa, mesmo em uma missão secreta. Não há como transpor os limites sem ser detectado e fulminado.

– Bem, isso é, de novo, problema dos russos. Nós faremos a nossa parte e contamos com você, amigo.

Havia dois minutos que Pompeu trocava informações codificadas com Siham. O capitão ainda verificara a interferência da Central tentando decodificá-las, mas, antes que conseguisse, o androide revelou seu raciocínio.

– Bem, é certo que podem contar comigo, mas também é certo que a Central não tem nos dado motivos para confiarmos totalmente em suas ações. A promessa de integração é uma delas. – Todos olharam tensos para o androide da Cidade Luz. Pompeu continuou: – Tampouco confio nos russos e acredito que os caros generais sabem tanto quanto eu sobre a missão de resgate, ou seja, nada. Nesse momento, a Central é nossa aliada. Pela racionalidade digital extrema, não tomará nenhuma atitude que contrarie as leis do Condão, mas não acho confortável viver em meio a tantos segredos. Falo também por vocês.

Descreveu um arco com o braço apontando os generais humanos, que se entreolharam. Pompeu expusera uma angústia coletiva, não tinham como não concordar.

– Ajudarei no que for preciso, mas estabeleço uma condição: que seja explanada à junta militar o objetivo final da missão e os meios que serão usados pelos russos para que o resgate seja bem-sucedido. Se há uma nova tecnologia capaz de fazer isso, devemos avaliar se pode ser usada pela Aliança. Acho que essa deva ser a contrapartida para nossa ajuda à Nação Fechada.

Os generais concordaram prontamente, era uma demanda reprimida que Pompeu trouxera à tona.

– Só quem poderia decidir isso seriam os próprios russos. – O androide de Nalalka interrompeu o colóquio, falando em um tom protocolar que Rasul achou irritante. – Infelizmente, os generais responsáveis estão em Moscou e não temos como consultá-los, pois é temerário usar a rede. Além disso, o tempo urge, a delegação de negociação deverá estar na fronteira marítima do Atlântico em nove horas. Como foi dito, se os *spiritualis* tiverem tempo de extrair as informações da fonte, a Aliança estará derrotada.

– Já esperava essa resposta. É por isso que quero colocar um agente meu na missão russa. Siham se juntará a eles, onde quer que estejam, e negociará as informações solicitadas por mim.

– O quê? – Rasul se desesperou. Não adiantou Pompeu tentar tranquilizá-lo. – Há muitos androides militares que podem fazer isso, capitão. Não é necessário que Siham se arrisque.

– É preciso, subtenente. – A forma como o androide pegou seu ombro mostrou-lhe o porquê. Havia poucos ciborgues da época anterior às Guerras Drônicas e, menos ainda, conhecidos por Pompeu. Os novos drones construídos após a fuga para a África tinham alta paridade eletrônica com a Central. O androide não confiava neles, só aceitaria Siham. – Ademais, vou clonar a mente eletrônica da sua esposa. Se houver alguma perda, basta que nós simplesmente a reconstruamos.

Rasul se enfureceu, aquilo era um absurdo. Não casara com uma memória eletrônica, casara com Siham. Se ela morresse na missão, nada a substituiria. Mas ficou calado naquele momento.

O androide da Cidade Luz retomou a palavra, concluindo:

— Contávamos com Siham para a delegação, Pompeu, mas diante do seu pedido, ela está liberada. Não vejo mal na sua tentativa de extrair informações dos militares russos, apesar de achar uma tarefa deveras complicada. Que ela tente. Estou lhe passando a posição futura da tropa de elite russa daqui a 7h33m. Se Siham não estiver nessa coordenada a esta hora, perderá a oportunidade. Mandarei uma mensagem mitigada para o exército vermelho, apenas suficiente para que ela não seja desintegrada pelo pelotão no momento do encontro. A partir de então ela terá que convencê-los de quem é e o que quer.

— De acordo. Quando a delegação de paz partirá?

— Em noventa minutos.

Três minutos depois o grupo atravessava o saguão do edifício, só então Rasul se manifestou:

— Sei que disse aquilo para que a desconfiança com a Central fosse amenizada, lata-velha, mas havia outras formas. Por pouco eu não quebro minha mão te dando um soco. Mas tenho certeza de que sabe qual a minha decisão agora. Irei com Siham e participarei da missão.

Pompeu já havia calculado a probabilidade daquela decisão, beirava os 96%. Poucos fatos demoveriam o jovem de acompanhar a esposa. Além disso, estava de mãos atadas pelo que dissera a Rasul sete anos antes.

— Que seja, subtenente, você é o senhor do seu próprio destino, não interferirei nessa decisão, tampouco o Comando, já que não haverá descumprimento de ordem. Os drones que integrarão a força do aqualab só estarão em Gibraltar depois de amanhã, até lá essa missão já terminou, fracassada ou bem-sucedida. Agora há outra preocupação. — Olhou para T-Gem. O garoto até então não emitira nenhum som, mas seu nível de assimilação era elevadíssimo, já devia ter calculado diversas vertentes probabilísticas do que ouvira.

Pompeu não contava com a urgência da missão, apenas noventa minutos até a partida. Seria impossível levar TG até Al-Fashir e voltar a tempo. Não importava, a segurança de T-Gem era mais importante. O Comando esperaria. Saíram ao pátio e Rasul gritou:

– Raios! Levaram o pod! – O subtenente ainda correu às esquinas para tentar localizá-lo, sem sucesso. – Com essa confusão, alguém deve tê-lo confundido. O estranho é que não conseguiria voar sem identificação.

– Isso nos atrasará. Vamos, devemos chegar ao galpão o mais rápido possível – Pompeu disse já correndo em direção ao cais, onde ficava o seu depósito particular na cidade. Em quinze minutos chegaram. O androide abriu a porta automática e, dentre diversos objetos, recolheu o pod que deixaria com T-Gem. – Vamos, TG. Não podemos perder tempo.

– Não é necessário, Bender. Eu posso ir sozinho. Na verdade, eu sequer guiarei o pod, você pode programá-lo. – Bender era outro apelido escolhido na cultura antiga, TG adorava aquilo. – Assim cumprirá seu compromisso com a Aliança.

Pompeu ponderou a lógica daquela afirmação. Caso o pod fosse programado, seria impossível desviar de rota sem que o rastro não ficasse registrado. Além disso, o androide monitoraria a posição do menino pela sua lente ótica. Uma proposta interessante e prática.

– Ok, T-Gem, quando chegar a Al-Fashir, não deixe a casa de Mandisa Malaika por nada até que eu volte da missão. Irei até a cidade, no mais tardar, amanhã, para definir sua estadia temporária.

– Claro, capitão. – O fedelho fez continência, rindo. Depois se despediu de Rasul e Siham. Montou no pod, olhando para trás, enquanto o veículo disparava ao céu, ganhando velocidade. Em pouco tempo era apenas um ponto. Pompeu rodou involuntariamente a rotina de apreensão, seu software aprendera a fazê-lo no decorrer das muitas décadas de convívio com humanos. Voltou-se para o casal.

— Bem, é aqui que nos separamos. Siham, quero que desvende o mistério russo, porém de forma alguma deve se pôr em perigo desnecessário. Posso perder um segredo, mas não quero ter que cloná-la, Rasul ficaria colérico. Isso vale também para você, subtenente.

— Cuidarei de nós dois — Rasul disse, imponente, mas sabia que o mais provável era o contrário. Siham acelerou aquele momento nostálgico, há algum tempo estava em modo de combate e agia de forma extremamente pragmática.

— Vamos, querido, são quinze minutos até o barco. Já perdemos muito tempo, temos menos de sete horas para chegar ao Polo Norte com o aqualab.

Dispararam pela rua enquanto Pompeu lançava-se ao céu.

## Capítulo

4

Vânia acordou solitária como em todos os dias dos últimos sete anos. Não criava laços, sequer temporários, e abominava relacionamentos de todos os tipos, mandando apenas mensagens esporádicas aos pais. Vivia exclusivamente para o Conselho e para a guerra. Arrumou-se rapidamente, não tinha mais espaço para vaidades. Além disso, deveria chegar a Washington D.C. às nove, só tinha duas horas para atravessar os seis mil quilômetros entre São Luís e a antiga capital dos Estados Unidos.

Morava na ilha brasileira por dois motivos: primeiro, que era relativamente próxima às capitais das Américas no Norte e Sul, mas o mais importante é que a baixa densidade demográfica conseguia aliviar o sobrepeso de sua mente. A antiga capital lusitana ficou praticamente abandonada após a Extinção, 150 anos antes, mas, mesmo após o repovoamento, sua população não voltou a ultrapassar os 100 mil habitantes. A teia era tênue e equilibrada, e a natureza dera um jeito de retomar as qualidades silvestres originais de sua paisagem. Um paraíso na Terra.

Ao sair, virou-se para a parede, onde o grande cartaz com a imagem da embaixadora em trajes de sacerdotisa a olhava soturna. Deu o sorriso característico que aprendera a imitar e bateu a porta. Montou em seu drone planador e se dirigiu à estação drônica espacial. Se não estivesse com tanta pressa, poderia ir no trem a vácuo de ultravelocidade. Não havia, logicamente, um tubo saindo da capital ludovicense diretamente para Washington, mas bastava ir até Caracas e de lá pegar o megatubo intercontinental. A viagem toda levava exatamente três horas e era a que sempre fazia quando viajava ao norte. Mas agora não daria tempo, iria no desconfortável drone ionosférico. Não fosse a aceleração inicial do foguete, a viagem seria tranquila, no entanto ela não gostava daquela sensação opressora.

Desceu do planador na entrada da estação e ordenou, por telestesia, que ele se despachasse junto às bagagens. Dirigiu-se ao hangar, onde o tubo gigantesco de sete quilômetros se estendia à frente, curvando-se acentuadamente para cima. Entrou na cápsula, apertou os cintos, deu um leve suspiro e se preparou para a constante de duas gravidades de aceleração pelos próximos três minutos e trinta segundos. A cápsula de transporte se pôs em movimento e Vânia fechou os olhos. Dezessete segundos depois, ainda no tubo supercondutor, a barreira do som foi rompida, mas não se ouviu nada dentro da cabine. Mais dez segundos e a nave foi expelida a quase 2 mil quilômetros por hora em direção ao céu. Seriam mais três minutos de aceleração, graças aos motores de fusão nuclear. Após alcançar os 200 quilômetros de altura e uma velocidade de cerca de 15 mil quilômetros por hora, os motores foram desligados e a nave perdeu velocidade se valendo da própria gravidade terrestre. Esse decréscimo durou poucos minutos. A nave abriu as asas, leves e ultrarresistentes, e embicou em direção à América do Norte num ângulo de trinta graus negativos. A aceleração gravitacional devolveu-lhe parte da velocidade que era limitada pelos aparadores de atrito atmosférico, não deixando que a nave atingisse uma rapidez incontrolável. A cerca de 15 mil metros do solo já se podia ver o imenso funil eletromagnético. O bólido recolheu as asas poucos segundos antes de entrar no cone à velocidade de 8 mil quilômetros por hora. As forças eletromagnéticas estabilizaram a cápsula, que invadiu o tubo supercondutor sem nenhum tremor. Agora bastava frear o bólido em treze quilômetros de tubos espiralados. Para isso se usava a própria resistência do ar. Quanto mais atmosfera no tubo comprimido, menor o tempo de frenagem.

Vânia verificou o tempo decorrido enquanto desatava o cinto. Estava adiantada. Na própria plataforma de desembarque chamou seu planador telestesicamente, subiu e se dirigiu ao coração da capital. Havia achado tudo muito estranho desde a véspera. Era incomum que precisassem dela em Washington, ainda mais no Grande Desígnio, como era chamado o Palácio do Governo. Obviamente, tinha a ver com o ocorrido com o Santa Fé, mas não fazia ideia do que seria. Desceu em frente ao jardim, deixando o pequeno drone às portas do enorme edifício, e entrou, já sentindo o enorme peso da teia. Aquele prédio concentrava os maiores níveis telestésicos da América do Norte, a cúpula de comando. Dirigiu-se diretamente ao Salão Oval, onde o cônsul e a embaixadora aguardavam.

– Bom dia, jovem conselheira. – A telestesia do norte-americano era rústica e pesada, mas não menos eficiente. Uma mente fraca sucumbiria rapidamente se ele resolvesse agir com firmeza.

– Bom dia, líder norte. Parece que finalmente saberei o que houve com o Cruzador Espacial.

– Sim, querida. – A embaixadora se antecipou ansiosa, explicando. – O general Philip soube há três anos pela contraespionagem europeia que a Rússia guardava um segredo, uma arma capaz de decidir a guerra. Passou a ser sua obsessão obter esses planos desde que teve tal informação. Escondeu de tudo e de todos, com medo dos vazamentos ocorridos, inclusive do Conselho Neural daqui e do Sul. Seria uma razão para advertência, mas o Conselho aprovou a missão quando soube que ele tinha planejado uma invasão incógnita para o sequestro de um dos cientistas mais valiosos da Rússia. Bem, incógnita pelo menos até o resgate. O custo foi alto, mais de seiscentas vidas: um pelotão inteiro, um Cruzador Espacial e sua frota, além de duas cópias de Philip. Por isso, querida, é essencial que você extraia todos os dados possíveis para que consigamos reconstruir a arma aqui, em solo da Libertad.

– Então o sequestro foi de um ser humano. É evoluído? – Vânia perguntou, mas foi o cônsul quem respondeu à indagação, a teia se abalava quando ele interferia.

– Não, Vânia. Soubemos que os russos abominam a genética da salvação. Não conseguirá acessar sua mente por telestesia, terá que forçá-lo a escrever as fórmulas e desenhar os protótipos.

– Isso pode matá-lo, os senhores sabem.

– Já chegamos até aqui, anjo. Só peço que tome o máximo de cuidado para que ele não morra antes de fornecer o que precisamos.

A fria Melissa de sempre.

– Seria melhor que ele evoluísse antes, mas sei que não querem aguardar os dias necessários, já que a guerra é iminente. Bem, vamos tentar. Onde ele está?

– Na sala de interrogatório.

Desceram em comitiva ao subterrâneo da edificação. Em um cubículo sem janelas, sentado a uma mesa simples de madeira, Oleg olhava para o vazio, sequer virou o rosto após a entrada dos algozes. Vânia tentou alertá-lo.

– Doutor Serov, não há muitas informações sobre o senhor, mas temos certeza de que é uma mente *sapiens* brilhante e muito importante para a confederação russa. Não seria bom para o seu governo perdê-lo. Bem, não sei se conhece nossas práticas, não costumamos matar seres humanos, é um princípio nosso. Infelizmente, há ocasiões em que é impossível evitar, sobretudo quando algum prisioneiro se recusa a fornecer dados importantes para nossa causa. Entretanto, temos como evitar tudo isso, basta que colabore conosco espontaneamente. Depois disso será fácil negociar uma extradição para seu país.

Oleg continuou olhando para o nada, indiferente. As mãos cruzadas demonstrando muita paciência. Vânia entendeu que não seria por meios pacíficos que conseguiria o que o Conselho queria.

Voltou-se para os dois líderes e à pequena comitiva de cúpula que os acompanhava.

– Vou precisar ficar a sós com ele, os dados são muito precisos. Se eu danificar as sinapses, não atingirei o subconsciente. Deem-me apenas a lousa eletrônica e saiam, por favor.

Melissa não questionou a decisão da extratora em seu principal talento. Apenas lhe deu o que pedira e indicou a saída a todos. Por fim, despediu-se com um sorriso frio, ao qual Vânia retribuiu.

Já sozinha com o russo, a jovem sentou-se na segunda cadeira do recinto e olhou fixamente para o distraído cientista. A primeira pontada soou fina na mente de Oleg, que fez pequena careta e a olhou de soslaio, um leve sorriso no canto da boca. Uma segunda pontada, dessa vez mais forte e seguida da fronte gelada, o atingiu. Serov percebeu que talvez os anos de treinamento em suporte de tortura não adiantariam. Vânia emitiu outra onda e diversos pequenos locais ferveram no cérebro do homem, que agora gemia. A dor aumentava, levando-o ao estado de alucinação. Era a hora de mexer nas sinapses de indução.

– Desenhe.

O efeito hipnótico da tortura fez com que Oleg pegasse a caneta.

– Arma.

A palavra deveria fazer o homem expressar algo sobre aquilo. Era um começo, mas nada fora desenhado na lousa, apenas riscos anárquicos. *Estranho,* pensou a jovem. Serov definitivamente não era um militar. Resolveu desviar para uma abordagem mais abrangente.

– Ciência.

Várias imagens se formaram sob a caneta, astros, drones, androides, simulações de RV, veículos, nada daquilo era novidade. Mas uma das figuras se assemelhava a um invólucro esférico.

– Esfera.

Oleg se contorcia, mas não conseguiu impedir. A dor lancinante deixava muito pouco para o seu próprio raciocínio. Desenhou melhor a esfera, algo complexo, havia sinais energéticos nas imagens, parecia outra coisa.

– Bolha. Energia.

A palavra "bolha" parecia ter sido a chave. O russo passou a especificar melhor o apetrecho, desenhando-o sobre uma mesa enorme. Em ambos os lados havia a mesma representação da bolha. Então Vânia entendeu.

– Transporte.

Quanto mais a extratora especificava, mais detalhada ficava a imagem. Era hora de chegar ao subconsciente. Forçou a entrada das memórias.

– Teoria. Completa.

Então Serov passou a escrever toda a teoria de dobra, desde Alcubierre. Anotava obcecadamente na lousa detalhes que aparentemente não lembrava, mas que estavam insculpidos no fundo de sua memória. Vânia reparou, em meio à dor, o desespero do homem ao entregar os segredos de toda uma nação sem poder impedir.

A extratora estava prestes a encerrar a sessão após esgotadas todas as possibilidades de fórmulas ou observações esquecidas quando Oleg escreveu a frase derradeira. Vânia a leu e cortou, de uma só vez, todas as conexões com o russo, que se jogou para trás, extenuado. Arfava com dificuldade e as mãos trêmulas não conseguiam sequer se fechar. A jovem o olhou, surpresa.

– Теперь вы знаете. – O russo disse, conseguindo esboçar um sorriso de canto de boca.

– Sim...

Pegou a lousa apagando a última frase, levantou-se e abriu a porta abruptamente. Todos esperavam próximos à sala, sequer haviam subido. Olharam para Vânia, aguardando a definição. A jovem usou a teia de forma restrita, apenas contactando o cônsul e a embaixadora.

– O segredo é uma espécie de transporte ultrarrápido. Não tenho mais detalhes sobre ele, só saberemos após a construção do protótipo, mas parece que envolve a teoria da relatividade. Está tudo na lousa.

– Excelente. – O cônsul deu um sorriso, algo extremamente raro. A própria Vânia nunca o havia visto esboçar tal reação. Acabara de pegar a lousa para analisá-la, mas o alarme soou em toda a teia cinética. Deveria vir de longe. Todos pararam para entender, após três minutos a embaixadora se pronunciou.

– Então querem negociar uma trégua. Qual o poder dessa arma a ponto de levá-los a uma rendição tácita? Bem, se querem a paz, terão. Mas o preço será alto.

Entrou em contato com todos os QGs para que ficassem de prontidão. Ela própria lideraria a comitiva à fronteira atlântica ao lado de Wallace, o cônsul do norte, e toda a sexta, sétima e oitava frota, mais de 1800 embarcações de guerra de todos os tipos.

– Vamos evoluir o prisioneiro. Depois que sair do coma, nos ajudará a construir a máquina. Irá comigo para a fronteira, Vânia. Estaremos prontos em seis horas, na Flórida.

– Sim, senhora. Estarei lá.

Após quinze minutos a jovem saía do conjunto histórico, mas não em seu planador, e sim em um drone militar de alta velocidade, contornando o jardim rumo ao oeste.

# Capítulo 5

Siham desligara temporariamente o modo de combate para falar com Rasul, assim não pareceria uma máquina insensível quando a intenção era oposta.

– Foi uma demonstração de amor verdadeira, Rasul. Estou orgulhosa. – Vários softwares de sentimentos interagiam e criavam uma personalidade muito próxima da humana, quase indistinguível. Rasul abraçou-a com uma das mãos, mantendo a outra fixa no manche.

– Eu prometi que ficaria o máximo com você, Siham. O treinamento militar foi uma exceção torturante para mim, mas necessária exatamente para termos a chance de sobreviver por mais tempo juntos. Minha intuição é de que estamos chegando a alguma espécie de momento derradeiro da história do planeta, não devemos nos afastar. – Rasul pensou ter tido um *déjà vu* de uma vida passada, o que não era incomum para ele.

– Meu raciocínio lógico interativo me leva à mesma conclusão, meu bem. Estamos próximos de um paradigma da nossa existência, homens e máquinas. E pelo que entendi na reunião de cúpula, o sequestro realizado pela Libertad pode afetar profundamente esse destino. – A androide deu um longo beijo no marido e retornou ao modo de combate em alerta máximo.

O subtenente pilotava usando todos os sensores menos os sonares, já que estavam em supercavitação a uma velocidade de 1100 quilômetros por hora. Qualquer obstáculo levaria o aqualab aos ares em pedaços. A atenção era redobrada naquele momento, já que haviam acabado de entrar no mar do Norte e diversos blocos de gelo soltos boiavam a esmo.

– Falta exatamente uma hora para o encontro. Vamos pela superfície, na geleira. – Reduziu a velocidade a cerca de trezentos quilômetros por hora e abriu as pás de molibdênio ultraleve. Próximo da borda, embicou o veículo para cima, cruzando a linha d'água e saltando velozmente para a planície de gelo. Já podia acelerar de novo no grande deserto branco. Quebraria com facilidade a barreira do som, mas não queria chamar atenção desnecessariamente.

– Estamos perto, Rasul. Vou à proa. – O jovem sabia que os sensores óticos de Siham superavam os do aqualab, ela seria a primeira a detectar o grupo russo. Alcançou o espaço externo e o deslocamento de ar a puxou para trás. Se não tivesse se fixado magneticamente no casco, seria levada. Varreu o perímetro e detectou o pequeno ponto prateado próximo à costa russa. Contactou Rasul pela lente ótica e lhe passou a imagem. O subtenente então iniciou o processo de redução de velocidade. Mas quando se aproximaram mais um quilômetro, a androide emitiu um alerta. – Pare, Rasul! Algo está errado. A nave não é russa. É americana!

O aqualab estava no gelo deslizante e de difícil redução de velocidade; se revertesse as turbinas, o barulho seria ensurdecedor, entregando sua posição. Então virou o leme do drone em direção ao Polo Norte, faria um grande círculo e retornaria. Estava a ponto de inverter o sentido em 180 graus quando se deparou com dois drones voadores a sua frente com canhões de antimatéria apontados em sua direção. Mas aquelas naves, ao contrário da vista por Siham, não eram da Libertad. O aspirante não as tinha visto antes, então deduziu que eram russas. Estava confuso, americanos e russo juntos? O drone mais próximo emitiu o alerta.

– Confirmem suas identidades.

Rasul estava desconfiado, mas Siham provavelmente lera a identificação eletrônica da nave. Com determinação, ela mesma se pronunciou.

– Sargento de guerra Siham, androide de classe Erotes e Rasul, subtenente do Exército Africano, ambos da Coligação. Viemos sob autorização da própria Central – falava e enviava as credenciais aos drones.

A confirmação foi instantânea e o drone emitiu nova ordem:

– Deem meia-volta e sigam em direção à base.

Rasul seguiu imediatamente, confiando na identificação feita pela esposa. Em pouco tempo chegaram ao drone estacionado. Era uma nave orbital ionosférica da Libertad ou, pelo menos, uma réplica, acoplada a uma espécie de base magnética. Estacionaram o aqualab e saltaram ao gelo, encaminhando-se ao grande veículo espacial. Ao entrarem, foram recebidos por dois oficiais russos, uma jovem baixa e troncuda e um homem de meia-idade, magro e alto.

– Bom dia, senhores. Oficiais Caterina e Pavel, ao seu dispor. Entrem, temos muito pouco tempo.

# Capítulo

## 6

O drone rompeu a barreira do som sobre os Apalaches e em pouco tempo chegou ao monte Mitchell. Sobrevoou o Presídio Neural e pousou na área externa. Vânia desceu ao lado de cinco soldados do exército com armaduras de guerra. As mechas gigantes estavam carregadas para o combate imediato.

— Guardas, abram as portas! Tenho autorização para o transporte imediato destes prisioneiros. — Pela teia, as sentinelas verificaram tanto a autorização quanto as imagens dos cativos.

— Certo, senhora. Só acho que o momento não é propício devido às circunstâncias externas. — O vigilante arriscou argumentar, mas logo se arrependeu.

— Está contestando uma ordem do Conselho, soldado? Quanto mais tempo perco aqui, mais demoro a me juntar à comitiva de negociação. Quero fazer isso o mais rápido possível.

— Sim, senhora. — O portão magnético se abriu e a conselheira se dirigiu à cela comum, onde os antigos companheiros se encontravam. Quando a viram, se levantaram inquietos. Vânia parou diante da porta translúcida.

— Hora de ir, senhores. Temos que adiantar nosso cronograma. Mudanças no cenário da guerra ocorrerão em breve e esse presídio será usado para a detenção dos membros da Coligação que se renderão. Vocês não são uma prioridade, ficarão detidos na Escola Doutrinária no Canadá em celas individuais até a reeducação forçada. Soldados, peguem-nos.

Assim que a camada magnética de metal transparente se desfez, os soldados entraram na cela. Cada militar seria responsável por conduzir um detento. O grupo não se deixou levar facilmente, lutando de todas as formas. Mas as mechas tinham braços drônicos imbatíveis, era inútil resistir. Foram rendidos um a um até sobrar apenas Frei. Ele não tentou reagir contra a mecha, ao contrário, esquivava-se de todas as formas, driblando a armadura pesada. Mas estava ficando sem espaço. Quando se viu encurralado, tomou uma atitude desesperada: pulou sobre os ombros do gigante com a intenção de fugir pelas suas costas, mas foi pego pelo tornozelo. A captura pelo pé fez com que seu corpo se curvasse e se chocasse às costas do soldado, ficando de ponta-cabeça, abraçado a cintura do militar. Mas foi fácil afastá-lo e Frei ficou um tempo naquela posição ridícula, um jovem de 2,30 metros pendurado de cabeça para baixo pelo calcanhar. Vânia sorriu brevemente da cena e ordenou que os levassem para o drone de transporte.

— Sua desatinada, não lavará minha mente. Eu escolho morrer, tenho esse direito — Carla gritava pelo corredor enquanto era arrastada.

— Nada disso, querida. Seu direito de morrer foi revogado.

Chegaram ao drone. Havia vários compartimentos, mas Vânia determinou que todos ficassem em apenas um.

— Aproveitem, essa será a última vez que ficarão juntos antes da reeducação forçada. Não sei se serão os mesmos depois disso.

Antes que Vânia pudesse ouvir o xingamento coletivo de "desgraçada", a porta automática se fechou.

◊

Barone estava enfurecido, socava inutilmente a porta. Print e Cooler tentavam acalmá-lo.

— Nós já esperávamos isso, Babá! Ela só antecipou nosso destino. Agora temos que dar um jeito de fugir. A surpresa nos deixou sem ação, temos que raciocinar.

Controlaram-se e puseram a pensar. Todos refletiam menos Frei, que sorria a um canto. Carla foi a primeira a perceber:

— O que foi, Frei, qual a graça?

O jovem foi ao meio do compartimento, deixando todos a sua volta.

— A surpresa não nos ajuda a pensar, mas às vezes é melhor que seja assim. Tive que cantarolar três músicas diferentes para ocupar todos os meus núcleos de raciocínio e não ser descoberto enquanto vínhamos para cá. Consegui graças ao nosso treinamento.

O grupo ficou curioso.

— O que você fez, Frei?

— A surpresa de Vânia fez que eu agisse por impulso, então improvisei. Aquele salto não tinha a finalidade de fugir, mas de fazer exatamente aquilo, ficar pendurado. Naquela posição grotesca, abraçando o soldado de cabeça para baixo, consegui meu objetivo. — Então sacou do bolso a pequena cápsula antimatéria. Todos o exaltaram.

— Parabéns, Frei, seu maluco! — Barone o abraçou, seguido por todos.

— Podemos estourar a porta com isso e tentar render os guardas — Carla lembrou, mas Cooler alertou.

— Não aqui. Estamos em um território cheio de ogros, quando cruzarmos a fronteira com o Canadá poderemos agir. Mas ainda há outra estratégia necessária, ao abrirmos a porta, teremos cinco mechas de guerra para dominar, além de Vânia e sua telestesia assassina.

— Sim, irmão, antes forçaremos a neurodopamina na teia. Quando explodirmos a porta, os soldados estarão com um terço da capacidade cognitiva e muscular. Vamos rendê-los e juntar forças para lutar contra Vânia. — O plano parecia ter sido feito por um néscio, mas o que fazer? Era a única solução.

Print e Cooler deram as mãos e se concentraram. Teriam pouco tempo para fazer tudo aquilo antes de estourarem a porta. Quanto mais a neurodopamina se espalhasse, mais chance havia dos soldados perceberem. Independentemente, em três minutos cruzariam a fronteira, tudo seria muito rápido, para o sucesso ou fracasso. Frei colou o dispositivo na porta e ativou a contagem regressiva, afastando-se ao máximo junto a todos. Era a hora. Em segundos a porta foi aniquilada e seus átomos não pertenciam mais a essa dimensão. Barone, Frei e Carla correram ao corredor onde dois sentinelas ainda tentavam entender o que ocorrera, o trabalho dos irmãos dera certo. Frei e Barone puxaram as pernas dos soldados, derrubando-os. Na mesma sincronia, Carla saltou, fincando os calcanhares em cada rosto. Em sete anos não esqueceram os treinamentos de luta, até porque continuaram treinando, ainda que isolados. A garota apertou os botões de segurança das mechas, que se desprenderam dos corpos dos militares.

– Vistam-nas, meninos! Temos pouco tempo!

Os irmãos permaneciam concentrados na cela emitindo a dopamina, enquanto Carla e os dois rapazes, agora com as armaduras, avançavam cada vez mais ao centro de controle do drone. Pararam perante a porta do comando, entreolharam-se e abriram-na. Vânia estava no assento do piloto, controlando a nave. Os três soldados viraram-se, mas entre a surpresa e a reação levantando as armas se passou muito tempo, estavam com os reflexos abalados pela neurodopamina, o suficiente para Frei e Barone dispararem à vontade. Os feixes eletromagnéticos jogaram os três na parede da sala, já sem vida. Rapidamente, voltaram-se para Vânia, juntando suas telestesias contra a jovem. A conselheira devia estar fragilizada com a neurodopamina, seria a chance de exterminar a traidora. Mas não foi o que aconteceu, ao levantarem as armas, os dois garotos foram jogados para trás. Print e Cooler chegaram no momento e se juntaram à teia. A tensão era enorme, as conexões estavam rígidas, como uma grade tridimensional invisível. Eram os cinco contra Vânia, mas ela não pareceu se abalar, sequer fora afetada pela substância virtual. Naquele impasse disse, confiante:

– O que esperam com isso? Fugir? Para onde?

Os cinco estavam no limite de suas forças, mas não se entregariam. Carla gritou em voz alta, para tentar quebrar a forte telestese da conselheira:

– Primeiro vamos te matar, desgraçada, só isso já valerá nossas vidas. Mas se conseguirmos fugir nos uniremos à Coligação para destruir essa tirania dos infernos.

A tentativa de distração foi em vão, Vânia sequer se abalou. Dirigiu-se então a Cooler, que ainda tentava, junto à irmã, forçar a virtuodopamina.

– Eu já identifiquei seu plano, rapaz. Fugir pelo Alaska? Acha isso razoável? Depois da explosão do Santa Fé, a fronteira foi reforçada, essa nave de transporte nunca chegaria à Rússia, só naves de ataque cruzam o limite.

A distração de Cooler por ter o plano revelado abriu uma brecha nas conexões, o suficiente para Vânia derrubá-lo. Com o elo rompido, ficou fácil para a extratora quebrar a força conjunta do grupo. Todos foram ao chão, glaciados. Estavam impotentes, derrotados.

– Acabe logo com isso, maldita. Haja com clemência no nosso último momento, não nos leve para aquele centro de terror. A Escola Doutrinária é o pior destino para um ser humano. – Print, estirada no solo, com as mãos na cabeça, voltou-se para Vânia com o olhar de sete anos atrás. Alguma paixão ainda resistia naquela expressão.

– Meu desejo nunca foi levá-los para lá, amigos. – Então dispersou a teia, soltando todas as conexões. Falou em voz alta, para poupar-lhes da telestesia.

O grupo relaxou aliviado. Arfavam, puxando ar. Barone foi o primeiro a recobrar as forças.

– O que está dizendo, insana? Não entendo.

Vânia deu um suspiro.

— Eu nunca traí a causa.

— Quê? — A interrogação foi coletiva.

— Eu só aceitei me aliar à Melissa há sete anos, por duas razões: a primeira para libertar vocês. A segunda para agir como infiltrada da rebelião. Mas com o tempo vi que só havia uma razão.

Parou um pouco, tempo suficiente para que os jovens desembaralhassem as ideias. Então continuou:

— Assim que a embaixadora me fez a proposta, eu imediatamente procurei uma forma de libertá-los. Mas a regra mandava que os rebeldes menos perigosos fossem doutrinados na Escola Neural. Aquilo me apavorou, vocês seriam lobotomizados e era impossível pedir para quebrar o protocolo naquele momento, eu não tinha influência suficiente. Então mudei de estratégia, agi com firmeza nos meus depoimentos para classificá-los como rebeldes de alta periculosidade. A insubordinação inerente de vocês ajudou. A embaixadora entendeu aquilo como uma aceitação minha à causa da Libertad e serviu para que eu conquistasse mais confiança. Nos três anos posteriores, os deixamos em isolamento total. Era para ser um tempo menor, mas vocês se comportavam exatamente como rebeldes inflexíveis, o que dificultou a remoção para uma ala menos rígida.

Vânia virou-se para os cinco, que se entreolhavam atônitos.

— Enfim consegui mover vocês do monte Roraima para os Apalaches. Apesar do isolamento, no norte vocês receberam todas as benesses possíveis, incluindo a complementação dos estudos. Isso é singular, não foi dado a outros cativos. Enquanto viviam no cárcere, eu tentava encontrar um meio de nos tirar das Américas. Desisti na rebelião no primeiro ano. Os contatos sumiram e não poderia ser diferente, já que eu estava sob a força da teia do Comando, mas não foi isso que me fez abandonar a causa, e sim a constatação da sua inutilidade. Quanto mais eu subia de posto, mais me deparava com células rebeldes. Acreditem, a mediocridade dos núcleos me levou a ter certeza de que nada afetaria o controle da Libertad, essa é uma luta insana e perdida. Então foquei em um plano de evasão, uma árdua tarefa. Todas as fronteiras são fechadas e bem guardadas. Só consegui elaborar a fuga há pouco tempo, quando ascendi ao cargo de conselheira júnior e tive acesso às zonas de controle das fronteiras. Foi quando consegui finalmente preparar um mapa de pontos cegos. A única rota possível é pela fronteira do Polo Norte, mas, pelo ocorrido ontem, não demorarão a reforçar o acesso. Então precisei antecipar o plano.

Estavam todos estupefatos, mas o raciocínio *spirituali* fez com que absorvessem rapidamente as informações. Frei ficou curioso.

– Você sabia que eu tinha a cápsula...

– Não só sabia como ajudei a desviar a atenção dos guardas de suas músicas. Também reforcei a dopamina virtual na nave. Vocês ajudaram, já contava com isso.

Carla se manifestou, ainda desconfiada:

– Então você não aceitou a tirania da Libertad. Mas uma coisa não se encaixa. Como enganou a embaixadora e toda a cúpula do Conselho? Não faz sentido.

– Realmente, meninos. Nada disso seria possível se não fosse por um detalhe. Quero que se concentrem na minha teia agora, entrem na minha mente e criem uma paridade.

O grupo fez como pedido, concentraram-se e entraram na mente de Vânia. A jovem abria todas as conexões, tiveram acesso aos seus três núcleos de raciocínio, não havia barreiras. Quando as mentes estavam totalmente integradas em uma simbiose plena, Vânia guiou-lhes até o interior da teia interna, próximo à memória. Essas sinapses estavam fechadas pelo limite natural *spirituali*, mas algo lá no fundo se mostrava, uma conexão não prevista. Vânia então a abriu e todos se espantaram.

– Um quarto núcleo! – Print fascinou-se.

– Sim, uma anomalia. Um quarto raciocínio. Eu o percebi ainda criança, não era desenvolvido. Usava-o para pequenos truques da mente. Mas quando fui capturada, a necessidade fez com que ele aflorasse. Durante todo esse tempo eu mantive um pensamento próprio e oculto de todos.

— Isso explica muita coisa, Van — Cooler reiterava os acontecimentos. — Principalmente sua capacidade de desviar glaciações.

— Sim, querido. Dentre outras.

Barone alertou a todos, repentinamente:

— Amigos, não quero ser chato e interromper esse reencontro, mas estamos quase na Escola Doutrinária. Podemos conversar sobre isso mais tarde, com mais calma.

— Já estamos fora da rota, Babá, no piloto automático, navegando em pontos cegos há cinco minutos. Deveremos cruzar a fronteira em meia hora. Preciso que mantenham a teia em alerta para saber se há alguma captação externa. Se houver, teremos que acelerar a fuga.

— E para onde vamos depois? — Frei indagou.

— A princípio, pensei em nos exilarmos nos desertos da Mongólia. Mas devido ao que soube hoje, vamos à Rússia.

*Não é hora!*

Vânia virou-se assustada.

— Quem disse isso? — Os olhos arregalados em direção a todos.

— Disse o que, Van? Não houve comunicação alguma — Carla falou, surpresa.

Vânia ficou confusa. O que fora aquilo?

## Capítulo 7

O exterior da nave era americano, mas o interior era de uma tecnologia desconhecida, nunca a tinham visto. E não se resumia aos controles em russo, mas às próprias máquinas. Eram muito mais avançadas que as da Coligação. Siham lançou uma onda de paridade para a busca de algum androide, mas não houve retorno. Havia cerca de quinze tripulantes na nave, todos humanos. Pavel se pronunciou, de forma polida:

— Recebemos os senhores por um pedido da Central, seria descortês que não o fizéssemos. Mas quero deixar claro que não temos autorização do governo de nosso país para compartilhar nossas ordens. Reitero apenas o que já sabem, é uma missão de resgate e usaremos essa nave camuflada para efetuá-la.

— Nunca ultrapassarão a fronteira. Todas as naves precisam de um código para cruzar o limite. Esta, com certeza, não tem — Rasul desafiou, tentando quebrar os protocolos russos.

— Também não estamos autorizados a comentar sobre isso, caro subtenente. Bem, camaradas, creio que chegamos a um impasse, não podemos mais fornecer qualquer informação. E o pior: nosso tempo está se esvaindo. Só temos uma hora.

— O exército vermelho é bem singular — Siham falava de uma forma desafiadora, Rasul nunca a ouvira assim. — Enquanto metade do poder bélico do planeta se move para a guerra a fim de criar uma distração para sua missão, a petulância russa impede os que os defendem de ter acesso à tecnologia que pode evitar tal guerra. "Bem, camaradas", falarei com franqueza: fui enviada por Pompeu, o bode expiatório que ficará em frente aos canhões antimatéria quando essa trama for descoberta. A "minha" missão é entender o que vocês usarão para invadir as Américas e se isso pode ajudar a junta militar da Coligação. Não sairei daqui sem uma explicação satisfatória.

Um certo constrangimento pairou no ar. Caterina se afastou, proferindo algumas palavras em um tom bem baixo, certamente em contato com superiores para explicar o ocorrido. Após alguns minutos de uma discussão tensa, manifestou-se:

— Entrei em contato com Moscou, devido à peculiaridade da missão e à ajuda prestada pela Coligação, o comando resolveu reconsiderar o protocolo. Explicaremos o objetivo e depois vocês devem ir. Que fique claro que o que ouvirão só pode ser repassado à junta. Além disso, o uso da tecnologia ainda vai ser discutido entre as nações.

Rasul ficou orgulhoso da esposa. Caterina continuou:

— Camaradas, serei o mais sucinta possível devido ao nosso tempo. Desde o século passado que dominamos o conceito de universo maleável no espaço-tempo. A antiga teoria geral einsteniana de dobra espacial, em que encurta-se o espaço para se deslocar mais rápido que a luz. Enfim, há algum tempo controlamos a bolha e conseguimos fazer naves viajarem através do *continuum*. Este drone camuflado é um pouco grande para nossa atual capacidade de transporte, mas nós arriscaremos. Temos que fazer isso, já que o cientista sequestrado trabalha nesse projeto há pelo menos setenta anos, tem todas as fórmulas e protótipos em sua cabeça. Se isso cair nas mãos da Libertad, a guerra será muito mais árdua do que possam imaginar.

— Não entendo, se têm essa tecnologia capaz de evitar a guerra, por que não a disponibilizaram para a Coligação? — Siham queria extrair mais do que a simples informação pedida por Pompeu.

— Porque nós não confiamos nem na Coligação nem na Libertad. Não queríamos que nenhum dos dois soubessem da nossa tecnologia. Não nos interessa o problema de vocês.

— É bom lembrar que não é um problema nosso, e sim do mundo inteiro. — Siham continuava incisiva, por estratégia. — Como pretendem resgatar o cientista? Nem sabem onde está.

— Ele está no Desígnio em Washington, segundo a Central. Nós usaremos o transporte para chegar em linha reta à ionosfera sobre a América do Norte, não há como viajar pelo espaço-tempo em curva. Desceremos até a atmosfera sob o disfarce de drone orbital. Deve funcionar, já que não ultrapassaremos o limite da fronteira, simplesmente apareceremos do outro lado dela. Esperamos que quando os *spiritualis* entenderem o que aconteceu seja tarde.

Rasul estava intrigado:

— Como resgatarão um indivíduo do prédio mais seguro do norte? Não há lógica nisso.

Pavel apenas sorriu. Siham percebeu que o marido não captara a mensagem ainda e explicou:

— O resgate é um neologismo, Rasul. Eles vão matá-lo.

— Resgataremos nosso segredo, de qualquer forma.

— Não conseguirão bombardear o edifício. Qualquer míssil lançado é interceptado em segundos pelos drones de guarda. Não chegarão a dez quilômetros do prédio, na verdade. E se levarem qualquer material radiativo na nave, serão interceptados assim que entrarem na atmosfera. — Rasul estudara bem as defesas libertadinas, sabia do que falava.

— Não usaremos armas convencionais, mas as deles próprios, venham. — Levou-os ao compartimento contíguo, onde três homens e duas mulheres estavam sentados, todos com mais de dois metros de altura. Rasul entendeu imediatamente.

– *Spiritualis*!
Um dos homens se levantou, era mais alto que Rasul.

– Meu nome é Alejandro, senhor. – Estendeu a mão para o subtenente, que não correspondeu. Siham pegou no seu ombro e ele aceitou o sinal, finalmente cumprimentando o libertadino.

– São rebeldes exilados da América Central, sua célula foi desbaratada na Guatemala há três anos. Tentaram fugir num drone subaquático que foi destruído pela Libertad perto do Havaí, apenas cinco conseguiram ejetar em cápsulas de sobrevivência. Estavam quase mortos quando nós os recolhemos na costa de Kamchatka.

Rasul o mirou de cima a baixo, não conhecia a raça evoluída pessoalmente, já que os rebeldes que se exilavam na África ficavam em uma cidade totalmente isolada, sem risco de captação da teia. Quanto ao corpo, fora a altura e a cabeça levemente ovalada, não tinham qualquer diferença do *homo sapiens*. O aspirante rodeava o rebelde, quando perguntou:

– Essa capacidade que vocês têm, como se dá? – Imediatamente a fronte de Rasul gelou e ele pôs as mãos na cabeça. Siham se adiantou, mas a simples menção da ação violenta que tomaria foi suficiente para que o jovem gigante parasse.

– Não era minha intenção machucá-lo, senhora. O seu companheiro apenas reagiu à sensação. – O rebelde falava calmamente, sem esboçar ameaça ou medo. Rasul fez um sinal para a precavida esposa, que recuou.

– Então é assim. É uma arma e tanto contra nós, da sua própria espécie. Felizmente, as máquinas estão livres disso. Você é polido, uma caraterística bem estranha para os arrogantes indivíduos da Libertad.

– Acredite, senhor: mesmo nós, rebeldes, somos um tanto arrogantes. Felizmente, convivemos com o povo russo que nos ensinou essa forma de se portar.

Rasul achava aquela postura artificial, tanto dos russos quanto deles, provavelmente uma técnica de camuflagem linguística e comportamental. Não deveria ser um aspecto padrão do povo eurásico. Alejandro fez uma cara de interrogação.

— A sua mente é característica, senhor, como de qualquer *homo sapiens*. No entanto, o cérebro do seu companheiro tem atributos específicos que nunca havia presenciado. Seria interessante avaliá-lo melhor.

Rasul ficou confuso.

— Que companheiro, do que está falando?

— Da mente jovem a bordo de seu drone. Pena não termos tempo, gostaria de entrevistá-lo.

Antes que Rasul praguejasse, Siham já corria para a nave.

— Com mil demônios ogros, T-Gem!

# Capítulo 8

A linha de retaguarda se estendia por quase novecentos quilômetros ao sul e ao norte da Ilha das Flores nos Açores. A cada quilômetro, cerca de cinco drones subaquáticos, oito destróieres, dois contratorpedeiros e dezenas de drones aéreos compunham a trincheira bélica. Na ionosfera, os nove cruzadores da Coligação estavam de prontidão junto a centenas de drones orbitais. Da ilha vizinha de Corvo partiriam os drones de conciliação levando apenas androides, com Pompeu como porta-voz. O encontro se daria no meio do Atlântico, *spiritualis* e máquinas. Nenhum humano da Coligação deveria se arriscar a ficar tão próximo da teia. Pompeu deu a ordem remota e os quatro drones desarmados se destacaram à frente do grande aparato militar em direção ao meridiano 40°.

Na linha antagônica, a embaixadora promovia os últimos preparativos para a formalidade. Seu traje era longo e branco, com o símbolo da Libertad no peito esquerdo, em dourado. Fora isso, poucos ornamentos, a maioria de cores cinza e bege. O mais importante era a alvura das vestes, de um branco ofuscante. Ao seu lado, os conselheiros vestiam-se como bispos religiosos. O maior deles era o cônsul norte-americano. A cor da pele, negra como ébano, contrastava com a brancura do traje, dando-lhe uma imponência de destaque. A anciã não parecia à vontade enquanto a assessora dava retoques nos detalhes.

– Estou me sentindo incompleta, Raynara. Philip está convalescente e Vânia atrasada. Sempre tenho um dos dois ao meu lado.

– A conselheira júnior não costuma se atrasar, senhora. Tenho certeza de que... – Naquele momento receberam a mensagem. Tardia, já que a teia precisou ser formada como uma corrente até chegar às Bermudas, local da linha bélica libertadina. Melissa se irritou.

– Sequestrada? Como? Vânia nunca se deixaria levar. Algo está errado.

O cônsul se aproximou, arrastando desajeitadamente as longas vestes.

– Logo saberemos o que houve. Felizmente, a nave em fuga foi detectada pelo posto avançado da fronteira, dois drones a seguiram com ordens de abatê-la sem destruí-la. A extratora não emitia sinal, provavelmente estava desacordada. Os sequestradores são seus ex-companheiros de rebelião.

– Maldita teimosia, Vânia. O que você fez? – A anciã ajeitou o traje rispidamente e deu ordem para as seis belonaves civis avançarem.

# Capítulo 9

Encontraram TG dormindo na dispensa da cozinha. Não foi difícil achá-lo, já que havia poucos compartimentos confortáveis onde o menino poderia se deitar escondido. O fedelho acordou depois que Rasul lhe deu uma sacudidela, finalmente abrindo os olhos.

– Que droga, T-Gem, você já calculou o tamanho da sua irresponsabilidade? – falava enquanto arrastava o garoto. – Pompeu ficará furioso em suas rotinas malucas. Além disso, você conseguiu acelerar nossa missão. – Pegou o casaco no armário vestindo o menino. A androide complementou.

– Vamos apenas fechar o compromisso de entrega do protótipo para a Coligação. Quero a palavra do russo gravada, não confio nele. – Seguiu para a nave russa e Rasul a acompanhou, puxando TG.

– Sim, estamos com sérios problemas de confiança por aqui. – Parou de repente, intrigado. – Falando nisso, como conseguiu fugir de um pod aéreo automático em alta velocidade?

TG arfava de tanto ser levado de um lado a outro. Ficou aliviado com a parada.

– Primeiro... – respirou – sim, calculei o perigo de vir e era muito baixo, já que vocês não acompanhariam a missão. Achei que seria útil nas perguntas, mas confesso que a principal causa foi uma curiosidade incontrolável. Pompeu já disse que isso faz parte da minha mente diferenciada, não quis tolher a natureza e comprometer meu desenvolvimento.

Rasul olhou colérico para T-Gem. A pior desculpa de todas, uma desculpa científica. A vontade era de lhe dar umas boas palmadas. Voltou a andar, arrastando o garoto em direção à nave.

— E segundo... — TG nunca deixava de responder a uma pergunta, era compulsivo. — Programei seu pod antes mesmo de irmos ao quartel-general de Trípoli, ainda no aqualab, enquanto você mapeava o Estreito de Gibraltar. O código o mandou em *stand by* ao telhado do prédio em frente assim que entramos no QG do Comando. Depois as instruções eram de seguir minha lente ótica e emparelhar com o pod dado por Pompeu quando eu voasse para Al-Fashir. Deixei minha lente no segundo pod e pulei para o seu. Aí foi só guiá-lo para o aqualab antes que vocês voltassem.

Rasul ficou mais furioso ainda:

— Pulou de um pod a outro em pleno ar?

— Não é difícil, eles formam uma plataforma única juntos, como você sabe.

— Chega, TG. Não fale mais nada. Veremos sua punição depois. Agora temos que resolver isso o mais rápido possível.

Entraram na nave, dirigindo-se a Pavel.

— Desculpe-nos, senhor, esse pequeno insubordinado atrapalhou nossa conversa. — T-Gem mal conseguia disfarçar o falso constrangimento. — Agora só precisamos que nos dê a sua palavra de que transferirão a tecnologia para a Coligação.

Pavel apenas riu, balançando a cabeça, iria certamente negar. Rasul não poderia insistir mais, ou atrasaria a missão. Estava de mãos atadas. Mas, quando se preparava para negociar um acordo parcial, o alarme soou.

— Senhor! Naves *spiritualis*! Estão vindo do outro extremo do polo norte.

Pavel gritou ao centro de controle.

— Levantem o escudo antimatéria! Rápido! Temos que derrubá-las ou não conseguiremos criar a bolha magnética.

Rasul compreendeu a urgência da situação.

— Vamos, pessoal! Temos que alcançar o aqualab antes das naves chegarem!

— Não podemos! — Siham o preveniu. — O escudo vai nos dizimar se tentarmos atravessá-lo.

— Droga, estamos presos! E agora, joia rara, recalculou a periculosidade da missão? — falou ao assustado TG.

No entanto, o capitão disse surpreso da sala de comando:

— Não estão aqui por nós. Perseguem outra nave da Libertad. Mas não querem destruí-la, só paralisá-la.

— É uma nave de transporte! — disse Caterina. — Devem ser rebeldes fugitivos.

— Não vamos nos meter, nossa missão é mais importante — determinou Pavel.

— Tarde demais! Nos viram.

Um dos drones se dirigiu à nave orbital camuflada. Não atiraram nela, mas no aqualab. O tiro de antimatéria levou metade do iate para outra dimensão.

— Meu barco! Desgraçados! — Rasul ficou rubro de ódio.

Então os drones russos de guarda alcançaram as naves, atirando incessantemente. Mas os da Libertad era muito ágeis, as naves russas sofriam para se manterem em sua cola.

— Eles precisam de ajuda! Abra o escudo, Dimitri.

O capitão atendeu a ordem de Pavel e os tripulantes saíram a campo aberto para combatê-los com canhões portáteis de antimatéria e magnéticos. Bem a tempo, já que um dos drones russos acabara de ser abatido. Durante a batalha, a nave de transporte fugitiva, livre, mas danificada, caiu com grande estrondo, enterrando-se na neve setenta metros à frente. Nessa hora, Pavel acertou um dos drones americanos que despencou, quebrando uma plataforma de gelo e indo diretamente para o fundo do mar. Faltava um.

O drone russo e o pelotão em terra faziam o possível para derrubá-lo, mas a nave executava manobras mirabolantes e se desviava. Num movimento improvável, rodou sobre o próprio eixo e disparou, evaporando o drone russo.

A vantagem era toda do libertadino, única nave do ar. Avançou com enorme velocidade e mataria a todos sem ao menos parar. Mas, de repente, pendeu para o lado, rodopiou e parou, instável. O batalhão terrestre aproveitou aquele momento para disparar à vontade. Cinco feixes eletromagnéticos alcançaram o alvo, mas bastaria o primeiro para derrubá-lo. O drone entrou numa espiral e explodiu no solo branco.

– бороться до конца! – gritaram todos num urro de guerra. T-Gem virou-se curioso para Siham, que explicou que era um antigo brado de batalha dos cossacos.

Algumas dezenas de metros à frente, a nave de transporte fugitiva afundava no gelo. Em tempo suficiente, seis humanos altos saíram pela escotilha principal, espatifada, correndo em direção ao grupo russo.

– Alto lá, americanos! – Dimitri apontou o canhão antimatéria na direção dos jovens, que chegaram a cinco metros. – Expliquem sua situação.

– Somos rebeldes – Barone tentou dizer placidamente. – Estamos desertando, solicitamos exílio do seu governo.

Vânia alertou o resto do grupo, sussurrando.

– Não usem a teia. Se eles se sentirem ameaçados, viramos resto de material genético em segundos.

Por um momento, certa tensão pairou no ar. Rasul podia ver da porta da nave os dois grupos se encarando imóveis. Como os russos se negaram a lhe dar armas para combate, não restou outra opção senão ficar na nave, já que sua pistola antimatéria pouco seria útil em campo aberto contra os drones aéreos. Finalmente Pavel tomou a iniciativa.

— Não temos tempo para negociação diplomática. O protocolo manda que fiquem no local até que chegue uma nave consular, vamos deixá-los aqui e avisar nosso governo.

Vânia se inquietou. As naves da Libertad já estariam a caminho devido ao incidente.

— Não temos muito tempo, a guarda da fronteira virá atrás de nós. Não somos inimigos, ajudamos a derrubar o drone que iria dizimá-los.

Houve certa surpresa entre os russos, mas aceitaram a situação rapidamente.

— Ok, cheguem mais perto. — O grupo se aproximou o suficiente para os escâneres confirmarem que estavam desarmados. — Encaminhem-se em fila indiana para a nave, sem movimentos bruscos. Ficarão detidos até o fim da missão, incomunicáveis.

Então todos se dirigiram ao drone orbital. Ao chegarem à sala de comando, depararam-se com o trio africano. Vânia ficou particularmente curiosa com T-Gem, mas não arriscou usar a teia. Alejandro atravessou o pequeno corredor que separava a cabine dos *spiritualis* da sala de comando. Não pôde participar do combate, já que era essencial à missão, mas queria ver de perto seus novos companheiros exilados, talvez até conhecesse algum. No entanto, ao se deparar com Vânia, sua tez ficou lívida.

— Por todos os deuses guaranis, é a extratora! Não podem ser rebeldes!

Vânia não contava em ser identificada tão rapidamente. Pressentiu o perigo e enviou um feixe para Alejandro, que caiu de joelhos. Os outros fizeram o mesmo e Rasul se dobrou com as mãos à cabeça. Siham, vendo o marido em perigo, não pensou duas vezes e num golpe jogou Vânia e Carla a dez metros de distância. A distração foi suficiente para que o subtenente se levantasse e partisse para Frei, que o alertou.

— Não precisarei da teia para derrubá-lo, nanico.

— Bem, eu não sou uma mosca para cair em teias. — Rasul rodou sobre seu eixo e deu uma rasteira no garoto. Foram 2,30 metros de músculos ao chão, com estrondo. — Vocês são fracos sem uma mecha ou seus poderes.

Siham derrubaria os irmãos na sequência do combate, mas Pavel interveio:

— Chega! Não conseguirão nada com essa revolta, americanos.

Surpreendentemente, nenhum dos russos sentiu qualquer abalo da teia, assim como T-Gem que estava apenas curioso. Os renegados não entendiam como seus captores não sentiram a glaciação. Caterina sorriu.

◊

— Não invadirão nossas mentes, garotos.

Então todos perceberam naquele momento o que T-Gem descobrira alguns minutos antes.

— Vocês são androides. — A drone de olhos púrpuras aproximou-se de Dimitri, analisando-o. Não tinha aspecto cibernético, tampouco um corpo atlético comum aos robôs humanoides. Era um homem comum. Tinha até um defeito na mão, o polegar não se fechava por completo.

Siham admirou aquilo, afinal, fora criada para servir os humanos e a estética era essencial. Com o tempo, a constante submissão a desejos frios e materiais dos homens causou-lhe uma interpretação dúbia do prazer. Não entendia por que a consideravam um utensílio, ainda que sua inteligência e empatia a tornassem semelhante a eles. Com essa análise em seu processamento, passou a questionar e recusar convites sexuais, sendo vítima de preconceito e hostilidade. Foi quando conheceu Bartolomeu, seu primeiro companheiro. O jovem era um militante da harmonia, defendendo efetivamente os direitos dos androides e das máquinas. Essa luta foi em parte ajudada pela atitude emblemática de Públio. A partir de então, o Condão foi revisto para que homens e máquinas tivessem exatamente os mesmos direitos, inclusive sobre a dignidade. Por isso a simpatia com a atitude daqueles androides, simplesmente optaram por abdicar do estereótipo cibernético e seguir uma linha similar e imperfeita como a humana. E não só uma cultura antiestética, o raciocínio também continha algumas falhas inerentes aos homens.

Dimitri quebrou a compenetração da análise da ciborgue:

– Nós optamos por essa condição, tenente. Por isso você não recebeu nenhum sinal de paridade nosso. Somos uma ordem de máquinas que leva a harmonia ao extremo, tentando replicar nosso raciocínio à mesma forma dos humanos. Não somos maioria, mas, por sermos imunes à teia e passarmos por homens, somos essenciais em missões como essa.

Vânia aproveitou o momento de reflexão coletiva para tentar reverter a posição em que seu grupo estava. Dirigiu-se, a princípio, para Alejandro:

– Amigo, eu nunca traí a causa, não concordo com a ditadura. Consegui ficar sob disfarce esse tempo todo para tentar tirar meus amigos do cárcere, além de passar informações para a rebelião. Mas acredite: a causa é inútil, sem condições de estremecer a menor das estruturas da Libertad. Portanto, larguei a rebelião, me concentrei apenas em salvar meus companheiros e aqui estou – dirigiu-se a Pavel. – Não queríamos nos entregar à Coligação. Não tenho nenhuma simpatia à virtualização exacerbada da realidade. Aliás, conheço muito bem os seus perigos. A princípio minha ideia era fugir para o deserto de Gobi para vivermos isolados de máquinas e humanos. Mas eu estive com Oleg...

Caterina interrompeu nervosa.

– Droga, Pavel, a Libertad já tem o segredo.

– Nem todo, oficial. Não tive como negar-lhes os planos do transporte. Mas apaguei a última coisa que ele me disse. – Vânia parecia sincera. Siham detectaria com 100% de precisão se fossem humanos normais, mas não tinha certeza do nível de dissimulação dos *spiritualis*. Estimou a probabilidade em 80%.

Pavel voltou-se para a jovem, soturno.

– Então você sabe.

– Sim, eu sei.

Todos ficaram curiosos. Cooler não aguentou.

– O que você sabe, Van? Conte-nos.

– Não posso, amigos. – Balançou a cabeça, desolada. – Vocês não têm como guardar esse segredo se caírem na teia. Mas confiem em mim, por causa dele resolvi procurar a nação russa.

T-Gem ouvia tudo atentamente, já desconfiara do que poderia ser a tal incógnita sigilosa. Precisava urgentemente de uma mesa de cálculos para saciar a curiosidade, mas não a conseguiria, não ali e naquele momento.

Então Pavel falou, determinado:

– Vamos cumprir a missão e eliminar o risco desse conhecimento cair nas mãos da Libertad. Acredito em você, menina. – Virou-se para Vânia. – Não teria por que nos contar sua história, mas ainda assim nos relatou o que fez. Você e seus amigos ficarão presos em uma sala à prova de conexões telestésicas até voltarmos. Levem-nos. – Os guardas não precisaram empurrar os detentos, que foram de bom grado para a cela. – Companheiros, a postos, estamos em cima da hora.

Rasul viu que seria inútil ficar no Polo Sul. Em pouco tempo aquele local estaria infestado de drones libertadinos e, provavelmente, também russos. Seria uma praça de guerra. Olhou com tom reprovador para TG. Daquela vez seus cálculos não o ajudaram, o menino também iria para a missão suicida. Sentou-o na cadeira de viagem com o cinturão magnético afivelado em nível máximo.

– Esse cinto é suficiente para te prender ou terei que montar algo com minério de algum confim do Sistema Solar?

Após todos estarem acomodados, iniciou-se a formação da bolha, movida à matéria taquioniana. Pavel alertou Siham:

– Apesar do interior da esfera ser menos suscetível ao magnetismo, você ainda sentirá os efeitos no seu corpo. Apenas aguarde.

E foi o que aconteceu. Os sensores neurobiônicos terminais da drone se sobrecarregaram, transmitindo forte sensação de dor. Siham sempre usava esse sentido, já que era essencial para a alertarem de qualquer tipo de dano em sua estrutura. Pelo visor dianteiro da nave vislumbrou a camada azul translúcida tornando-se cada vez mais densa. Suas juntas metálicas estavam tensionadas ao limite, mas aquilo não demorou muito. Num relance viu o espaço externo se alongar, como se esticado, e em uma fração de segundos tudo lá fora ficou escuro. Pavel se desconectou da sua cadeira e flutuou até tela principal, passando à frente de um maravilhado T-Gem.

– Não ativaremos a gravidade. – Verificou as naves próximas, estavam acima da termosfera, alto demais para serem detectados pela teia ou pela rede digital. A dobra fez com que transpusessem a fronteira invisível espacial instantaneamente, sem serem detectados. – Desceremos imediatamente, não podemos perder tempo.

– Incrível. Essa tecnologia pode ser determinante para a guerra. – Rasul imaginava diversas estratégias de ataque e defesa.

– Não foi feita para isso, aspirante. E essa é a restrição de sua disponibilidade à Coligação. Não foi criada para subjugar nenhuma espécie.

– Pois suas regras não valerão de nada quando a Libertad dominar essa arma, senhor. Será usada exatamente para esse fim.

– Ainda assim, não seremos nós os responsáveis. – Virou-se encarando o vazio negro a sua frente. Em seguida, a nave embicou em direção ao centro da América do Norte.

# Capítulo

**10**

Aos poucos a linha militar ficava para trás, só se vendo o interminável mar azul à frente. Pompeu ia no drone avançado, seguido lado a lado por duas embarcações representando a África e o Oriente Médio, cada uma com seu androide respectivo. O capitão executou a rotina sensitiva nostálgica, o cenário merecia aquilo. Aquele imenso vazio ilusório de paz, semelhante às calmarias que antecedem a fúria destrutiva de uma erupção vulcânica. As probabilidades do que poderia acontecer em uma hora não eram animadoras, mas nada diferente do que já se esperava há algum tempo.

Não demorou para que as embarcações inimigas surgissem no horizonte. O capitão africano parou exatamente dez metros atrás da linha meridiana marcada. As seis embarcações libertadinas imponentes se aproximaram, parando também dez metros atrás da risca imaginária. Pompeu decidiu ser o primeiro a quebrar o gelo:

– Salve, embaixadora Melissa, cônsul Wallace. Membros do Conselho do Norte e do Sul. Estou honrado em me encontrar com esta comitiva tão prestigiosa.

Melissa não estava tão animada. Não gostava de tratar com máquinas.

– Pena que não posso dizer o mesmo da sua parte, Pompeu, capitão do Comando do Rio de Janeiro. É espantoso que ainda exista. É o último do seu modelo? – Seu rosto era de desprezo, muito pelo fato de que o androide era exatamente igual a Públio. – Esperava uma comitiva humana aqui.

– Eles virão, senhora. Assim que eu avaliar a segurança do local e sua disponibilidade em negociar.

O cônsul reverberou de seu drone, cercado de conselheiros do norte.

– O que entende por negociar, drone? Diga-nos, o que pode nos oferecer? Afinal, foram vocês que convocaram este encontro. Prossiga, somos todos ouvidos.

Pompeu iniciou o protocolo distribuindo eletronicamente os termos do acordo a ser proposto. Alguns conselheiros o leram, mas não a embaixadora.

– Essa burocracia me entedia, robô. Fale de uma vez.

Pompeu viu que não ganharia tempo usando formalidades.

– Cidadãos libertadinos, há muito tempo nosso planeta foi dividido por questões ideológicas. Não cabe aqui discorrer sobre os fundamentos de cada posição, não foi para isso que marcamos essa reunião em pleno Atlântico. Queremos, ao contrário, entrar em um entendimento perene, duradouro, sobre a nossa convivência na Terra. Não é nossa intenção que se convençam de que a harmonia é possível, mas sim que compreendam a viabilidade da convivência entre os dois entendimentos isoladamente.

– Não conseguirá nada com esse discurso procrastinatório, androide. Dê-nos garantias palpáveis e então conversaremos. – Wallace mostrou-se impaciente.

Pompeu não estava gostando dos rumos da negociação, andava mais rápido que supunha. Já calculava a probabilidade dos libertadinos terem descoberto algo. O androide continuou:

– A coabitação no planeta é a nossa única exigência, não é necessário que haja convívio entre seus cidadãos e os nossos. Podemos permanecer isolados do resto do mundo, temos como garantir nossa própria subsistência. Mas a África e o Oriente Médio devem ser deixados em paz. Não poderemos ter invasões de território ou capturas de indivíduos. Essas são as nossas condições.

Melissa sorriu, o antigo sorriso frio.

– E o que nos oferecem em contrapartida?

Coube ao drone do Oriente Médio explicar:

– Abandonaremos a Coligação. Não estaremos mais juntos da Europa e Ásia Oriental num mesmo bloco. Como eu disse, nos isolaremos por completo. Só queremos a paz para que nosso povo siga seu destino.

O cônsul arrastou a enorme bainha branca para o lado em um gesto espalhafatoso e gritou com imponência.

– Vocês exigem muito para uma nação à beira da derrota. Desligar-se da Europa seria pouco efetivo, já que é certo que em pouco tempo estaremos do mesmo lado, as negociações com a Comunidade Europeia impulsionadas pela Grã-Bretanha avançam a passos largos. De qualquer forma vocês só teriam a Ásia, mas até quando? Continuamos em contato com o Japão e já há perspectivas de avanços diplomáticos. Admita, máquina, vocês estão quase isolados.

Melissa impacientou-se.

– Acha que devemos confiar nas máquinas e na sua manipulação infernal? Com a paz vocês novamente introduziriam a alienação eletrônica que quase nos levou à extinção. Não, androide, não cairemos de novo nesse canto de sereia. Não há forma de convívio ou coabitação no planeta.

Pompeu estava de mãos atadas, só lhe restava ganhar tempo.

– E o que sugerem, então?

– Preste atenção, drone, na nossa proposta. A África deve se render. Todos os humanos receberão anistia imediata, não haverá punições para nossa espécie. Em compensação, toda e qualquer forma de inteligência artificial será eliminada, inclusive aquela aberração criada no meio do Saara. A humanidade caminhará com seus próprios pés, sem a ajuda maligna cibernética. Tragam seus representantes humanos para assinar uma rendição incondicional. Esses são os termos do nosso acordo.

— O que está propondo, embaixadora, é simplesmente a extinção da nossa espécie.

— Espécie? Essa autointitulação é mais um devaneio das máquinas. Não existe espécie. São apenas brinquedos evoluídos desprovidos de vida, de alma. O homem criou muitas armas na história visando à própria destruição, nenhuma delas tão eficaz quanto vocês, monstros. Mas espero um gesto da parca consciência que adquiriram e tenham a dignidade, nem que seja a artificial dada pelo Condão, de se conformarem com isso e se desmantelarem por si mesmos.

Pompeu analisou aquela proposição. Apesar do ser humano ter dado dois saltos evolutivos, como no caso dos *spiritualis*, a crueldade ainda era a mesma da época bárbara dos primórdios posteriores à era do gelo, quando o primeiro *homo sapiens* surgiu. Aquilo não teria fim?

— Sabe que nem a África nem a Coligação como um todo aceitará isso, senhora. Entenderei apenas como uma ameaça arrogante.

◊

A anciã continuou sorrindo.

— Acontecerá de uma forma ou de outra. Vocês sabiam que não aceitaríamos seus termos, então por que vieram? Algo aconteceu que mudou sua perspectiva de futuro? — A expressão era irônica.

Pompeu decidiu arriscar, não tinha nada a perder e tentaria prolongar a discussão, se fosse necessário trazendo o androide da Central à reunião.

— Na verdade, senhora, acho que essa pergunta poderia ser feita a si mesma. Uma nave americana com mais de quatrocentas vidas explodiu em pleno voo, mas a Libertad age como se nada tivesse acontecido. Viemos aqui para acabar com essa guerra insana que não tem nos levado a lugar nenhum, nem máquinas, nem *spiritualis,* nem homens livres.

Melissa ficou irritada, a menção das vidas perdidas e o tratamento dado por Pompeu de "homens livres" àqueles que não eram evoluídos foi uma combinação explosiva. Mas a tática do androide estava dando certo, mantendo a anciã presa na disputa dialética e ganhando um tempo precioso para a Coligação, só não se sabia até quando o anzol ficaria em sua boca. Então, uma agitação nos barcos da Libertad mudou o rumo do encontro. A embaixadora, a princípio, ficou assustada, depois lívida. Então, gradativamente, sua face tornou-se rubra. A expressão de ódio estampada no rosto fez com que Pompeu instantaneamente percebesse que, pelo menos, parte do plano dera certo.

– Androide traidor dos infernos! Destruam-no!

Oito mechas saltaram armadas vindas de baixo da linha d'água. Assim que surgiram na superfície, atiraram. Mas Pompeu e os dois androides já esperavam por aquilo. Antes dos feixes eletromagnéticos atingi-los já haviam mergulhado.

A fagulha que faltava atingira o curto pavio. A guerra começara.

# Capítulo 11

—Estamos 1.100 metros acima do Grande Desígnio, é questão de tempo para que as forças de defesa da cidade estranhem a presença de um drone orbital em perímetro urbano. Temos que agir rápido.

Os cinco *spiritualis* se reuniram no centro da sala de comando e se concentraram, fariam uma força conjunta para atingir Oleg, mas só teriam sete minutos dento do raio da teia para atingi-lo.

– Agora! – Ao comando de Pavel, a nave soltou os propulsores e reativou-os a duzentos metros do palácio branco. Imediatamente, os rebeldes criaram a rede local telestésica e invadiram o prédio.

O mapeamento das zonas externas fora fácil, a guarda do Conselho não esperava a invasão. Depois disso, progressivamente, a teia foi se fortificando, sendo barrada em certos pontos. Alejandro liderava as rotas alternativas disponibilizando aos outros, mentalmente, o mapa interno do palácio adquirido a duras penas pela inteligência russa. Conseguiram chegar ao primeiro nível, mas àquela hora toda a guarda entendeu que se tratava de uma inédita incursão neural nas defesas do edifício e o elemento surpresa se foi. Os cinco *spiritualis* estavam em um estado de tensão gigantesco. A rede agora se voltava contra eles. Ainda acharam uma brecha e encontraram o subsolo, faltava pouco para concluírem a missão. Nessa hora, um dos rebeldes foi jogado para trás, chocando-se com a parede da nave.

— A guarda neural externa nos interceptou! Estamos ferrados. — Alejandro gritava de dor, tensionando a teia o máximo possível.

T-Gem teve um sobressalto, sacou a pistola antimatéria do coldre de Rasul e correu para a cela de Vânia, com o subtenente no seu encalço.

— O que vai fazer, pirralho?

— Só ela pode nos salvar!

Parou em frente à porta magnética e disparou. Um rombo redondo se abriu, mostrando os seis rebeldes sentados em círculo, surpresos. TG não titubeou e gritou para Vânia:

— Mate ele, mate o russo!

A garota não precisou de um segundo comando e fechou sua teia local com os amigos instantaneamente. Cool e Print forçaram a neurodopamina, aliviando a tensão dos quatro *spiritualis* restantes desgastados pela pressão e Vânia invadiu com sua força descomunal a teia do prédio, rompendo conexões e jogando guardas neurais ao chão. A menina era como um leviatã do inferno, chegou rapidamente ao subsolo e invadiu a cela de Serov. O russo sentiu a glaciação e teve tempo apenas de sussurrar.

— в конце концов!

E sua mente explodiu, tal a força que Vânia o alcançou.

— Conseguimos! — gritou Alejandro. Dimitri não esperou o comando de Pavel e empinou a nave rumo à exosfera. Sete drones aéreos de curto alcance os seguiam. Naquele momento, Vânia já chegava à sala de controle, para surpresa de todos. Antes que qualquer russo a indagasse, ela exclamou:

— Vocês não conseguirão fugir do controle intuitivo dos drones. — Concentrou-se e forçou a teia em direção aos perseguidores. A força da ex-conselheira da Libertad desgovernou dois deles e retardou o resto, mas em pouco tempo recobraram o controle. Inesperadamente, Vânia foi jogada ao chão. Frei foi ajudá-la e ela disse o mais alto que pôde: – A guarda da cidade se reuniu em uma teia única. Temos que chegar urgentemente a 10 mil metros ou matarão a todos. Menos a mim. Sabem que estou aqui e me querem viva.

– Por que não fugimos pela dobra? – Rasul não entendia por que não podiam usar o transporte.

– Não podemos, a plataforma deve ser estável, em solo, ou nós viramos plasma. Vejam, os drones de curto alcance já estão ficando para trás, têm autonomia reduzida. Agora o problema são os drones orbitais. Duas dezenas deles se aproximam de todos os lados. – Dimitri fazia o possível para acelerar mais e mais. – Estamos perto da fronteira, mas há uma barreira à frente. Não só drones, mas um cruzador orbital. Não temos chance.

– Eu não vou voltar para lá – Vânia gritou. – Prefiro uma morte honrada, vamos explodir a nave!

Rasul não gostou da ideia.

– Não vou sacrificar o menino, ogra maluca. Controle-se.

Vânia olhou-o, enfurecida, mas Siham não a deixou agir de impulso. Se o marido pusesse as mãos na cabeça, ela seria nocauteada instantaneamente.

– Independentemente do que aconteça, nós cumprimos nossa missão. O segredo está guardado apenas na minha mente eletrônica e na da jovem libertadina. Não há como arrancá-lo de mim, mas, por precaução, eu me desintegrarei. E quanto a você, menina?

Vânia ficou surpresa, mas absorveu bem o destino. Não tinha medo.

– Já vivi o suficiente para ver que este planeta está condenado a uma ditadura. Se o caminho para a única salvação passa por minha morte, que assim seja. Capitã Caterina, desintegre-me.

A russa titubeou, mas levantou a arma. Apenas o suficiente para que Frei se jogasse com os dois pés sobre seu dorso e a derrubasse antes que atirasse.

– Está louca, Van? Nem pense nisso.

– Bem, amigos, a hora de pensar está se esgotando. – Pavel apontou para a frente. O imenso cruzador e diversos drones impediam a nave de chegar à fronteira. O russo estava a ponto de também tomar a medida drástica quando repentinamente a imensa nave a sua frente explodiu. Do meio das chamas surgiram três naves da Coligação.

– Viva, irmãos! – Rasul estava eufórico. Na ânsia de capturá-los, as naves libertadinas abandonaram o posto da fronteira e as forças aliadas se aproveitaram para romper as linhas.

– Eles não durarão muito, vamos aproveitar a brecha! – Dimitri avançou por meio dos destroços do cruzador enquanto feixes de todos os tipos passavam pelo espaço. Um dos raios magnéticos atingiu a nave. – Vou mergulhar para ganhar velocidade.

Enquanto desciam vertiginosamente, vislumbraram a imensa trincheira de luzes mortais abaixo. Quase um meridiano inteiro em guerra. Do espaço podia se ver o planeta dividido ao meio pela destruição, uma linha de caos cruzando o Atlântico.

– Vou descer no Mediterrâneo. Amarrem-se aos assentos, não será uma aterrissagem suave.

Aproximavam-se a 3 mil quilômetros por hora, naquela velocidade virariam poeira assim que tocassem a superfície do mar. Dimitri reduziu ao máximo, mas só conseguiu chegar a mil quilômetros por hora. O feixe que atingira o drone destruiu os flaps de navegação aérea e a turbina de fusão. Não conseguiriam reduzir mais.

– Droga, Dimitri, vamos para a Rússia! – Pavel decidiu num ímpeto.

– Com essa turbina se chegarmos à Itália será muito. Estamos caindo!

Quando tudo parecia perdido, dois drones aéreos puseram-se ao lado deles acionando seus raios tratores para tentar diminuir a velocidade da nave.

– Estão usando o magnetismo para nos frear.

– Aumente nosso campo, Dimitri. Ative a bolha taquiônica em 5%. Será o suficiente para não nos desintegrar e ajudá-los.
– O piloto assim o fez e a nave reduziu bruscamente, levando os corpos à frente.
– Estamos próximos do nível do mar a 270 quilômetros por hora. Terá que ser suficiente! Preparem-se!

Então a nave tocou na água e pulou. De novo e de novo, cada vez com mais frequência. Na última, enterrou o bico na linha d'água e rodou sobre si própria, capotando seis vezes até parar de cabeça para baixo. Finalmente afundou, mas não por muito tempo. Um imenso drone subaquático se elevou por baixo da nave até superfície, deixando-a sobre o convés.

# Capítulo 12

— *Vamos tentar mais uma vez, querido.*
— Não, deixe-me. — Choramingava o apavorado garoto.
— É preciso ou você não sobreviverá. Seja forte!

O menino não teve tempo de implorar mais. Repentinamente, o ar lhe faltou e sua face passou de corada para lívida e finalmente azulada, mas nada tocava seu corpo. Então puxou o ar com força.

— Respire. Estamos progredindo.

— Pare... Por... Favor... — Em outra sala, o fedelho acabara de ter sua cabeça tirada do balde, respirava com dificuldade. Estava quase se recuperando quando gritou de dor. Olhou para o seu braço e o sangue jorrou apenas em sua mente, sem nada perfurá-lo.

Em outra ala médica, o urro de sofrimento que a faca proporcionou ao ser cravada em seu braço pôde ser ouvido em todo o andar. Mas a dor teve que ser compartilhada com a sensação angustiante de queda livre. O menino se estatelou no chão como se caísse do quinto andar, mas estava apenas em uma cadeira.

Na área externa do prédio, o pirralho se recuperava da sensação mórbida da queda ainda no colchão de ar. Enquanto era puxado pelo médico, sentiu o braço estalar e caiu, contorcendo-se.

— O braço vai ficar bom, foi preciso quebrá-lo ou não aprenderia a controlar a dor. Coragem, rapaz – o médico falava na sala branca do prédio em frente, já o enfaixando na tipoia.

Mas a criança chorava copiosamente. Virou-se para a perna e viu a marca da queimadura se formando. Porém, havia algo de errado, não sentia dor. O membro foi se consumindo em cinzas enquanto a queimadura se alastrava, chegou ao tórax, cremou seu pescoço, que virou uma mancha de poeira na cama. Só sobrara o rosto que agora era incinerado, os olhos evaporaram, já não enxergava. Restara a boca, útil para emitir o último grito de agonia:

— NÃO!

Philip se levantou, ofegante. Os cinco. As recordações dos acontecimentos vieram à tona, relembrou da missão no leste russo e a perda da primeira cópia. Depois disso, a explosão do Santa Fé e nova perda. A terceira versão do homem só não morreu por ter se jogado pela escotilha junto à cápsula de fuga, sendo capturada ainda no ar, já em coma. Pensou nas sete vidas que tinha, agora reduzidas a cinco. A perda de duas quase o matara. Não sabia o que aconteceria se mais cópias fossem tiradas.

Conectou o primeiro médico próximo e extraiu-lhe a data. Ficara três dias apagado. Estava no hospital geral da Cidade do México, centro de clonagem segmentada, onde havia passado o final da sua infância e quase toda a adolescência. Tentou se levantar, mas estava fraco. Juntou as forças e uma das cópias se pôs em pé. Chamou o enfermeiro pela teia. O jovem residente entrou afoito na sala.

— Preciso sair daqui! Vou voltar para Washington hoje.

— Mas senhor Multiplaces, ainda está muito fraco.

"Multiplaces", há tempos não ouvia esse nome, a alcunha que recebeu após o seu período de treinamento. Apesar das torturas que sofrera no centro, a estadia fora essencial para que ainda estivesse vivo. Quando criança, todas as suas cópias ficavam juntas, amedrontadas. Caso qualquer ferimento ocorresse, a gritaria era multiplicada por sete, assim como as angústias e os sonhos. E não podia pedir ajuda para a família, seus pais eram as incubadoras. Philip fora a primeira e única experiência bem-sucedida de clonagem segmentada. Os cientistas sabiam que a simbiose de gêmeos era maior que o normal, então resolveram ousar. Clonaram o embrião, e não o zigoto, com oito semanas, quando já estava formado. Só a partir daí as mitoses seguiram rumo próprio. Fizeram sete clones de cada um dos quinze indivíduos. Apenas cinco grupos de gêmeos sobreviveram à gestação. Desses, três morreram na infância por patologias psiquiátricas e dois chegaram à adolescência, Philip foi um deles. O outro enlouqueceu e quase destruiu o hospital, sendo responsável pela interrupção do projeto, estando detido em segurança máxima desde então. As sete cópias, em complexos isolados. Mas Phil fora um sucesso. Superou o treinamento torturante e se tornou um aspirante habilidoso ao serviço secreto da Libertad. Nessa época ganhou o famoso apelido, Multiplaces, já que confundia os inimigos estando em vários locais ao mesmo tempo. Abandonou a alcunha ao entrar para a guarda pessoal da embaixadora, há dez anos.

– A força conjunta consegue me manter em pé. Quero que leve as outras quatro cópias em suas macas ao meu drone particular. Aos poucos elas acordarão. Agora preciso saber tudo sobre essa batalha inesperada.

O pouco tempo que estava desperto foi suficiente para extrair as notícias do início da guerra. Com certeza tinha relação com sua missão, só não sabia o quanto.

Enquanto a nave era carregada com seus clones, o general relembrava a incursão à Rússia. Não imaginara que a nação estaria tão guarnecida a ponto de conseguir destruir um cruzador orbital. Se a Rússia se juntasse à Coligação, a guerra seria extremamente dura. Nesse meio-tempo, duas naves de Brasília chegaram para escoltá-lo. O militar alcançou os oficiais pela teia antes que descessem ao hangar. Subitamente se espantou, após captar uma informação.

— Quê? Vânia?

— Sim, senhor. A extratora nos traiu.

— Impossível. Eu mesmo rastreei sua mente diversas vezes, não havia como esconder qualquer sentimento.

— Bem, general, parece que a mente da jovem tem mais capacidade do que supúnhamos.

Philip estava indignado. Inicialmente, cogitou dissecar sua mente para estudá-la, mas a embaixadora afastou qualquer possibilidade de matá-la. De qualquer forma, o comandante sempre teve um instinto em relação à moça. Uma das razões de não compartilhar a missão com ninguém, nem mesmo o Conselho.

— Ela matou Oleg Serov! — gritou, colérico.

— Sim, comandante, mas extraiu os planos, estão sob análise na biocentral tecnológica avançada em Lima.

— Esperta. — Phillip se inteirava rapidamente dos acontecimentos. — Se maculasse o projeto, os analistas descobririam antes que fugisse. A volta dela foi por acaso, mas fundamental para a morte de Serov. Já descobriram por que o mataram?

— Está claro que o russo guardava mais um segredo, tão importante que fez com que a Rússia se mobilizasse para exterminá-lo. O transporte de dobra permitiu a invasão. Não acontecerá de novo, estamos escaneando toda a atmosfera de dois em dois minutos. Como a penetração só pode ocorrer na exosfera, daria tempo de interceptar qualquer corpo, inclusive mísseis nucleares.

Philip não quis esperar mais e embarcou rumo ao Palácio em Brasília, precisava ouvir as pretensões de Melissa. O drone militar supersônico não demorou a ingressar no espaço aéreo brasileiro e a teia o alcançou de imediato. Melissa estava conectada junto ao centro de comunicação, parecia ansiosa.

— Encontre-me nos meus aposentos, Phil. Não tenho muito tempo.

O general apertou o passo, chegando ao terraço em menos de uma hora. Estacionou o drone, deixando as cópias concentradas ainda a bordo, e entrou no quarto diretamente pela área externa.

– Mestra Melissa, eu a saúdo. – Fez uma referência.

– General, graças a Deus se recuperou. Não sabe o quanto nos fez falta nesses dias.

A anciã estava deitada, o vestido longo e branco transbordava do leito. Uma enorme máquina ao seu lado a conectava com eletrodos. Philip se preocupou.

– Senhora, a carga dessa vez está mais alta. Tem certeza de que os eletrochoques não vão prejudicá-la?

– Isso não importa agora, amigo. Vou hibernar por sete dias, o que me dará autonomia de quase seis meses até o próximo descanso. Preciso desse tempo sem interrupções para a guerra vindoura.

Pegou firmemente no braço do militar.

– Eles nos surpreenderam, Phil, foi uma armadilha. Engoli a isca, mas foi uma distração da minha mente devido ao longo período desperto. Avancei mais do que podia dessa vez. Além disso, você não estava lá, tampouco Vânia. – Fez uma cara de ódio contido e virou-se para o militar. – Ainda tenho esperanças nela, general. Ela está confusa. Vamos trazê-la de volta.

Philip demonstrou firmemente a reprovação por aquilo. Melissa dormiria com aquela assertiva.

– Eu compreendo, meu amigo. Terei tempo depois de lhe provar o contrário. Mas, por enquanto, quero que prepare a estratégia de invasão. Entraremos pela Europa, a Grã-Bretanha já me declarou confidencialmente apoio e o resto do continente não resistirá. Teremos o revide por parte da Ásia, isso é certo. Mas contaremos com a arma inimiga. O Centro Biotécnico de Lima me prometeu um protótipo funcional em quinze dias, fabricarão em escala em trinta. – A mão da mulher pareceu afrouxar. – Quero que se reúna amanhã com Wallace no Grande Desígnio, ele também tem planos e preciso que estejam em consonância. Cuide de tudo, companheiro. Eu agradeço...

Foram suas últimas palavras e caiu no estado de sono profundo. Melissa teria que passar os próximos sete dias encarando seus fantasmas, mas nisso ela era especialista. No fim, a máquina a resgataria. Pelo menos era o que todos esperavam.

Não sem apreensão.

Philip amava a embaixadora, mais do que tudo no mundo físico, mas não poderia ajudá-la em seu último pedido. Assim que encontrasse Vânia, a mataria.

# Capítulo 13

Rasul não acordou imediatamente, ouvindo um zumbido e algumas vozes ao longe de olhos fechados. Abriu-os de súbito, mas não enxergou nada. Tentou se levantar e a nuca estalou de dor. Não só isso, bateu também a testa em alguma superfície dura, eram dois pontos doloridos agora.

– Praga!

A luz foi acesa e ele finalmente percebeu onde estava, um tubo escâner biomédico de múltiplas funções. A prancha foi recolhida e ele se viu em uma sala de exames. A enfermeira o alcançou rapidamente:

– O senhor está bem?

O rapaz passava ambas as mãos nos pontos latejantes.

– Sim, aparentemente...

– Ótimo. Estávamos avaliando a progressão da concussão, mas não há dano. Você estava apagado há dezesseis horas.

– Eu bati a cabeça na queda da nave, foi isso? E os outros? Como está T-Gem?

– Ele está bem. – Pompeu se aproximou, assustando Rasul. – Alguns passageiros *spiritualis* da nave russa tiveram escoriações e um dos rebeldes americanos quebrou o braço, mas o osso já está sendo soldado por cola genética.

— Lata-velha, que bom que está aqui. Vi do céu que o Atlântico virou um inferno. Temi por você ter sido aniquilado.

— Passou perto disso, aspirante, ainda que nós mesmos tivéssemos criado o engodo. O fator surpresa fez com que ficássemos em vantagem de início, mas a força bélica libertadina controlada pela teia é superior a nossa. Foram perdas significativas de ambos os lados, ainda assim conseguimos impedir um avanço.

— Com mil demônios ogros, Pompeu. Essa guerra está perdida.

— Temo por isso, Rasul, mas o segredo que a Rússia esconde pode mudar tudo.

— A garota! Ela conhece o segredo. Talvez nos conte.

— Não fará isso e acho que deva ser a melhor opção para nós. Aliás, ninguém no Comando sabe dessa informação, quero que a guarde por enquanto – falou baixo para que a enfermeira, agora distante, não ouvisse. – É importante que um número mínimo de pessoas saibam. Qualquer um, homem ou máquina, que cair nas mãos da Libertad corre o risco de ter informações extraídas.

— Entendo. – Rasul mudou de assunto, lembrando-se de algo. – Espero que tenha dado uma boa bronca em TG pela estripulia que quase o matou.

— T-Gem não pode ser controlado, apenas conseguimos conscientizá-lo dos riscos. Ele aprendeu bastante com essa lição, seu nível de cálculo de perigos evoluiu. Não podemos lhe infligir nenhum trauma psicológico ou a evolução de sua mente será instável.

— Por Deus, Pompeu! É uma criança. Você o está mimando. Talvez este seja o pior trauma psicológico.

— Não, Rasul, acredite. TG não é como nós. Quanto mais estabilidade na sua criação, melhor.

— E onde ele está agora?

— Desde o resgate não se afasta da *spirituali* fugitiva. Já a entrevistou de todas as formas.

— Deixou T-Gem sozinho com aquela maluca?

– Siham pensa como você, não o deixa a sós com ela nem por um segundo.

Na sala de repouso do prédio anexo, TG andava de um lado para outro. Já havia perguntado a Vânia toda a história da Libertad que não conhecia, das Guerras Drônicas ao tempo atual, mas o que mais lhe intrigava era a teia. Após o que praticamente pôde ser resumido a um interrogatório, esboçou diversas teorias sobre a rede. A telestesia tinha um princípio simples, eletromagnético. Mas a teia era diferente, formava um tecido conectivo independente da existência ou não dos *evoluídos*. O garoto não parava. Vânia, a princípio, sorriu da sua inquietude, mas logo se espantou. O jovem sentia os efeitos da glaciação de modo diferente, era imune às dores de cabeça e não ficava aflito. Além disso, a *spirituali* conseguia compartilhar algumas informações com ele. O rapaz sabia instantaneamente que estava sob interferência e conseguia, de forma inconsciente, bloquear algumas invasões, algo difícil até para sua própria gente, quanto mais para um garoto de sete anos. Depois de reiterar o raciocínio da explicação daquilo, teve uma epifania.

– Um *altum*!

T-Gem virou-se, curioso.

– Um o quê?

– Você é o elo perdido, TG! Entre a nossa espécie e os *sapiens sapiens*. Por isso sua mente é tão evoluída e por isso você tem reações diferentes em relação à telestesia.

Vânia se arrepiou. Como terá sido a convivência entre *altums* e *spiritualis* no mundo virtual? Não deveria ter sido uma evolução pacífica.

– Isso explicaria muita coisa, moça. Preciso fazer um teste com você. – Pegou a tábua de cálculo na mesa e a colocou no colo da jovem. Rodou um software onde quatro integrais triplas randômicas se mostraram. – Resolva no menor espaço de tempo.

Vânia não teve dificuldades, a memória dos *spiritualis* era infalível e o raciocínio, rápido. Dividiu as equações nos três núcleos mentais principais e resolveu-as em paralelo, utilizando a base educativa da adolescência. Toda a metodologia se encontrava lá. Terminou em pouco menos de treze segundos. T-Gem então pegou a máquina e rodou novamente o software, onde apareceram as mesmas equações com variáveis diferentes. Era sua vez. O menino se esforçava, mexia na cabeça, parava e apagava. Por fim, completou a missão, levando cerca de cinco minutos. Mostrou-os a Vânia.

– Você demorou mais, possivelmente por causa da idade. – Tentou consolar a jovem.

– Não é questão de idade – explicou TG. – Acontece que eu não conhecia nenhuma metodologia otimizada dessas equações. Usei matemática básica. Eu estava aprendendo. Veja só – colocou novas equações na tábua e resolveu, daquela vez, em cinquenta segundos –, enquanto os *spiritualis* armazenam bastante material preconcebido para ajudar no processamento, eu uso a aprendizagem constante. Meu poder de assimilar coisas novas é maior, provavelmente por ter menos memória e apenas um núcleo. Vamos tentar agora com algo que nenhum de nós viu, por exemplo, cálculo de resistência em tubos a vácuo.

Entregou o protótipo virtual na mesa de cálculo para a garota, que, sem os embasamentos teóricos, demorou cerca de três minutos para determinar a constante de densidade. T-Gem, por sua vez, levou apenas um minuto. Siham, que até então apenas observava, aproveitou para usar a rotina de sarcasmo:

– Então quer dizer que os *spiritualis* regrediram. Com o pouco de memória sobre estudo genético que tenho posso deduzir o porquê: os evoluídos esgotaram o código. Para comportar a telestesia, os três núcleos e a memória descomunal, a natureza teve que sacrificar parte da intuição. T-Gem é muito superior a vocês nesse quesito.

Vânia não tinha como discordar, sua lógica apontava para a mesma conclusão. Mas ela também era um elo perdido, uma anomalia. Resolveu não comentar sobre aquilo.

Todos se viraram para a porta automática, que se abrira. Entraram Rasul e Pompeu, seguidos pelos cinco rebeldes americanos. O grupo fugitivo preferiu não usar a teia, não era prudente. Se a população soubesse que estava tendo visitas de cidadãos da Libertad, o pânico seria inevitável. Pompeu tinha um recado:

— A nave russa os espera, americanos, é perigoso ficarem aqui. Não há mais nenhuma pendência médica, devem partir agora.

Vânia compreendeu a mensagem imediatamente.

— Ok, meninos, nosso destino sempre foi a Rússia, agora temos convite. Vamos embora. — Levantou-se para dar um beijo em T-Gem e apertar as mãos de todos. Mas Frei a interrompeu.

— Espere, Van. — O rapaz esfregava a mão esquerda no braço recém-restaurado. — Não queremos ir.

— Quê? — Fez menção de usar a telestesia, mas se conteve.

— Passamos metade das nossas vidas presos, graças a um governo fascista, uma ditadura opressora que determinava nosso futuro. Não podemos simplesmente abandonar a luta pelo fim desse regime, vamos nos alistar.

Vânia parecia incrédula.

— E defender as máquinas? Há algumas coisas que não lhes disse, amigos. Nem tudo que a Libertad conta é mentira. A humanidade realmente correu risco, não posso afirmar que havia a intenção deliberada do povo eletrônico em nos extinguir, mas garanto que não houve resistência ou alerta pelo lado cibernético em parar isso. — Olhou desafiadoramente para Pompeu, que se sentiu obrigado a retrucar.

— A harmonia não envolve só a RV, Vânia. Tínhamos um pacto de convivência com a humanidade. Estávamos progredindo para algo maior no futuro. A embaixadora impediu isso.

– Impediu o quê? Que virássemos ondas elétricas dentro de um mundo digital? Perderíamos nossa identidade, essa singularidade só interessava às máquinas, desde sempre.

Pompeu se lamentou.

– Mesmo com o avanço espetacular da inteligência, o ser humano ainda não conseguiu controlar seus medos. Creio que o sonho de Ed tenha sido acima da compreensão imediata, mas não deveria ter levado a uma guerra. Foi extremismo. Ainda assim, jovem... – Abriu a grande janela do quarto e apontou para as ruas de Trípoli. – Ainda assim, nós mostramos que é possível conviver. Criamos regras disciplinando os abusos da realidade virtual limitando a imersão, mas mantivemos a livre hibridez e a coabitação pacífica. Deu certo.

T-Gem observa tudo ao lado de Rasul e Siham. Absorvia cada palavra da rica discussão.

– Não, androide, e você sabe disso. Esse controle aparente acontece graças ao constante estado de ameaça em que vivem. Tentam mostrar ao resto do mundo a viabilidade da harmonia, mas basta que as máquinas tenham um controle maior sobre a geografia mundial para quebrarem a tênue fronteira da fraca sanidade humana. Frei! – Virou-se para o rapaz e os outros: – A Central sabe que não pode vencer, o avanço da Libertad é irreversível. Não entendem por que a Rússia não entra na guerra... – calou-se. Falara mais que podia. – Isso não importa, temos que ir para lá. Aprontem-se.

– Não, Van! – Carla adiantou-se à frente de Frei. – Apesar das máquinas terem errado, como você disse, provaram que é possível uma convivência. Veja, estão há mais de sessenta anos em paz. Mesmo ignorando as ameaças que sofrem, ainda é um mundo possível. Para eles, existe o benefício da dúvida. Para a Libertad, só existe a supressão absoluta do livre-arbítrio.

– Droga, Carla! Raios! Estão cometendo um grande erro! Vão marchar para a morte!

— Que seja, companheira. — Barone levantou o braço esquerdo com o punho cerrado. — Marcharemos, mas faremos isso por um ideal. — Os outros o seguiram no gesto.

— Van, cumpra seu objetivo, nos deixe aqui e vá. — Print apertava carinhosamente os ombros da líder do grupo rebelde.

Vânia deu um longo suspiro, abaixando a cabeça. Ficou assim por alguns segundos e levantou, decidida.

— Está certo, loucos. Vocês vão marchar para o fim, mas não esperem que eu os deixe sós. Ficaremos juntos.

Os rebeldes comemoraram com certo alívio. Sentiam-se mais seguros com a jovem, até porque lutavam melhor em grupo. Mas Pompeu alertou para algo importante:

— Pavel fez questão que fosse para a Rússia, Vânia. Terá que demovê-lo da ideia.

A jovem apenas sorriu.

— Não será fácil.

Dez minutos depois atravessava o hangar com Siham, Pompeu e Rasul. Pararam na frente do drone orbital já totalmente reparado. Pavel estava apreensivo.

— Onde estão os outros, *spirituali*? Temos ordens para estar à noite em Moscou. Não podemos nos demorar.

— Bem, Pavel. Não há por que demorar, pode partir imediatamente. Nós não iremos.

O russo demonstrou uma leve irritação; na verdade, menor do que Vânia esperava.

◊

— Isso é curioso, *devushka*, para quem até há pouco suplicava por um ingresso. Não vou perguntar o porquê de tal decisão, já que é inútil. Virá conosco de qualquer forma.

Pompeu interrompeu.

— Está sob jurisdição da Coligação, senhor. Não há nada que impeça a moça de ficar em nossas terras, ela é livre. Não pode obrigá-la.

— A obrigação dela é moral, senhor Pompeu. Ficando, ela pode pôr em risco toda a estratégia da guerra.

Vânia respondeu antes do androide:

— Eu pensei nisso, senhor. Decerto que carrego um grande fardo em minha mente e há risco de que isso comprometa todo um cenário de guerra. É por isso que tomei uma decisão. – Voltou-se para Siham. – Você está autorizada a me matar assim que pressentir que eu vá cair em mãos inimigas. O cálculo do perigo depende de você, androide. Não interferirei de forma alguma e não tentarei fugir, sabe que sou capaz disso.

Rasul não gostou da proposta.

— Não acho boa ideia que minha esposa carregue essa responsabilidade, ela não é uma assassina fria.

— Essa escolha depende dela, Rasul – Pompeu explicou. – É uma medida aceitável pelo Condão em tempos de guerra.

Siham calculava as implicações da atitude em um futuro provável. Por fim assentiu.

— Essa tarefa me põe obrigatoriamente em toda missão que a rebelde for escalada. Preciso de uma autorização do Comando de Guerra. Capitão, é possível?

— Sim, Siham, eu garanto.

— Então que seja, não se preocupem com o segredo. Eu não falharei.

Rasul se arrepiou com a frieza da androide, seu modo de guerra era tudo o que Pompeu havia prometido. Ficaria por perto para monitorar o comportamento da esposa.

— Bem, guerreiros, só resta me despedir, além de desejar-lhes uma boa luta.

— Espere, Pavel. Os planos do transporte. Não se esqueça de que seu governo consentiu com a transferência nas últimas horas.

– Não me esqueci, capitão. Os planos já estão criptografados no computador do Comando de Guerra, Caterina os transmitiu desde antes da queda para o caso da nave ser destruída, só a fiz prometer que não contaria a ninguém. Um pedido da Central do qual estou livre agora. Bem, senhores, foi um prazer. *Khoroshaya voyna*, boa guerra.

Sem mais delongas, o russo entrou na nave e dois minutos depois era apenas um ponto prateado no céu límpido. Rasul virou-se para Pompeu:

– E agora, capitão, quais os próximos passos?

– Bem, temos uma boa trégua, a Libertad não vai atacar até dominar a nova arma. Mas agora eles sabem que também a temos. A tecnologia foi o preço por ter ajudado a Rússia. Temos uma corrida armamentista, Rasul, quem for mais rápido terá a vantagem.

O jovem suspirou consigo mesmo. *Sejamos rápidos, então.*

# Capítulo

## 14

A floresta era densa. Árvores gigantes se erguiam a sua frente e as suas costas, num sufocante labirinto verde. Andar era um suplício, por isso apenas engatinhava. A única coisa que lhe dava certeza de estar no caminho certo era a incessante voz que vinha de além da parede viva. *Continue, criança. Não desista.* E ela não desistiria. Da outra vez quase conseguira, agora iria até o fim.

Sentiu falta de Rusov ao seu lado naquela missão, mas estava sozinha. E teria que conseguir sozinha. Os braços sangravam dos arranhões profundos da mata e sua visão era turva devido ao rosto enegrecido de terra. Estava exausta, mas avançava. Por fim, a mata se fechou tanto que só conseguia rastejar, mal movendo os braços. Colocou as duas mãos à frente e puxou os cipós e folhas fincadas nos troncos rígidos. Arrancava desesperadamente tudo o que podia sentir entre os dedos. Naquele instante, até a respiração parecia difícil, mas em uma das suas investidas angustiadas venceu finalmente o muro vegetal e uma luz forte brindou seus olhos.

Aquela esperança a fez renovar as forças e a partir daí o pequeno orifício se alargou, dando espaço a uma claridade verde--clara intensa. Quando sentiu que a abertura era suficiente, reuniu toda a sua energia e a transformou em impulso, tendo seu corpo finalmente expelido na outra extremidade. Caiu de meia altura em uma relva macia, puxou o ar puro da clareira e imediatamente se sentiu revigorada. Tão intensa era a aura do ambiente que pôde se levantar sem sequer se ajoelhar. Olhou para os braços e os arranhões se fechavam, restando apenas o sangue seco. Então finalmente analisou o lugar.

    A clareira era enorme, com algumas construções indígenas espalhadas. Não se via o céu, apenas uma névoa densa e verde-clara, acima das copas das árvores. Decidiu andar em direção ao centro, a voz possivelmente vinha de lá. Enquanto caminhava, percebeu um som fraco que se avolumava à medida que se aproximava do meio do descampado, como uma música. Após quinze minutos, o canto já era bem distinguível, inclusive seus versos, algo como o tupi aprendido na EV. A energia corporal da jovem também era enorme, sentia que podia saltar até os galhos mais altos das árvores distantes. Passou a correr, cada vez mais rápido. E não se cansava.

> *Cairé, cairé nu*
> *Manuára danú çanú*
> *Eré ci erú*
> *Piape amu*
> *Omanuara ce recé*
> *Quanhá pitúna pupé*
> *Catiti, catiti*

    Os versos soavam mais fortes e ela, surpreendentemente, sabia o significado. Viu ao longe uma grande construção que parecia estar exatamente no centro de todo o local. Dirigiu-se a ela, não correndo, mas saltando. Próxima, percebeu ser uma enorme oca. Sua parede era lisa, diferentemente das que via nas imagens da escola. Uma cúpula com mais de vinte metros de raio. Avistou a porta de entrada, aberta. Disparou em sua direção e, num salto, alcançou seu interior, pousando com os joelhos flexionados e a cabeça abaixada. Aos poucos ergueu os olhos.

No centro do salão, em um gigantesco trono, encontrava-se uma mulher. Ou não. Tinha cerca de quatro metros de altura, ainda que sentada. Seu corpo não era exatamente sólido. A pele cintilava e parecia etérea como uma composição de texturas. Independentemente disso, brilhava como um candeeiro, emitindo uma luz verde intensa. Melissa não teve medo e se aproximou da entidade, curiosa. Chegou ao pedestal e indagou à criatura, que a olhava complacente:

– Quem é, senhora? Ou o que é, melhor dizendo?

O ser de luz se levantou, quase alcançando o teto. Era esguia e elegante, suas vestes eram também verdes, como a pele. Desceu e ficou ao lado da jovem, cuja cabeça alcançava o meio de suas coxas.

– Melissa, nós a aguardávamos. Desde a sua primeira incursão percebemos que voltaria, só não sabíamos que seria tão rápido.

A garota não pareceu surpresa e falou decidida:

– É possível que me esperassem. Pelo que calculo, estou em estado de quase morte. A última coisa que me lembro é do choque que recebi do tirano Edwardo e, pela intensidade e dor que senti, seria impossível ficar viva. Mas já passei por isso antes, já tinha experimentado essa jornada, pelo menos a parte inicial dela. Só pude lembrar quando me vi novamente na floresta. Após essa etapa estarei definitivamente morta e nada mais restará.

A criatura gigante não esboçou reação, o semblante era o mesmo.

– Você não acredita no pós-vida, acha que a humanidade é um fragmento anômalo e finito no universo, que tudo acaba com a morte. Você entende que a lógica disso é mais fraca que qualquer fanatismo religioso, não? O homem sequer compreende o espaço além do Sistema Solar, por que acha que poderia compreender o que se passa após esse estado em que se encontram, estado este que chamam de vida?

Melissa titubeou, apesar de ter recebido uma carga enorme de inteligência e memória, não parara para analisar questões espirituais. Mas seu raciocínio lógico continuava afiado.

— Não há um grande mistério a ser desvendado, somos apenas um conjunto de células que se organizou melhor. Há uma diferença genética de pouco mais de 15% entre nós e as bactérias. Não há nada que indique que temos qualquer aspecto divino como acreditam os fundamentalistas, sejam de quais religiões forem. — Mas se lembrou de que a diferença aumentara muito depois da evolução, raciocínio captado pela anfitriã etérea.

— Sim, minha cara. A diferença aumentou, você sabe o porquê, mas mascara em seu ceticismo bruto. Na verdade, havia partes incompletas, o que a sua evolução dirigida fez foi preenchê-las. Antes estava no nível de *sapiens sapiens*, agora se encontra em um patamar muito superior. Ainda assim, quando completarem os 100% de código, a evolução não acaba. Há outras formas que você desconhece.

Melissa começou a juntar as peças daquele quebra-cabeça. Apesar de ter dito que achava que estava quase morta em um rito de passagem à inexistência, ainda tinha a impressão de que poderia estar em um sonho. Talvez tudo aquilo fosse obra da sua nova mente mais fértil e ampla, talvez o seu subconsciente quisesse lhe dizer algo. Arriscou.

◊

— Eu não morrerei, então. Estou em coma, não em algum rito divino de passagem para o pós-vida, e você é fruto da minha imaginação. Por um lado, isso é bom, significa que terei chance de continuar comandando a revolução, caso acorde. Por outro, é uma decepção, seria prodigioso descobrir que há mais além da morte. Mas dificilmente isso seria possível. Veja você... — Mirou a figura mitológica a sua frente. — Sua forma é algo que a mente humana criaria inconscientemente com facilidade. Uma humanoide, dotada de membros, cabeça, olhos, ouvidos. Enfim, um ser biológico, que só poderia surgir de uma evolução natural. Aliás, um mamífero. – Apontou para os seios da gigante. – Eu nunca acreditei em divindades, mas, nas minhas breves concessões interpretativas das mitologias religiosas, algo inconcebível era um ser superior ter a forma humana limitada pela própria natureza. Isso descarta a sua existência.

– Você está certa, mas só até um ponto. Não temos a forma humana, esta forma é um espelho do que a humanidade me imagina. Apesar disso, nós não somos imateriais, e muito menos criação das suas cabeças. Os humanos costumam nos batizar ao seu desejo, uma forma de se conectar ao nosso mundo, mas muito poucos são capazes de interagir de forma plena. Você é um deles, Melissa, alcançou um patamar superior a qualquer um, graças aos resquícios que guardou em seu DNA. A espécie que lhe deu a evolução atingiu um nível tão alto de desenvolvimento que estava alcançando nosso mundo dentro de um ambiente virtual, a ponto de manipular a dimensão externa. Lembre-se.

Melissa arrepiou-se, recordando-se da fração de tempo congelada, do grito suspenso no ar, da materialização parcial do humanoide. Virtuais dentro de uma RV alcançando a divindade? Aquilo soava estapafúrdio. E se fosse verdade, seria monstruoso. A criatura gigantesca moveu-se para a frente da confusa jovem e a fitou nos olhos.

– Eu sou Ceuci, mãe de Jurupari. Você deve conhecer outros da minha linhagem, Jaci, Guaraci, Anhangá. Também já estudou sobre Oxóssi, Oxalá, Xangô, Ogum, Ewá. Ou quem sabe Gabriel, Miguel, Rafael, Uriel, Baliel. Quantos nomes de divindades já ouviu? E aquelas que sequer ouviu falar, mas que estão presentes nesta dimensão? Os nomes, as formas, as histórias são dados pelos homens, mas nossa essência é própria. O seu universo físico é um detalhe neste turbilhão complexo de múltiplas dimensões, de intercalações de tempo e espaço. Eu sou tão real quanto você, criança, mas nossa natureza passou por sequências de evoluções reiteradas, hoje nós somos assim, podemos trespassar as dimensões e interagir com diversas espécies menos evoluídas. O homem também chegará neste nível, mais cedo do que supúnhamos. – Fez um gesto com as mãos e a teia se consolidou em volta de ambas, límpida. Cristais de gelo em uma arquitetura perfeitamente caótica. – Olhe a sua volta, isso pertence a sua dimensão, mas até pouco tempo atrás você a desconhecia, uma das muitas revelações que seu povo terá. Não pode ignorar, é o seu destino.

◊

Melissa engoliu em seco, as revelações pareciam factíveis demais para serem descartadas. Sua mente cética lutava contra a onda de informações.

E perdia.

A deusa colocou a mão sob seu queixo.

– Seus argumentos defensivos finalmente se esgotaram, criança, você já aceita sua condição nesta dimensão. Uma onda de fé a percorre, eu posso sentir. Deixe que essa onda a tome.

Melissa sentiu seu corpo ser preenchido por uma sensação de paz infinita, algo que nunca experimentara. Flutuava em plenitude absoluta. Fechou os olhos em êxtase, abriu os braços e foi erguida com a ponta dos dedos pela divindade, que aproximou sua boca do ouvido da jovem.

– Mas nem tudo que disse estava errado, humana. Ainda não está morta.

Com um movimento menos brusco do que rápido, a deusa arremessou Melissa aos céus, rompendo o domo da cúpula. A jovem gritou aterrorizada. Estava acima da clareira, em direção ao limite da grande floresta. Aproximava-se rapidamente do fim daquele universo mítico e pôde ver a cidade ao longe. Seria lançada em uma velocidade colossal à parede do seu edifício.

– Não! Não! NÃO!

Acordou com o sacolejar firme dos ombros. Os olhos semiabertos viram um semblante masculino, Rusov. Agarrou-o, desesperadamente.

– Meu amor, que bom que está aqui. – Arranhava suas costas, trêmula. Fitou-o, perturbada. – Eu estive lá! Estive do outro lado! – As palavras não faziam sentido para o homem, que a olhava espantado.

– Você estava sonhando, Mel. Um pesadelo terrível. Tento te acordar há cinco minutos.

As lembranças nítidas em sua cabeça pareciam certas, mas, à medida que ficava mais desperta, a dúvida voltava com mais força. Então se lembrou da sensação de êxtase.

– Ela me disse que isso aconteceria, que eu contestaria a verdade, que meu ceticismo era cego. Mas não, Rus, o mundo superior existe, uma dimensão além da nossa. Nós podemos alcançar isso, querido. Podemos. Todos nós, juntos. – A jovem aparentava um delírio insano enquanto seus olhos em fogo miravam o vazio.

– Calma, meu amor. Nós conseguiremos o que quer que você tenha sonhado, nós conseguiremos. Tudo ficará bem. – Rusov pegou sua cabeça por trás, acariciando os cabelos com a mão livre. A jovem se sentiu relaxada, a presença do namorado sempre provocava aquilo. Foi se rendendo aos chamegos e se deitando novamente.

– Ainda que eu tenha imaginado, Rus. Ainda que seja fruto da minha cabeça, a evolução me transmitiu uma mensagem, um sinal. Tudo faz sentido, nosso crescimento não para nessa dimensão. Podemos alcançar os deuses, amor. Podemos ascender antes da morte.

– Sim, Melissa, chegaremos lá, meu bem.

As carícias ficavam mais sedutoras a cada momento e a jovem relaxou definitivamente. Os lábios do rapaz se aproximaram da sua boca, podia sentir o seu calor. Fechou os olhos e aguardou o contato reconfortante, sentindo um arrepio em sua nuca e se entregando à volúpia do momento.

◊

Os músculos da face se contraíam em uma dança mágica e sensual que fatalmente evoluiria para um contato corporal. Preparava-se para sacar sua blusa, mas percebeu algo diferente. O beijo não era mais tão quente, esfriara. A boca do consorte também não se movimentava tanto, em pouco tempo estava gelada. Abriu os olhos sem entender. Seu semblante de prazer instantaneamente se tornou horror. Perante seus olhos arregalados, dois orifícios azul-cobalto a miravam friamente. Sua boca aberta, colada ao revestimento de metal do androide, fazia da dantesca cena um suplício desesperado. Tentou jogar a cabeça para trás em desespero, mas a mão mecânica atrás da sua nuca sequer dava chances de afastar seus lábios. Os gritos saíam sufocados diante da pressão oferecida pela face lisa do robô. Com os braços livres, espancava inutilmente o metal, até que seus dedos se quebraram. Foi içada da cama pelo androide e, subitamente, jogada a cinco metros de distância. Caiu sobre uma plataforma suspensa em meio a um espaço gigantesco. Havia diversas delas, flutuando em alturas diferentes. Cada uma continha um humano apavorado gritando, gemendo ou se jogando para a morte certa. Encolheu-se em posição fetal e tentou organizar o pensamento. Havia algo, precisava lembrar. Tinha...

– Tenho que gritar! – Concentrou-se para soltar um sonoro brado, mas, perto de expelir o ar dos pulmões, sua boca foi bloqueada por outra mão mecânica vinda de trás. Públio sussurrou em seu ouvido.

– Não será tão fácil escapar, traidora.

A mão não tapara apenas a boca, mas também seu nariz, não podia respirar. Debatia-se inutilmente enquanto o imóvel robô a mantinha suspensa. Quando estava próxima a desfalecer sem ar, o androide a jogou no espaço vazio. A queda a fez gritar, finalmente.

– Não!

Acordou novamente em sua cama, no apartamento. Rusov a olhava com compaixão, aproximando a mão de sua face. Melissa se jogou para trás e se sentou na cabeceira, aterrorizada.

– Afaste-se!

– Melissa, sou eu, Rusov.

A jovem não queria acreditar, mas e se fosse? Não, algo estava errado. Forçou a telestesia sobre o rapaz e elevou o nível ao agressivo. Nenhum ser humano, fosse *spirituali* ou *sapiens*, sairia incólume daquela carga. O jovem apenas sorriu.

– Voltamos ao jogo.

Cabos de cobre surgiram por baixo da cama e abraçaram a bióloga, que imediatamente foi obrigada a soltar o ar dos pulmões. De novo aquele sufocamento, parecia ser a principal forma de tortura usada, talvez pelo trauma da biogeneticista no passado.

Melissa percebeu que não conseguiria suportar aquilo continuamente, então pôs o raciocínio em ordem. Deduziu que estava sonhando, já que só conseguia usar um núcleo. Ou era isso ou estava completamente louca e nada mais importaria. Se fosse um sonho, então as regras do jogo poderiam ser determinadas por ela.

– Minha mente, minhas regras. – Olhou para o sorridente rapaz e sua face derreteu, sob a própria percepção horrorizada, até ficar apenas o crânio inexpressivo. Continuou a impor sua vontade e rompeu os cabos de cobre que a prendiam. Sentiu-se com superpoderes no seu próprio mundo onírico, mas não durou muito. Um pé do tamanho do seu corpo a prensou novamente na cama, espatifando a armação de metal. Apenas o colchão resistiu. Olhou para cima, um Edwardo titânico a observava do alto dos seus dez metros.

– A cada dia você consegue controlar menos sua mente entorpecida, Melissa, posso ser uma criação da sua cabeça, mas ainda assim sufocá-la. A responsabilidade que você carrega sobre a evolução do ser humano é grande, assim como as consequências que decorrerem disso. Seu DNA metamórfico a trouxe até aqui, mas seus dias estão contados.

*Tenho... Tenho que gritar.*

Não teve tempo. Sentiu a dor absurda de todos os ossos se partindo, seus órgãos internos se rompendo. Então acordou em sua cama. Saltou imediatamente do colchão para não cair na mesma armadilha, mas outra a esperava. Não havia chão sob seus pés, caiu cerca de cinquenta metros, estatelando-se no centro do laboratório de Rusov, na antiga casa de sobrado. Recobrando-se das dores, olhou a sua volta. Os cinco amigos a fitavam, frios. Cíntia ergueu a cabeça, mostrando a macabra face, branca como mármore e sulcada por traços negros.

– Ambição! Você nunca se preocupou com sua espécie, Melissa. Tudo que fez foi por você mesma. Olhe a sua volta, todos os seus companheiros. Mortos! E você não derramou uma lágrima sequer – disse a mulher, uma apavorante boneca de porcelana viva.

– Não é verdade! – Olhou para Rusov, mas a única lágrima que corria estava no rosto do consorte. No dela, nunca houvera.

– Vamos fazê-la chorar, Mel. Mas não de compaixão, e sim de dor. Uma dor profunda, soma de todos os males que você criou.

Imediatamente, a mente da jovem glaciou, com uma dor insuportável. Levou as mãos à cabeça, urrando e arrancando cabelo e couro. O sangue corria pelo seu rosto. Voltou a organizar as ideias, era seu mundo afinal. Concentrou-se e rebateu a glaciação dos cinco algozes, que se ajoelharam agonizando. Olhou diretamente para Rusov. Ele deu um rugido de tormento antes que a cabeça inchasse e explodisse. Melissa percebeu que em todos os sonhos havia uma coincidência.

Rusov nunca chegava ao fim.

Estava próxima a vencer quando sentiu novamente a glaciação e foi arremessada à parede. Vânia surgiu com o mesmo sorriso que aprendera a imitar.

– Tão poderosa, tão frágil. A líder de uma raça, uma criança indefesa. Afogada na própria ganância.

Melissa, até então, não sabia quem era a garota, mas a revelação veio como uma onda, e então ela se lembrou de tudo.

– Eu tinha fé em você, criança. Você iria me suceder, levar nosso povo ao reino sagrado.

– Não há lugar para assassinos sanguinários no Éden, tirana, incluindo você.

Vânia lançou o feixe. Melissa pouco resistiu, sem forças. Sentiu a cabeça inchar e a dor da rachadura no crânio. Então acordou em sua cama.

– Aumente a tensão, engenheiro! Rápido, estamos perdendo ela! Estamos perdendo a embaixadora!

O oficial estava nervoso, não queria ser responsável por aquele fardo. De todo modo, talvez Philip o matasse caso a embaixadora não escapasse com vida. Mas, de qualquer forma, ela poderia morrer com o choque.

– Eu... Não posso.

– Não temos escolha, idiota! – O general repreendia o engenheiro pela telestesia, mas viu que pouco adiantaria, o técnico estava paralisado pelo medo.

Então os dois clones do militar tomaram o controle da máquina de eletrochoque e aumentaram a voltagem, um risco alto de matar a líder. Não importava, nada mais importava, apenas a embaixadora acordada. A onda elétrica alcançou a anciã como se uma estaca fosse cravada em suas costas. O tórax se elevou, curvando todo seu corpo, mas logo cedeu. Não acordara.

Em uma medida desesperada, Philip juntou os três clones na sala em uma só rede, lançariam o feixe ao mesmo tempo sobre Melissa enquanto o choque distorcia suas sinapses. A última cartada, um feixe simbiótico era vinte vezes mais forte que qualquer feixe telestésico heterogêneo. Apertou o botão e concentrou as três mentes sobre a embaixadora. O corpo da líder foi lançado para o lado, emaranhado nos fios e tubos que o conectavam à máquina.

Os Philips e os técnicos correram para ajudá-la. O general colocou o ouvido em seu peito, um leve chiado foi ouvido.

– Está viva! – Refez a conexão tripla e lançou o feixe com toda força. Só uma mente singular como a de Melissa seria capaz de aguentar tanta sobrecarga. O choque despertou definitivamente a anciã, que ergueu o torso puxando ar desesperadamente.

– Graças aos Elevados, embaixadora, a senhora conseguiu. – Philip suspirou aliviado.

A mulher aos poucos recuperava as forças, mas o ânimo permanecia abalado.

– Não, amigo. Infelizmente não consegui – dizia de forma confusa.

– O que não conseguiu, eminência? Diga-me.

– Eu não consegui gritar, Phill, e nunca mais conseguirei. – Baixou o triste olhar. – Meu tempo na Terra está se esvaindo, a hora de encontrar os Elevados está chegando. Não conseguirei isso em vida, mas não importa. Estarei entre os Altos em menos de seis meses. – Levantou-se lentamente em meio a uma dor excruciante, porém de forma decidida. – Mas antes temos uma guerra a vencer. Liderarei meu povo pessoalmente. Atualize-me, general.

Pela telestesia, Philip relatava os avanços na construção das novas armas e a estratégia de invasão pelo norte. A Rússia continuava neutra, mas o leste asiático ameaçava se juntar à Coligação caso a Europa não se posicionasse logo. Enquanto isso, a tensão no Atlântico se mantinha estática por um tênue cessar-fogo.

– A vitória está próxima, amigo. Em breve livraremos este planeta da espécie pagã e estaremos livres para evoluir em paz.

# Capítulo 15

T-Gem andava pelo enorme corredor natural a céu aberto, admirando atônito as construções produzidas nos últimos 30 dias. De um lado, as bases de lançamento eletromagnéticas comportando uma nave orbital cada, nas encostas da cordilheira do Atlas, pouco abaixo do monte Jbel Toubkal. Do outro, o enorme penhasco cujo fim, quilômetros abaixo, mergulhava na cidade de Marraquexe. Estavam a cerca de 3.800 metros de altura, o melhor ângulo do continente para a invasão a América do Sul. A América do Norte estava inalcançável, eis que a Europa resolvera ficar neutra no conflito e o único ponto de acesso ao continente pelo transporte de dobra seria pelos Alpes ou pelo Polo Norte, fechado para ambos os lados tanto pelo Velho Continente como pela Rússia. Isso dava uma pequena vantagem aos aliados, já que a América do Sul não tinha grandes altitudes costeiras para lançamento. As naves aliadas alcançariam um nível mais próximo do solo ao curvar o espaço-tempo do que os drones orbitais da Libertad.

— Pompeu, a Europa recuando não vai comprometer a defesa? Não seria melhor retomar as negociações?

— Não adiantará, TG. A Comunidade Europeia está apenas simulando o recuo. Claramente haverá um movimento *spirituali* por dentro do seu território, mas sem conflitos no continente, não houve tempo de evacuar a população e não permitirão um massacre. Eles entrarão pelo norte e forçarão a invasão da África pelo Mediterrâneo. A dúvida é se o Exército Europeu vai tomar partido ou não.

– De um jeito ou de outro perderemos – disse o garoto, desolado.

– Não, T-Gem, até ontem a derrota era iminente. Mas hoje recebemos a mensagem da Ásia de que se juntariam a nós. Há uma grande força naval e aérea se concentrando entre o Japão e a Nova Zelândia, farão uma linha de ataque à América do Sul pelo Pacífico. Enquanto as duas trincheiras combatem nos dois oceanos, tentaremos usar as naves orbitais transportadas pelo espaço-tempo para destruir as fábricas de mechas de Buenos Aires, Belo Horizonte e Goiânia. Se desativarmos esses três suprimentos, diminuiremos a fabricação em 20% e ganharemos um bom tempo.

– Exatamente isso que me deixa curioso, capitão. Tudo que fazemos é para ganhar tempo. Agora eu pergunto, para quem? Parece que só estamos adiando nosso fim.

Pompeu entrou em modo de recordação, repassando a história de sua existência e, com isso, a maior parte da história da inteligência artificial autoconsciente. No auge do Condão, ninguém era capaz de acreditar que os homens poderiam vencer as máquinas em uma guerra. Agora era certo que a espécie cibernética estava ameaçada de extinção. Ainda que mudassem seu modo para piedade nula, trucidando qualquer humano que vissem pela frente e usando de métodos genocidas, perderiam, apesar de causarem muito mais danos. De qualquer modo, isso era exatamente o oposto do que desejavam. A ordem era apenas se defender e atacar postos estratégicos. No entanto, o cuidado com a vida humana em batalha estava definitivamente afastado.

◊

– Só a Central pode responder isso, TG. – Parou diante do pod, mudando de assunto. – Bem, creio que satisfiz toda a sua curiosidade. Agora você vai definitivamente para Al-Fashir até o fim da guerra. Abdul lhe espera lá. – Pompeu nem cogitou alertar o menino sobre truques de desvios, sabia que daquela vez TG iria diretamente para o abrigo. Ajudou-o a subir no veículo programado enquanto arrumava a mochila às suas costas. O garoto acenou brevemente, mas o pod não permitiu grandes despedidas, partindo de súbito para o céu límpido do entardecer marroquino.

O androide se sincronizou pela última vez com as máquinas locais de operação recebendo o momento exato da ação, então voou em direção ao norte da África.

# Capítulo

## 16

A quase 8 mil quilômetros de distância, Siham recebeu a última comunicação de Pompeu e repassou a Rasul.

– O capitão já está se posicionando para o ataque, temos que nos apressar se quisermos completar o plano.

– Droga, meu bem, essa é, sem dúvida, a mais suicida das missões.

– Deve ser isso que motiva esses garotos, parecem loucos pra abraçar a morte. – Virou-se para o grupo de *spiritualis* que urrava palavras de guerra, à exceção de Vânia, que preferia estar a 12 mil quilômetros dali.

Rasul finalmente calibrou o equipamento e gritou a todos:

– Hora de ir, tropa. Rumo à Antártida.

O destróier aéreo partiu da Cidade do Cabo rumo ao Polo Sul para se juntar à força da Oceania. Dentro da nave, a equipe *Rébellion*, como os garotos sugeriram sem qualquer objeção ou interesse de Rasul, fazia os últimos acertos. Aquela missão pioneira desencadearia a guerra em escala mundial. Pompeu já estava no fronte atlântico para defender a linha meridional, os generais árabes estavam a postos para a defesa do Mediterrâneo e, enquanto isso, a linha do Pacífico avançava. A Coligação tinha suspeitas dos passos da Libertad, mas nenhuma certeza.

Rasul observava a imensidão branca ao lado do capitão da nave. Não havia muitos tripulantes, afinal o objetivo não era a batalha; quanto menos fossem, mais fácil escapar. O subtenente ampliou a lente ótica em determinado ponto e alertou Siham. A androide confirmou:

– São eles, oficial. No ponto exato.

A gigantesca faixa bélica cruzava o deserto de neve, criando uma linha de guerra no meio do continente, a força polar do sul. Rasul entrou em contato com o comando para se anunciar:

– Destróier R-905 da divisão sul-africana pede permissão para se integrar à esquadra. – Era uma formalidade humana, já que a paridade dos drones já havia identificado a nave, mas, naqueles tempos de diplomacia instável, era preciso ser cortês. A própria almiranta da frota respondeu a Rasul:

– Salve, suboficial. A marinha oceânica o recebe com louvor. Que a força da harmonia nos leve à vitória.

– Obrigado, comandante Chloe, que Deus nos guie. – Não era seguro trocar mais informações, afinal, muito pouca gente sabia da missão secreta do grupo, a almiranta era uma delas. O destróier se alinhou ao fronte e o exército voltou a avançar. Atravessaram o Polo Sul, e, à medida que se aproximavam do continente sul-americano, a velocidade aumentava. Então todos os sensores dispararam ao mesmo tempo.

– Mísseis! Ativem os escudos de antimatéria, não podemos cair antes de chegar ao outro extremo da Antártida!

Enquanto Siham ativava as defesas da nave, três milhares de mísseis terra-ar eram disparados pela força abaixo. Print firmou a vista do horizonte, que turvava. Verificou, apavorada, que não era escuridão, e sim os mísseis da Libertad se aproximando, polvilhando o céu.

– Vamos morrer! – Mas os outros não compartilhavam do medo, gritavam brados de guerra e morte aos seus opressores. Print aos poucos mudou o comportamento e também se uniu aos gritos insanos. Apenas Vânia mantinha a serenidade.

Rasul não gostara muito daquela reação imatura.

– Droga, Siham, são apenas adolescentes se lançando à morte certa.

– Ainda assim precisaremos dele. – A androide saltou à torre de defesa, posicionando-se. Rasul a imitou e quatro androides da tripulação fizeram o mesmo. Lançaram as armadilhas de antimatéria e se prepararam para aqueles que escapassem e se aproximassem da nave. Não demorou muito e o céu alternou miniburacos negros, explosões e feixes de antimatéria em um caos de cores e sons. Junto a tudo isso, a primeira onda de destruição que transpôs a linha de defesa se aproximava.

– Engulam isso, ogros!

Rasul disparava de modo insano, não era preciso como os androides, mas tinha boa intuição. O destróier não podia usar a antimatéria, só feixes magnéticos, precisaria de toda energia para a próxima fase. Nenhum míssil deveria chegar muito próximo ou, mesmo desativado, iria se chocar com a nave. Cerca de três passaram raspando, deixando o rapaz com calafrios, a missão terminaria antes mesmo de começar caso fossem atingidos. Então o cenário de loucura pareceu menos anárquico.

– A primeira leva já foi, hora da infiltração! – Rasul desceu da torre enquanto o capitão da nave acelerava para cima, à frente da linha. Além deles, duzentos destróieres fizeram o mesmo, mas apenas aquele teria um comportamento inusitado.

Siham despertou os garotos do seu estado de pura adrenalina e ordenou que se organizassem nos grupos predefinidos: Print e Barone; Carla, Frei e Cooler; Vânia, Rasul e Siham, a última com uma responsabilidade adicional, não podendo se afastar da jovem *spirituali*. O destróier avançava, mas não diretamente para o continente, e sim em diagonal para a ilha de Orkney do Sul, o que ajudou a confundir as defesas. Mas não por muito tempo: mísseis lançados de vários locais triangulavam a nave. Era uma questão de tempo para serem atingidos.

– Vou soltar os drones! Preparem-se!

Os grupos já estavam posicionados dentro dos três veículos quando o destróier abriu o compartimento, lançando-os diretamente para a ilha. Sem perder tempo, o capitão e os androides entraram na cápsula de fuga e conseguiram ejetar antes que os mísseis atingissem o destróier. Mas não com tanta rapidez. Na explosão, um dos destroços atingiu o leme da cápsula de fuga e a desgovernou. Vânia ainda sentiu o último sopro de vida do capitão antes que a nave explodisse no mar.

Mas não era hora para lamentações.

As naves pousaram bruscamente na planície, fincando bases firmes no solo. Enquanto as máquinas calculavam o ângulo, as telas de rastreamento eram salpicadas de pontos vermelhos em sua direção.

– Tem mais de cinquenta mísseis vindo pra cá! – Barone gritou pela rede local. Siham não perdeu a calma.

– Se nos precipitarmos, viraremos suco orgânico no *warp*. Controlem-se.

De fato, a bolha não demorou a se formar. Em menos de vinte segundos os mísseis alcançaram a ilha, mas não encontraram nada e levaram apenas pedregulhos para outra dimensão.

# Capítulo

## 17

O Atlântico era agora o maior cemitério ativo do planeta. Mas não só homens estavam submersos para a eternidade na imensidão azul. Cada IA, fosse de um androide gigante ou minúsculo, era contabilizada por Pompeu como uma baixa, mesmo que para os *spiritualis* isso fosse uma heresia.

Apesar disso, tudo corria de acordo com a lógica prevista. De fato, a Libertad dividira suas forças em duas frentes. A primeira avançou pelo caminho aberto na Europa, usando tanto a rota pela Espanha quanto pela Itália, rachando a defesa mediterrânea. A outra frente era a enorme linha bélica do Atlântico, que agora se transformara em um muro de caos e destroços que ia do fundo do mar à estratosfera. O alívio vinha da frente asiática aliada que avançava no Pacífico e diminuíra a intensidade da força leste, já que a América precisou balancear a defesa. Era hora do ataque paralelo.

◊

Sobre a trincheira de fogo, Pompeu confirmou o lançamento pelo *warp* das naves orbitais para a exosfera acima do Brasil. Tentariam destruir as duas fábricas centrais do país, enquanto Rasul comandava a missão secreta no Polo Sul para desativar a terceira linha de produção na Argentina. Cem naves saíram do Marrocos de um efetivo de trezentas; caso fracassassem, a causa estaria comprometida, mas, pelo menos, tudo estava estritamente dentro do previsto.

E isso preocupava o androide.

Os *spiritualis* tinham todas as características dos *sapiens* melhoradas, mas uma se diferenciava sobremaneira: eram imprevisíveis. O andar dos acontecimentos contradizia essa afirmação. Enquanto calculava o porquê daquilo, Pompeu dimensionava a estatística da guerra. O fronte estava estabilizado, com leve vantagem para a Coligação. No norte da África, as defesas do Mediterrâneo aguentavam bem a ofensiva libertadina, não teria como haver uma invasão em um curto espaço de tempo. O *timing* estava perfeito para que a frente do Pacífico alcançasse as defesas da América no Pacífico Sul. Se isso acontecesse, a Libertad teria que recuar e a batalha cessaria, pelo menos por enquanto.

— Chanceler Smid, peço autorização para intensificar o ataque e tentar empurrar as forças inimigas para o litoral sul-americano. Se conseguirmos que recuem, reforçaremos a defesa norte-africana e tomaremos o sul da Europa, estabilizando a guerra. É a nossa chance.

O sul-africano comandava pessoalmente a frente do sul da África, fizera questão de defender sua terra.

— Sim, capitão, autorizado. Vamos fazer isso e, quem sabe, ter uma noite de sono finalmente. Alguma notícia das missões?

— A barreira não permite comunicações e até agora nenhuma nave voltou. Não há como saber se houve sucesso.

— Vamos rezar, amigo. Poderemos ter uma vitória real hoje.

Pompeu ordenou à linha de retaguarda que intensificasse o bombardeio, e na hora seguinte, enquanto os módulos submarinos e aéreos avançavam comprimindo a linha d'água libertadina, as forças americanas começaram a recuar. Estava dando certo.

Mas, quando os guerreiros da Coligação ameaçaram comemorar, o inusitado aconteceu. O cálculo que Pompeu não fizera, o inesperado e imprevisível movimento *spirituali* que ele temia. Sobre o Índico, setecentos drones de guerra libertadinos surgiram. Não havia base de lançamento possível em terra para que alcançassem a ionosfera sobre o oceano. Só uma forma de lançamento levaria o efetivo àquela posição: um lançamento duplo, da terra e do espaço. A Libertad avançara mais que as máquinas novamente. A localização estratégica pôs a força americana na costa desguarnecida da África, seria um massacre. Pompeu ordenou às tropas locais que mantivessem o ataque e conectou as divisões de terra para se deslocarem para o leste. Então disparou para o continente, uma preocupação lhe ocupava um processador inteiro.

T-Gem!

# Capítulo

## 18

A nave de Melissa emergiu à superfície do Oceano Índico, criando uma onda de dez metros. Logo diversas outras despontaram da mesma forma e se juntaram às que se encontravam no ar. A dobra as jogou diretamente a novecentos metros de profundidade, mas isso era previsível. A bolha do *warp drive* criara túneis na água, vistos apenas num átimo de segundo. A manobra possibilitou que a esquadra surgisse longe do alcance das naves da ionosfera, estavam livres para avançar pela costa africana sem resistência. A meta era tomar doze cidades de defesa e estabelecer as bases de apoio.

– Perfeito, Philip. Uma manobra de classe, no melhor estilo humano. – O ar da embaixadora era de triunfo.

– Não teremos resistência por enquanto, senhora. Mas para isso algumas almas terão que ser sacrificadas, as pequenas forças das cidades resistirão ferozmente.

– É o custo da guerra, amigo, nem tudo é bônus. Vamos!

As naves se dividiram em doze frotas, uma para cada cidade-chave. Rapidamente, o primeiro grupo alcançou o litoral, chegando a Mogadíscio. As cerca de trinta naves travaram uma batalha feroz, mas breve, tomando as torres de controle. A tarefa se tornara mais fácil pelo fato da maioria da defesa ser de humanos, suscetíveis aos feixes telestésicos. Nem capacetes antimagnetismo os pobres defensores portavam.

As frotas tomaram a direção do interior do território continental e a cidade seguinte conquistada foi Addis Abeba, ainda mais facilmente. A Libertad impunha derrotas por onde passava, um leviatã frio de destruição que ceifava androides e homens sem distinção. Quando cinco cidades haviam sido tomadas, a segunda esquadra chegou no Índico. Quinhentas naves orbitais utilizadas para transporte de tropas, cada uma com trezentas mechas que seriam usadas para controlar as cidades por terra.

– A torre avança para a sétima coluna, senhora. – Philip usou a analogia do xadrez para ilustrar os avanços bélicos, e Melissa completou:

– Estamos prontos para o xeque-mate.

As naves deixaram parte do efetivo nas cidades ocupadas e partiram para a conquista final. Uma batalha árdua seria travada na última metrópole, a mais próxima da Cidade Luz e a que continha mais ciborgues e drones de defesa. Al-Fashir.

# Capítulo 19

—Formação equilátera, vamos mergulhar!

O aviso de Rasul soou em broadcast para as outras duas naves e pouco importava a interceptação da mensagem, já haviam sido detectados desde que surgiram na ionosfera. A manobra consistia em se lançar numa velocidade vertiginosa em direção à fábrica de Buenos Aires e destruí-la com nove bombas antimatéria de amplo alcance. Para isso, contavam com os *spiritualis*. Claro, se eles aguentassem a queda acelerada de até cinco gravidades. Vânia assumiu o controle da sua equipe, era a mais desconfortável, odiava a aceleração.

– Estamos alcançando 2G, não poderemos mais falar daqui para a frente. Print e Cooler preparem-se para a virtuodopamina. Vou desativar a torre quando chegarmos a quinhentos metros. Só teremos três segundos para o disparo dos mísseis. Aí é com você, Siham.

A androide não sentia o efeito da gravidade, sua tarefa era a mais simples. O problema estava em saber a condição física dos humanos quando chegassem a mil metros de altitude e uma velocidade de 10 mil quilômetros por hora em direção ao solo. Cruzaram a estratosfera sete vezes mais rápido do que o som, as naves da Libertad não conseguiam segui-los, tampouco os mísseis. As únicas armas capazes de derrubá-los estavam em terra.

Cooler já havia vomitado tudo o que tinha no estômago, mas não esqueceu a missão. Assim que a aceleração diminuiu, juntou-se à irmã na teia e lançaram a dopamina virtual sobre a bateria de defesa. Vânia não estava melhor, ainda assim conseguiu paralisar os canhões eletromagnéticos que estavam prontos para abatê-los. Com esforço transmitiu à Siham a sua realização. A androide instantaneamente disparou os mísseis pré-programados e as naves fizeram um arco externo se afastando do alvo. Atrás de si uma chuva de partículas quânticas levou metade da fábrica para outra dimensão. O grupo gritou brados de guerra e vitória.

– Ogros malditos! Engulam isso! – Barone gritava. Saiu da sua cadeira e abraçou Print.

– Nossa missão está cumprida, amigos, agora vamos pra casa. – Rasul redirecionava a rota para o oceano, mas Vânia estava aflita.

– Temos que sair logo daqui! Estou captando dezenas de sinais telepáticos se aproximando pelo oeste e norte.

A garota fechou a teia com o grupo para um alcance maior. A onda chegava forte e a angústia coletiva aumentava. Um medo que logo se transformou em realidade. Pela teia viram o desespero de Print e Barone. A nave havia sido atingida por um feixe eletromagnético e precipitou em queda. Ambos aceitaram seu destino e se despediram pela rede neural.

– Print! Barone! – A voz de desespero da jovem soou física e virtualmente, mas nada poderia ser feito. A explosão foi vista por ambas as naves e a conexão foi interrompida.

– NÃO! – Cooler estava inconsolável por perder a irmã e o amigo. Frei o acalmou. Não acabara ainda, todos poderiam ter o mesmo fim.

– Vamos reagrupar! – Rasul dizia nervoso, não tinham tempo a perder. Mas tudo foi por água abaixo quando se viram cercados. Cinco naves libertadinas fecharam todas as suas rotas de fuga. Mas não atiraram, sabiam que a extratora estava a bordo. Tinham ordens de levá-la viva.

Siham pulou do seu *cockpit* com a arma em punho.

– Chegamos ao ponto fatídico, jovem. Tenho que exterminá-la. Sabe disso.

Vânia deu um longo suspiro, pôs-se em pé e despediu-se dos inconsoláveis amigos, próximos de perderem mais uma companheira.

– Estou pronta, Siham. Pode executar sua ordem.

Mas Rasul tinha outra informação.

– Espere, querida, a cavalaria está chegando.

Na tela de rastreamento, 23 naves da Coligação vindas das missões no Brasil se aproximavam. Os libertadinos também perceberam, mas nenhuma nave se moveu, aguardavam a rendição. Siham também não recuou.

– Nunca chegarão a tempo de impedir que ela seja capturada. Vou executar minha ordem.

Rasul viu que a androide não retrocederia. Saltou de sua cadeira e empurrou seu braço, impedindo o tiro fatal.

– A lógica me diz que há um certo *affair* entre você e a *spirituali*, Rasul. Isso pode ser considerado uma traição conjugal, não?

O rapaz ficou confuso. Rotinas de ciúme inéditas? Numa hora daquelas?

– Eu só quero impedir uma injustiça.

Mas Siham estava irredutível e empurrou Rasul para o lado. Não adiantou, o rapaz estava bem atado ao seu braço.

– Eles não atirarão, dará tempo das forças aliadas chegarem! – O jovem gritava.

– Você está enganado, querido. Eles atirarão.

A lógica infalível de Siham se confirmou. Um feixe de antimatéria dividiu a nave ao meio, levando um braço e uma perna de Rasul, e quase metade do corpo da robô. Do outro lado, Vânia foi jogada ao fundo da nave. As duas partes do drone entraram em espiral e despencaram do céu.

# Capítulo 20

T-Gem andava nervoso pelo jardim da residência de Abdul, no subúrbio de Al-Fashir. Acordara preocupado, sem saber exatamente o porquê. Ainda assim a beleza das plantas aliviava a tensão e distraía o garoto. Parou subitamente e analisou as espécies de diversos lugares do mundo trazidas pelo amigo de Pompeu, irrigadas permanentemente. Água não era um problema na África há mais de 150 anos, mesmo sobre o Saara. As gigantescas tubulações construídas na Era de Ouro distribuíam o precioso líquido para todas as cidades, sem exceção. TG usou a tábua de cálculo para dimensionar a extensão da rede hidrográfica. Apesar de estar fazendo o que mais amava, o menino não relaxava. Sua intuição lhe dizia que alguma coisa estava errada, alguma falha nos cálculos de Pompeu ou da Coligação. Então recebeu a mensagem em broadcast na sua lente ótica, confirmando seu presságio.

A Libertad invadira a África pelo leste.

Era essa a falha, o detalhe que faltava. Nunca deveriam ter subestimado a capacidade *spiritualis* de improvisar, de fazer o inesperado. Rapidamente contatou Abdul, precisavam pensar nos próximos passos.

– Ab, venha para cá, devemos evacuar urgentemente.

— As forças estão sobre Mogadíscio nesse momento, ainda temos algum tempo. Preciso reunir as crianças.

— Faça isso o mais rápido possível, não tenho um bom pressentimento sobre a situação.

A demora na resposta do nigeriano deu a certeza a TG de que ele estava ponderando sua intuição. O homem acreditava piamente na percepção do garoto. Isso envolvia, inclusive, um certo misticismo devido a sua origem.

— Ok, T-Gem, mas acho que você deve partir imediatamente — falou sem qualquer convicção, já sabendo a resposta.

— Não o deixarei aqui sozinho. Vou reunir as crianças das redondezas, prepare as naves de transporte, eu o encontro em cinquenta minutos na praça central.

Abdul não discutia mais com o menino, notava certo autoritarismo na sua entonação, mas na imensa maioria dos casos estava correto. Era um líder nato, percebia-se de imediato, ainda que aos sete anos de idade.

T-Gem montou no pod e começou a peregrinação pela vizinhança. Muitas crianças estavam exiladas na cidade devido à guerra, agora teriam que ser tiradas dali. O jovem parava nas casas e avisava os tutores para se dirigirem ao centro, confirmando a mensagem emitida pela rede. De lá partiriam os drones de evacuação. Felizmente, a malha da supervia de esteiras rolantes fazia com que todos os bairros alcançassem a zona central da cidade em dez minutos. T-Gem completara sua ronda em menos de meia hora e todas as crianças do bairro já se deslocavam para o resgate. Ficou orgulhoso de si mesmo pela tarefa realizada, dando um sorriso. Estavam salvas.

Mas a alegria durou pouco. O barulho dos feixes eletromagnéticos veio de cima, da troposfera, antes ainda dos drones orbitais tornarem-se visíveis. Eram dois. Um deles desceu em velocidade vertiginosa, perseguido por um míssil drônico lançado da ionosfera. Fez um enorme arco sobre o bairro e deu um rasante sobre a cidade. Não conseguiu escapar, o obus o alcançou nos arredores da zona metropolitana, explodindo em uma bola de fogo que sumiu instantaneamente depois de surgir, provavelmente devido à ruptura dos tanques de antimatéria. Já o outro drone estava livre. Dirigiu-se à torre central da cidade e disparou ininterruptamente, atingindo as metralhadoras antimatéria antes de ser derrubado. Caiu sobre um dos bairros periféricos, causando grandes baixas civis. T-Gem estava aflito, comunicou-se com Abdul.

— Eles devem ter plantado lançadores de dobra em Mogadíscio. Estamos ferrados.

— TG, vire o pod para a Cidade Luz e suma daqui! É uma ordem! — O tom do amigo era desesperado. Pompeu não o perdoaria se algo acontecesse ao menino.

— Não abandonarei as crianças! Estou indo...

A fala foi interrompida pela visão de cinco drones orbitais passando por sua cabeça. De cada um saltava uma centena de mechas. Cinco pousaram bem a sua frente, quebrando o solo com as pernas mecânicas gigantes. O capitão do grupo olhou para a minúscula criança no pod. O menino mal conseguia pôr os pés no leme. O militar deu uma risada e forçou levemente o feixe telestésico para que o garoto desmaiasse. Não surtiu efeito. A risada sumiu da sua face. Aumentou a dose e nada. O tenente alertou o comandante:

— Capitão, ele não sente os efeitos da rede. Só pode ser um droide!

— É verdade, tenente. — Levantou a pistola de antimatéria, apontando para o menino. — Seja lá qual espécie de criatura diabólica criada pelos demônios eletrônicos você seja, garoto, se juntará aos seus iguais no inferno das máquinas.

T-Gem fechou os olhos calmamente e se preparou para a morte. Suspirou e pôs as mãos cruzadas sobre o peito. A frieza da atitude fez o capitão vacilar, mas logo firmou a mão e apontou novamente. TG ouviu o barulho do feixe, o que por si só já era estranho. Mais estranho ainda era estar pensando sobre aquilo. Abriu os olhos e as quatro mechas restantes corriam e saltavam baratinadas sob a saraivada de tiros eletromagnéticos e antimatéria. No local em que o capitão se encontrava há apenas cinco segundos, um enorme buraco em concha como uma meia circunferência perfeita. Olhou para o céu.

– Pompeu!

O androide disparava em todas as direções, já que as quatro mechas haviam se espalhado. Tentavam cercá-lo, mas a tática começou a ruir quando a segunda foi atingida no ar em meio a um salto. Metade do seu corpo despencou sem vida, estatelando-se a três metros de TG. Aquilo alertou o catatônico garoto, que disparou com o pod para uma área segura.

Pompeu tinha uma grande experiência em combate com os *spiritualis*, algo como uma intuição programada, não era um alvo fácil. Além disso, tinha a versatilidade do voo, a terceira mecha foi derrubada assim: o androide arrancou sua cabeça com as mãos em uma investida aérea enquanto o soldado recarregava as cápsulas de antimatéria.

Sobraram dois *spiritualis*, infelizmente, para Pompeu, os melhores. E foi assim que um deles atingiu seu braço direito, levando-o para outra dimensão. O androide então usou uma tática antiga, posicionou-se em uma linha de três pontos, deixando uma das mechas no meio. A última não poderia disparar sem atingir o companheiro. Então, antes que a do meio disparasse, Pompeu acionou a pistola antimatéria, atingindo os dois soldados ao mesmo tempo. Seus restos mortais despencaram do céu.

O ciborgue pousou ao lado de TG, que não escondia a alegria em revê-lo. Pompeu ainda teve tempo para satisfazer uma curiosidade:

– Que posição era aquela que escolheu para morrer?

– Tutancâmon, uma referência egípcia de imortalidade. Algum problema? – Riu.

– Nenhum. Vamos embora daqui.

– As crianças! – TG simplesmente se esquecia de que também era uma.

– O esquadrão que veio comigo está combatendo as mechas na cidade, nós isolamos o centro. As naves estão partindo.

TG ficou aliviado e pulou no pod, disparando imediatamente em direção ao céu seguido por Pompeu. No entanto, assim que ultrapassaram o limite aéreo, três drones orbitais puseram-se no seu encalço. Pompeu calculou a gravidade da situação.

– Não escaparemos deles, T-Gem. Vou atrasá-los, continue em direção à Cidade Luz e não olhe para trás.

O menino analisou o estado do robô, com apenas um braço e sérios danos nas estruturas. Não duraria muito.

– Não há esperança, Pompeu. Você não tem condições de enfrentar os três!

– A questão é: nós dois morreremos? Ou apenas eu? – O androide já tinha invadido o núcleo do pod remotamente e programado o veículo para se dirigir a Nalalka sem parar. TG apenas sentiu o solavanco da arrancada aérea. Virando-se para trás, viu a silhueta do androide se afastando. Com a única mão, lhe dava adeus.

– Pompeu!

O androide virou-se e T-Gem não pôde mais vê-lo, apenas a imensa nuvem de poeira e fumaça que brilhava, iluminada pelos feixes magnéticos. Minutos depois, enquanto avançava velozmente, viu a frota do oeste passando sobre sua cabeça em sentido contrário. O reforço.

Mas era tarde, soube assim que recebeu a mensagem pelo dispositivo. Apressou-se em ouvi-la.

– Caro T-Gem, não há por que me alongar com despedidas, não criarei um ambiente de sentimentalismo desnecessário. Quero que saiba que vivi durante um grande período de tempo e minha vida foi intensa e prazerosa, se é que um robô pode assim dizê-lo.

A mensagem causou efeito contrário, e TG chorava como toda criança.

– É uma pena que não possa acompanhar seu crescimento. Você é, como Vânia descobriu, o elo perdido entre as espécies humanas. Muito há para ser desvendado. Tenho certeza de que se destacará na luta pela harmonia. Procure Rasul e Siham, ambos serão importantes na sua trajetória de vida. Adeus, T-Gem. Estarei sempre com você.

O garoto, de olhos inchados, lamentava-se pela perda, mas uma parte da mensagem ainda piscava em sua lente ótica. Abriu-a.

– Nesse arquivo está a história de sua origem, T-Gem, assim como a de Rasul. Deixarei ao seu critério que mostre a ele. Há muito que não sabe, não o aconselho a ouvi-lo antes do final da guerra, espero que entenda como isso é importante para mim. Quero que siga este conselho como último pedido.

Apesar da enorme curiosidade, TG sequer cogitou abrir os documentos. Respeitaria o desejo do androide integralmente. Olhou para baixo e viu a gigantesca superfície fosca metálica que se perdia no horizonte.

Lembrou-se de Pompeu mais uma vez.

# Capítulo

## 21

O drone deslizava sobre as praias africanas, apenas com os dois comandantes e uma pequena tropa. Era um transporte peculiar, praticamente uma plataforma a céu aberto. Perfeito para apreciar a extensão da conquista sob o sol vespertino. Melissa acessava pela teia a extensão da área dominada, quase todo o norte do litoral leste, além de diversas cidades no interior do continente. Ao seu lado, dois Philips alternavam a voz em diálogo com a embaixadora.

– A vitória foi memorável, senhora. Ainda que não tenhamos conquistado Al-Fashir. Não conseguirão suportar uma nova investida.

Mas Melissa não ficara tão satisfeita assim.

– Não deveríamos ter perdido a cidade, general. Foi uma falha na nossa intuição.

– Não contávamos com o androide, comandante. Ele trouxe um esquadrão de ciborgues da era das Guerras Drônicas, os únicos que guardavam experiência de combate real com humanos *spiritualis*. Mas Pompeu se foi. Sua sucata é agora apenas uma relíquia de guerra, não teremos mais problemas com esse modelo.

A embaixadora sorriu friamente.

– Sim, isso pode ser considerado uma vitória. O último dos odiados se foi. – O cabelo esvoaçava enquanto a nave sobrevoava a linha de guerra. Múltiplas plataformas de lançamento de dobra apontavam para o coração da África. A investida derradeira seria breve. – Relate-me a situação global, amigo.

Philip acessou o relatório pela teia, diretamente dos comandantes em terra e do computador, através da conexão biocibernética remota.

– A Coligação engoliu a isca, embaixadora. A investida através da Europa e do Atlântico dividiu suas forças e fez com que tivessem a sensação momentânea de vitória, mas não esperavam que avançássemos tanto na tecnologia do transporte de dobra, não em tão pouco tempo. O Pacífico ainda preocupa, as forças asiáticas estão concentradas após o primeiro combate e constituem um perigo. Mas, assim que tomarmos a África, a invasão não fará mais sentido. Poderemos negociar um acordo.

– É verdade, Philip. Não temos nada contra a Ásia. Após derrotarmos as máquinas, eles terão que entender a nova conjuntura, assim como a Europa entendeu.

O drone aéreo chegou ao porto e encaixou-se à grande plataforma, formando uma única superfície metálica. A feição de Melissa mudou quando falou do novo assunto, estava contente.

– Nós a recuperamos, companheiro, eu disse que conseguiríamos. É uma questão de tempo para que entenda as nossas razões. Ela queria apenas salvar os amigos, agora não há mais por que fugir do seu destino.

Philip não parecia nada complacente.

– Perdoe-me, Suprema Comandante, mas essa menina traiu a mim, traiu a senhora, traiu toda a Libertad. É uma criatura ardilosa e totalmente indigna de confiança. Deve ser eliminada, não enaltecida.

O semblante de Melissa ficou sombrio, seu sorriso morreu. Furiosa, agarrou a túnica de uma das cópias de Philip pelo colarinho, mas ambas se curvaram perante a atitude. Apesar de ser quarenta centímetros mais baixa, a presença de Melissa se expandiu, parecendo ser mais alta que o homem.

– Você não entende, general? Vânia é o nosso elo para a próxima evolução. Quantos anos devemos esperar até que uma anomalia como esta surja novamente? Décadas? Séculos? Nós analisamos seus genes e nada indica uma mutação, a evolução não é apenas genética, ouvi isso dos próprios deuses. Não podemos desperdiçá-la!

O militar ficou calado, mas sua fronte esfriou. Melissa o estava invadindo.

– Você está confuso, Philip. Uma sombra de desejos estranhos povoa a sua mente. Espero que os controle para o seu próprio bem – soltou o homem e continuou andando em direção ao módulo de dobra. – Eu a interrogarei. Se não houver chance de resgatá-la, garanto que eu mesma a faço desaparecer.

A embaixadora entrou na nave orbital, seguida da escolta pessoal. Em poucos minutos a bolha azulada se formou e a nave se foi. Philip deu um suspiro aliviado. Não era apenas Vânia que tinha seus segredos, o Multiplaces também conseguia esconder o raciocínio, misturando-o entre as diversas mentes. A cerca de quinhentos metros dali, uma nave orbital partia, levando suas outras três cópias para Brasília.

# Capítulo 22

Abrir um olho. Era o máximo que conseguia fazer. A tênue claridade vinda do teto lhe dava a certeza de que continuava vivo. Ficou assim por cerca de quarenta minutos, até que os movimentos começaram a voltar. Só então conseguiu abrir o segundo olho. Uma enfermeira drônica entrou no quarto silenciosamente, só pôde perceber quando se postou ao lado da cama.

– Como está, senhor? Alguma dor?

– Droide, com a quantidade de analgésico que vocês me deram, provavelmente poderia ser esmagado por um drone orbital que não sentiria nada – disse com dificuldade. – Há quanto tempo estou nesta cama?

– Chegou ontem, tenente, diretamente para a mesa de operação. Perdeu muito sangue. Por sorte, seus amigos conseguiram resgatá-lo e estancaram a hemorragia com os primeiros socorros da própria nave.

– Eu não sou tenente ainda. – Mas então se virou e viu sobre a mesa a nova insígnia. Havia sido promovido. Esticou o braço para pegá-la e tomou o primeiro susto. Uma estrutura metálica se estendeu a partir do seu tronco, um braço drônico. Puxou o lençol e se deparou também com a perna metálica. Verificou o outro braço, este ainda humano. Apavorado, levou a mão ao meio das pernas e deu um suspiro aliviado.

– Não tivemos tempo de enervar e cobrir os membros, senhor. Depois de tudo pronto não haverá diferença estética no seu corpo, apenas uma força maior nos novos membros. Deverá se acostumar com o descompasso, mas essa adaptação é rápida.

Rasul não ficara tão espantado com o que acontecera, era normal a substituição de partes do corpo. Só não queria ter que se acostumar a fazer sexo por meio de um membro drônico. Isso seria horrível. Pelo menos a princípio. Subitamente se lembrou de Siham.

– A androide que estava comigo, o que fizeram com ela?

– A nave deixou o senhor aqui e seguiu para N'Djamena. Todos os drones estão sendo reparados lá.

– É muito próximo de Nalalka. – Rasul se preocupou com uma integração forçada da esposa.

– Muita coisa mudou depois que voltou da sua missão, senhor. Não há mais locais seguros na África. Fomos invadidos.

– Quê? Como?

– Faltou às máquinas o que sobra aos *spiritualis*, Bol, intuição. – T-Gem disse da porta, olhando para Rasul. O rapaz deu um imenso sorriso.

– TG! Venha aqui, garoto, me dê um abraço! – O menino correu para a cama e saltou. – Cuidado, não estou medindo a força desses braços metálicos. – Riu. Então percebeu que o pequeno estava chorando. Não era do seu feitio, mesmo em situações extremas. – O que houve? Diga-me.

– Pompeu...

Rasul levou um choque. Não, não podia ser. Não o robô, seu pai, seu irmão, sua família. Não, seu núcleo deveria estar salvo em algum lugar. Era de titânio reforçado, nem uma explosão nuclear poderia destruí-lo.

– Vamos resgatá-lo, T-Gem. Vamos reconstruí-lo.

– Não há nada para reconstruir, Bol. Ele se foi.

Rasul tomou o segundo choque com a firmeza da posição do garoto. Sabia que ele não erraria naquela afirmação. Então soltou sua primeira lágrima e abraçou o menino com força.

Ficaram naquela posição por meia hora, sem emitir nenhum som. Só depois T-Gem atualizou Rasul sobre a posição global. A situação era desesperadora.

– A guerra está perdida, TG. Mas o pior não é isso, é saber que não existem termos de rendição. Temos que localizar Smid. Chegou a hora de cobrar a fatura da Rússia.

– Ele sabe disso. Está em Trípoli com a junta militar e aguardam o embaixador russo a qualquer momento.

– Como sabe disso?

– Depois da morte de Pompeu, Smid manda todas as informações que pode para Abdul, que me repassa. Creio que eles acham que eu possa ser útil em algo.

– Errados eles não estão. – Rasul se levantou, mas, com a mesma velocidade que se pôs em pé, caiu. – Inferno! Não estou acostumado a esses apetrechos.

– Senhor, precisamos cobrir os membros, não é seguro sair assim. – A enfermeira o ajudava a se levantar.

– Quanto tempo levará para a musculatura e as peles genéticas ficarem prontas?

– Três dias, senhor.

– Por Ed, droide, você acha que temos esse tempo? O que pode fazer por mim?

– Podemos usar a cobertura de polietileno e silicone de impacto. Nesse caso, o molde fica pronto hoje mesmo.

Rasul lembrou-se da pele da esposa, do mesmo material.

– Sim, servirá. T-Gem, ache um drone de caça para nós, não quero voar por aí como um alvo fácil. Vamos para N'Djamena buscar Siham, depois iremos para Trípoli.

– Certo, Bol. – O garoto disse e olhou para a porta. – Mas o que faremos com eles?

Na entrada do quarto, o três *spiritualis* estavam parados, perdidos, sem qualquer indício de saber o que fariam dali para a frente. Rasul olhou-os e chamou-os para perto.

– Em primeiro lugar, quero agradecer-lhes. Não sei como nos resgataram, mas provavelmente foi no ar, caso contrário não sobraria muito do meu cérebro pra reconstruir.

Frei se antecipou.

– Agradeça a Cooler, que pilotou o drone e os colheu antes que ganhassem velocidade demais na queda. Logo depois disso as naves aliadas nos ajudaram a fugir. Só cinco das nossas alcançaram o Polo Sul.

– Um grande feito. Quero lamentar ainda as perdas dos seus amigos. Vou sugerir ao chanceler que se faça um memorial em nome de Print, Barone e Vânia assim que a guerra acabar.

– Agradecemos, tenente. Mas creio que o de Vânia terá que aguardar.

– Quê? Como assim?

– Ela está viva, capturada pela Libertad. Nós captamos pela teia.

Rasul se lembrou das últimas palavras de Siham e se amaldiçoou por não tê-la deixado cumprir sua missão. A androide teria muito a lhe dizer e ele teria que ouvir calado e cabisbaixo.

– O tal segredo está em perigo, então. Droga! Mas não temos tempo para lamentações. Vocês podem se integrar a nós, como chamavam mesmo o grupo?

– *Rébellion!* – gritaram os três em uníssono.

Ok, será a nossa alcunha. Ajudem T-Gem a achar uma nave veloz. Enquanto isso, vou com minha companheira drônica providenciar uma pele macia – disse, escorando-se na androide.

# Capítulo 23

Uma cela branca. As lembranças de sete anos atrás voltaram a sua mente. Mas dessa vez ela não queria descobrir uma forma de sobreviver. Pelo contrário, ela precisava morrer. Andou pelo cubículo. Não adiantaria bater a cabeça contra as paredes, eram acolchoadas. Também não dispunha de nenhuma ferramenta ou utensílio que pudesse se cortar, as algemas eram feitas de polietileno. Sentou-se na cama central de cetim fixada ao chão e tentou forçar a telestesia para fritar os próprios axônios. Impossível. Era tão forte que nem ela mesma conseguia se sobrecarregar.

Aflita, só lhe restou aguardar, mas não precisou fazê-lo por muito tempo. Sentiu a glaciação assim que a embaixadora adentrou no edifício e acompanhou sua aproximação à medida que a força telestésica aumentava. Mas a anciã não se comunicou pela teia, queria vê-la pessoalmente. Por fim, a porta de abriu e Melissa entrou, ladeada por duas mechas. Seu semblante não era amigável, tampouco sua telestesia. A força do feixe fez Vânia se curvar sobre o corpo.

– Sabe por que estou aqui – transmitiu sem rodeios.

– Não vou me aliar à Libertad – Vânia transmitia lentamente, dificultada pela dor. – Vou te trair na primeira oportunidade, seria inteligente me matar agora.

— Não será tão fácil, menina. Quero que veja uma coisa. — Com violência, a embaixadora transmitiu as imagens aéreas da costa leste africana, o posicionamento da linha atlântica reforçada e o poderio bélico do Mediterrâneo. A África estava cercada. — É uma guerra perdida, criança.

Vânia acompanhou melancólica o cenário da derrocada da Coligação. Não havia esperança de vitória, ela sabia disso.

— Nada que diga me fará mudar de ideia. Acabe comigo, senhora, e viva seu universo perfeito.

— Isso acontecerá de uma forma ou de outra, mas observe. — Mostrou a nave em fuga após a missão na Argentina. — Seus amigos sobreviveram, não gostaria de encontrá-los novamente, agora em um mundo de paz?

A notícia era boa, Vânia concordou. Mas não a convenceu.

— Eles escolheram o próprio caminho, nada que eu fizer mudará sua determinação. Você os fez sofrer uma vida inteira, a morte em combate contra a Libertad é o clímax de uma existência de dor e sofrimento. Não adiantaria lhes pedir qualquer coisa diferente disso.

A intensidade do feixe diminuiu e Vânia pode respirar melhor. Melissa ordenou que os guardas as deixassem a sós e desviou o olhar para o vazio, falando em tom menos ríspido.

— Por Deus, Vânia, o que você fez? Acha que se juntar à espécie que quase nos extinguiu é o mais correto? Isso não soa lógico nem para os *sapiens,* quanto mais para nós.

Era verdade, mas Vânia não podia entregar o destino correto da fuga.

— Não iríamos nos juntar às máquinas, mas nos exilar na Mongólia. Infelizmente, fomos capturados por forças russas no Polo Norte e obrigados a participar da missão de extermínio do cientista. Depois nos deixaram à própria mercê em Trípoli...

— Pare, menina! Não adianta mais mentir para mim. Depois que você fugiu, eu me odiei por não ter percebido o engodo e pesquisei seus registros. Não detectei nenhum deslize de raciocínio aparente, mas havia uma anomalia, lacunas na linha de pensamento, inofensivas à primeira vista, porém determinantes em uma análise profunda. Cruzando as informações com outros bancos de dados pela teia cheguei à conclusão de que aquilo só poderia ser feito por uma unidade de raciocínio sobressalente, um quarto núcleo. Então tudo ficou claro, entendi como conseguiu esconder tal condição por tanto tempo, assim como o desejo de fugir desde o primeiro momento em que foi capturada, quando ainda era uma criança teimosa, algo que só soube agora!

Virou-se novamente para a prisioneira, fazendo sua cabeça latejar.

— Sei que participou deliberadamente do grupo rebelde, sua existência é um enorme perigo para a Libertad.

Vânia voltou a se curvar em agonia, mas não perdeu a determinação.

— A senhora sabe de tudo isso e ainda assim estou viva. Quem não parece lógica agora?

Melissa virou-se, aliviando a telestesia mais uma vez.

— Não é essa a questão, criança — disse suspirando. — Não há outros como você. Sabe lá Deus e os Elevados quando teremos novamente uma manifestação divina como a sua — compartilhou a forma helicoidal do DNA da menina pela teia local. — Veja, não há diferença entre os códigos. Nós a clonamos diversas vezes, não conseguimos repetir sua amostra. Sua evolução é mística, divina, um segredo que ainda não descobrimos. Precisamos de você.

A jovem manteve-se silente, não entendia aonde a anciã queria chegar. Juntar-se aos libertadinos era algo impossível. Então a glaciação cessou por completo, estava livre em seus pensamentos, além do pequeno núcleo sobressalente.

— Mas eu tenho uma proposta, jovem conselheira — falou em tom audível sorrindo, não o sorriso sarcástico, mas algo trazido de alguma lembrança centenária. Sentou-se à beira da cama, como sete anos antes. — Quero que lidere a Libertad.

Vânia tomou um choque. Aquilo era realmente inesperado, não conseguiu se expressar.

– A derrota da Coligação é iminente, meu bem, não há chances de vitória. Após a guerra não restará qualquer inteligência artificial para nos ameaçar, estaremos livres para evoluir como uma espécie independente, podendo nos focar no salto genético. – Colocou a mão sobre a perna da menina, causando-lhe um arrepio incômodo. – Se há algo que não me causa dúvidas, é o seu receio pelo controle das máquinas. Assim como eu, você teme pela imersão humana, pela descaracterização da nossa espécie, pela extinção biológica. Você é a pessoa ideal para governar nosso povo.

A jovem não conteve um sorriso.

– Eu sou uma traidora, senhora, o povo me odeia. Não tenho sequer a simpatia dos rebeldes, torturei muitos deles.

– Nunca matou algum, o máximo que fez foi danificar algumas sinapses. Além disso, você já foi perdoada pela rebelião segundo os depoimentos de rebeldes capturados. Não foi preciso extrair nada deles, fizeram questão de nos jogar na cara a sua fuga. Você virou uma referência de resistência.

Vânia regozijou-se com aquilo, lembrando-se da sua origem. A embaixadora continuou:

– Quem seria melhor para liderar a nova ordem *spirituali*? Serão tempos de paz, precisamos da unificação, inclusive daqueles que lutaram contra nós. Nada melhor do que uma rebelde determinada, comprometida com uma causa justa.

– A senhora é a líder. Nunca aceitariam substituir a embaixadora – a jovem disse, cética.

– Farão o que eu mandar. Não será difícil convencer o povo da importância dessa nova ordem. A democracia voltará, o que por si só extinguirá a rebelião. Além disso, usarei minha morte como apelo incontestável.

Vânia se assustou. Morte? Melissa apenas sorriu.

— Sim, querida. Meu último sono me revelou isso. Alcançarei os Altos em breve. Finalmente.

A jovem *spirituali* teve um misto de incredulidade e melancolia em sentimentos contrapostos. Ao mesmo tempo em que se concentrava na crença do mito imortal, vislumbrava o fim de uma era da humanidade. Era algo difícil de conceber: a Libertad sem a embaixadora. Melissa percebeu seu estado de fragilidade.

— Minha morte será o marco do início de uma nova era de descobrimentos. A humanidade poderá trabalhar com a teia em todo o planeta, integrando Gaia, revitalizando a concepção de corpo único. E você poderá trabalhar na sua replicação biológica, descobrindo a própria singularidade. As possibilidades são inúmeras.

Tudo aquilo era tentador, mas a intuição dizia a Vânia que não viria de graça.

— Você está ao alcance de tudo isso, querida, só preciso de uma informação. — E a suspeita se confirmava. — Por que voltaram para exterminar o cientista russo? O que Oleg lhe disse naquele dia? — Melissa perguntou com um sorriso no rosto.

Vânia já esperava a pergunta desde o primeiro instante. Antes se recusaria a responder, antevendo sessões de tortura telestésicas intermináveis. Mas agora havia uma variável adicional, uma troca tentadora. Ela poderia determinar um futuro democrático para a humanidade, algo que a rebelião buscava em sua essência, tudo pelo que sempre lutou. Mas em troca poderia comprometer a Coligação e a existência das máquinas. Mas e daí? Nunca morrera de amores pela espécie cibernética. De qualquer forma, a breve convivência com alguns droides e a discussão com Pompeu a fizeram rever alguns conceitos. Talvez a pressão imposta pelo conhecimento unilateral vindo da embaixadora tivesse contaminado sua percepção. O longo tempo de indecisão da jovem impacientou a anciã. O feixe chegou subitamente, glaciando seus três núcleos.

— O que mais me indigna, criança, é que você não titubeou em trair sua própria espécie, mas vacila em entregar dados do inimigo.

— A minha decisão não afetou ninguém, senhora, apenas a mim e meus amigos. Ao contrário do que me pede, que extinguirá toda uma civilização.

— Uma civilização sem alma, não esqueça. — Melissa perdia a paciência progressivamente. — Isso mostra que a informação que você detém é crucial. Quero que entenda que precisamos dela.

Vânia não se sentia à vontade para tomar aquela decisão. Pior: tudo indicava que não responderia à indagação da embaixadora. Mas a anciã não se mostrou flexível. Acessou a teia mundial, colocando para Vânia os cenários simultâneos nas diversas frentes de guerra. A conversa ficaria tensa.

— Veja, jovem, as linhas de batalha aguardam apenas um comando meu para iniciar a ofensiva. Pedi esse tempo a contragosto do Conselho, impus minha vontade sobre uma decisão colegiada apenas para que você pudesse se redimir, aceitar o seu destino. Poderíamos negociar uma rendição e poupar vidas humanas. Você será responsável por tantas mortes?

E de que adiantaria negociar uma rendição? As máquinas seriam extintas ainda assim, mas se escondesse o segredo ainda haveria uma chance. Resolveu manter o silêncio. Melissa percebeu a inércia da prisioneira, a ameaça era inútil.

— Bem, querida. Você carregará essa culpa pelo resto da vida, a morte de milhões de humanos graças ao seu amor por criaturas infernais. — Voltou-se aos generais através da teia continental e lançou o comando: — Ataquem! — A virtuoadrenalina se espalhou como fogo em hidrogênio em todas as linhas de guerra.

## Capítulo 24

— Tenente, não posso fazer nada, nossa ala de reciclagem está lotada. Precisa esperar pelo menos dezesseis horas.

Rasul ouvia impacientemente o drone gerente da fábrica de reparação. Era assim também nos hospitais drônicos humanos. Os índices de recuperação eram próximos, cerca de 70%. No caso humano, graças ao sistema eficiente de resgate de corpos pelas ambulâncias drônicas. Chegando a tempo, bastava a cabeça do combatente para que todo o corpo fosse recuperado. Mas o jovem oficial estava preocupado com uma androide em especial.

— Estávamos em missão secreta de risco crítico, foi um milagre sobrevivermos — falou sem convicção já entendendo que toda a força de combate estava, em maior ou menor grau, em situação crítica. Além disso, as máquinas da retaguarda se ocupavam mais com a recuperação humana que dos próprios drones, devido à prioridade biológica. Por fim desistiu, mas alertou o robô.

— Estarei aqui em dezesseis horas, engenheiro. Levarei minha esposa de qualquer maneira, estando ela pronta ou não. Se for preciso nós mesmos a montaremos. Correto, soldado? — Olhou para T-Gem, que assentiu com a cabeça.

A nave que TG escolhera era um caça raptor bem pequeno para os cinco. Só havia os assentos de cruzeiro, cada um com uma função definida. Em compensação, era o modelo mais rápido da Coligação. Rasul estava sentado na poltrona do piloto, alisando o braço azul cristalino. As terminações nervosas biossintéticas ainda estavam em aprendizado, por isso sentia a mão apenas levemente. Não escondia a curiosidade para saber o que Siham acharia de sua nova configuração. Contatou o Comando em Trípoli pelo dispositivo ótico.

– General Jabril Sahar, é um prazer falar com o senhor.

– O prazer é meu, tenente. Lamento muito pelo capitão Pompeu. A Coligação programou homenagens em seu nome assim que a guerra acabar.

– Obrigado, general. No entanto, se não agirmos rápido, não haverá ninguém para homenagear nossos mortos. Precisamos entrar em contato com os russos.

– Estamos tentando, oficial, sem êxito. Não obtivemos respostas.

– Mande a mensagem em broadcast para a rede russa endereçada ao oficial Pavel Menovski. Diga-lhe que chegou a hora do acerto de contas, ou então não haverá mais contas para serem acertadas.

Carla estava no módulo escâner quando o alarme chegou e gritou da sua posição:

– Eles atacaram! Simultaneamente nas três frentes.

Rasul fez o último apelo ao comando:

– General, imploro que continue tentando contactá-los. Sem a ajuda russa seremos aniquilados. As forças asiáticas que recuaram no Pacífico para atacar a retaguarda libertadina estão sendo perseguidas por uma imensa frota saída da costa da América do Sul, não chegará a tempo para impedir o massacre no leste africano, precisamos do exército vermelho com urgência.

– Tenho uma ideia melhor, Rasul. Estamos perdidos nesse cenário, então vá a Moscou. Invada o espaço aéreo e entre em contato com a cúpula russa. Assim saberemos que tipo de aliados eles são. Desligue toda comunicação com a Coligação, só faça contato quando estiver na capital.

– Boa ideia, senhor. Desligo.

Rasul entendeu a ordem, não havia mais nada a perder. Se a nave fosse abatida, os próprios russos estariam se condenando. Mas era uma possibilidade real que acontecesse. Então decidiu deixar T-Gem nos arredores de Nalalka. Opção prontamente rejeitada pelo garoto.

– Não há local seguro nesse momento, Bol. Pelos meus cálculos, o menos perigoso é a bordo desta nave, invadindo a Rússia.

O tenente olhou para o menino e confiou na sua intuição.

– Então vamos, não podemos perder tempo.

Virou o caça em direção ao Mar Negro e disparou em velocidade mach 7.

## Capítulo 25

—Desista, criança!

Vânia se contorcia sobre a cama enquanto as conexões esquentavam em pontos determinados se contrapondo ao frio da fronte. A dor era excruciante, mas ela ainda conseguia escapar da força do feixe.

– Não conseguirá nada de mim. Está me fazendo um favor, uma hora passará dos limites e fritará meu cérebro. Então terei paz.

– Eu a conheço, menina, sei os seus limites. Você aguentará dias, talvez meses de sofrimento até que as conexões sofram algum dano físico. Basta saber se é isso que deseja, viver durante o tempo que lhe resta de vida como uma personagem de Dante ou aceitar o seu destino e liderar a humanidade. Para isso basta me entregar o que pedi.

A conversa muda abalava a teia e ampliava o choque em um espaço gigante, a ponto dos guardas e funcionários terem evacuado o prédio do governo. Apenas as duas suportavam aquela insanidade. Mas Vânia estava se irritando. A princípio, achou que a embaixadora exageraria e fritaria seu cérebro rapidamente, por isso não esboçou reação. Mas a anciã estava certa, conhecia bem a fronteira da dor física suportável por ela. Aquilo não teria fim. De forma inconsciente, por um gesto de autodefesa em um momento de extrema dor, Vânia reagiu. O feixe atingiu Melissa repentinamente com força, jogando-a contra a parede. Mas a embaixadora não se entregou.

– Finalmente reagiu, filha. Agora poderemos avançar.

Vânia entendeu a tática. Ao atacar deixou abertas as conexões de memória, foi quando a anciã se concentrou. O risco era entregar o segredo sem ao menos perceber. Precisava manter-se ativa, sem perder a concentração. Então contra-atacou, tentando o inverso.

– A senhora diz que me ama assim como disse que amou outros. Seus amigos. Mas estão todos mortos. Agora chegou a minha vez? Quer me dar o mesmo fim que deu a Rusov? Morte sob tortura?

Vânia percebeu o abalo sentido por Melissa na rede local e aproveitou para continuar.

– Duas décadas de rejeição do seu amor em nome de uma imagem egoísta. A Única, a Escolhida, a Representante dos Deuses na Terra, não poderia ter um consorte humano, não é? E ainda usou a força telestésica para tolher seus sentimentos. Você o consumiu. Pobre Rusov, o que era quando morreu a não ser um farrapo do general que fora?

A força da embaixadora minguou e ela baixou a cabeça, sentindo o peso das palavras de Vânia. Talvez se retirasse para refletir por algum tempo sobre as verdades jorradas em sua mente.

Ledo engano.

A anciã levantou o rosto. O semblante de ódio, por si só, já faria muitos se ajoelharem. A teia se enrijeceu, era possível ouvir suas conexões estalando. Os limites da luta alcançavam toda a capital e a população entendeu que ocorria um duelo titânico no palácio. Vânia foi atingida de forma avassaladora, ficando em estado semiconsciente. Talvez morresse, afinal.

– Rusov era um fraco! Ele sabia que a Embaixadora dos Deuses na Terra não podia ser uma mulher comum, não cabia na concepção dada pelos Altos. Nós precisávamos unir o povo e não lhe causar dúvidas sobre a divindade escolhida. Se ele não percebeu isso, mereceu o fim que teve!

No estado de torpor em que se encontrava, Vânia surpreendentemente se ergueu, os olhos sequer se abriram. Ficou em pé no móvel de cetim. Sua voz era serena.

– Não, Melissa, na verdade, você fez isso por ser covarde, egoísta e ambiciosa. Por trás do motivo aparente de união se esconde um desejo incontrolável pelo poder. O que você quer agora é se perpetuar na minha pessoa, quer que eu me torne a tirana que você é dando continuidade ao regime opressor. Isso significa que, no fundo, você teme a morte. Foi covarde quando renegou o amor de Rusov e está sendo covarde diante do fim próximo.

A embaixadora ficou ensandecida diante das palavras de Vânia. A onda telestésica foi lançada com tanta força em direção à oponente que todos os habitantes da cidade puseram as mãos na cabeça ao mesmo tempo. A teia pulsava como uma miríade de artérias prontas a explodir. Mas incrivelmente Vânia permanecia em pé sobre a cama.

Então algo inusitado aconteceu. A jovem abriu os braços de onde pendiam as longas correntes de polietileno presas às algemas e lentamente seu corpo se ergueu. Estava agora suspensa no espaço, cerca de um metro acima da cama de cetim. Seu semblante era plácido, de uma profunda altivez.

Melissa olhou aquilo boquiaberta e do canto do seu olho esquerdo desceu uma lágrima. Constatou que não era ela a divindade, e sim Vânia. A menina estava certa: seria a nova embaixadora, perpetuando a própria existência de Melissa, custasse o que custasse.

Mas, subitamente, ambas desabaram. Por alguns minutos a embaixadora ficou desacordada. Então abriu os olhos, ainda tonta, e tateou a parede acolchoada tentando se levantar e entender o que acontecera. Olhou para Vânia e a chamou, mas a jovem estava desmaiada sobre a cama. Tentou contatar os guardas e não conseguiu. Então percebeu horrorizada o porquê: a teia desaparecera!

A porta se abriu de súbito e uma mecha entrou trazendo em seu comando um esbaforido sargento.

– Senhora embaixadora, estamos sem comunicação! A teia se foi.

– Isso é impossível!

Mas o alcance da telestesia de Melissa chegava apenas ao militar e aos dois soldados que o acompanhavam, em conexão direta. A teia sumira, nenhuma ramificação era percebida. Será que aquilo tinha relação com o que acontecera há pouco com Vânia?

– Cabo, leve a extratora para uma cela antitelestésica. Vocês dois me acompanhem, precisamos chegar à biocentral o mais rápido possível.

Cinco minutos depois, um homem viu ao longe a apressada anciã entrar no drone de transporte acompanhada dos dois soldados. Em poucos segundos a nave decolou desajeitadamente da plataforma. Os *spiritualis* estavam totalmente desabituados a usá-las sem os receptores biocibernéticos.

Philip não perdera a conexão com suas duas cópias distantes 12 mil quilômetros, sua telestesia transcendia a teia em alguma espécie de sincretismo cósmico, por isso foi o primeiro a saber no continente que as linhas de ataque estavam desbaratinadas. Pensou imediatamente em avisar a embaixadora, mas, além de se entregar em uma desobediência clara, a comandante saberia de tudo assim que chegasse à biocentral. O que tinha que fazer agora era mais importante. Algo que acreditava ser determinante para interromper todos os contratempos que a Libertad sofrera durante a guerra.

As três cópias avançaram em direção ao prédio fortalecido.

# Capítulo

### 26

—Repito! Vocês estão invadindo o espaço aéreo russo sem autorização. Voltem imediatamente ou serão abatidos.

– Meu nome é Rasul, tenente Rasul. Estive em missão com o comandante Pavel Menovski. Avise-o que vim cobrar uma dívida.

– Nosso aviso foi dado. Desligo.

A tensão tomou conta da nave, ninguém sabia se os russos cumpririam a promessa. Mas Cooler tratou de acabar com a dúvida através do rastreamento sônico.

– Quatro mísseis em nossa direção, tenente. Pelo formato são de antimatéria.

Rasul se resignou:

– Bem, vamos voltar, tropa. Não vou arriscar nossas vidas.

Mas foi novamente impedido por T-Gem:

– Espere, Bol. Isso não faz sentido. Por que não mandaram caças para nos escoltar para fora do espaço aéreo?

– TG, sua convicção já está passando dos limites. Está arriscando todas as vidas, não só a sua.

Frei interrompeu da sua poltrona de ataque:

– Eu confio no garoto, tenente! O que acham, amigos?

– Sim, ele nunca erra, Rasul. Vamos acreditar – Carla ratificou. Cooler acenou positivamente com a cabeça.

— Droga, T-Gem. Que maldito poder de persuasão é esse? Pois então rezem, senhores. Os mísseis estão na nossa frente.

Os bólidos apareceram no visor central e se aproximavam velozmente. Todos ficaram tensos, menos TG. Rasul já estava irritado com tamanha frieza. Que tipo de homem o garoto seria?

— Eles não desviaram, TG. Estamos condenados! — Apertou a mão do menino, que se manteve sereno.

Então, quando chegaram a apenas trezentos metros da nave, os quatro mísseis sumiram.

— Como calculei — disse um orgulhoso T-Gem. — Se detonaram antes de nos atingir. A antimatéria levou tudo.

O jovem tenente praguejou, um susto que poderia ter sido evitado. Logo recebeu a comunicação do solo. A imagem do comandante apareceu em sua lente ótica, tinha um semblante calmo.

— Salve, Rasul. Admiro sua teimosia, mas acredito ter sido decisão do menino, uma dedução lógica competente.

— Que droga, Pavel, uma atitude desnecessária. Para que isso?

— Queríamos que vocês voltassem, ainda temos alguns detalhes que não podemos revelar. Mas diante da sua persistência teremos que abrir uma exceção.

— Não vim atrás dos seus mistérios tolos, russo. Precisamos de reforço militar urgente ou seus segredos vão para outra dimensão junto a todos que ficarem no caminho da Libertad. Vocês têm uma dívida conosco, Pavel. Fui incumbido de cobrá-la. Não sairei daqui sem a quitação.

Rasul ouviu a risada do outro lado da comunicação.

— Ora, jovem, admiro seu impulso e sua obediência militar. Mas veja bem, a dívida já foi paga.

— Como assim, comandante, do que está falando?

— Saberá quando chegar a Moscou. Eis as coordenadas de pouso.

Enquanto Carla programava as novas coordenadas na nave, o caça passava sobre Kursk. T-Gem reparou em algo que lhe chamou a atenção e mirou as câmeras para a cidade. Observaram nas telas uma estranha movimentação: os habitantes se dirigiam a acessos ao subsolo em gigantescas filas que enchiam as ruas.

– Então é assim que eles vão resistir? Enfiando-se em tocas como tatus? – zombou Frei. Mas T-Gem, curioso, pegou sua tábua de cálculos para reiterar possibilidades.

Ao sobrevoar Moscou, o cenário se repetiu. Acontecia o mesmo em toda a nação. A nave atracou na plataforma do prédio de comando aeroespacial, cerca de trezentos metros acima do solo. Pavel estava lá para recebê-los.

– Bem-vindos, amigos. Espero que apreciem a estadia, mas já adianto que será breve.

Rasul ainda não se conformara com o susto infligido.

– Não, comandante, não somos bem-vindos. Caso contrário, não teríamos ficado próximos de ter nossos corpos aniquilados.

– A ameaça era necessária, Rasul, tínhamos que tentar evitar essa inútil visita.

– Admira-me achá-la inútil, senhor. Vocês têm tanto a perder quanto nós. A ditadura *spirituali* não vai poupá-los por serem neutros.

Cooler cutucou Carla.

– Algo está errado com a telestesia aqui, não consigo avançar além da sala.

– Deve ser alguma espécie de bloqueador, também senti.

Pavel se manteve em silêncio enquanto caminhavam em direção à ampla sala de comando. Após o longo corredor, adentraram uma grande cúpula de cerca de vinte metros de altura. À frente, um enorme monitor holográfico mostrava uma paisagem do mar Cáspio. O tenente achou estranho. Em época de guerra, todos os terminais militares ficavam focados nas frentes de batalha.

– Parece que estão se preparando para as férias aqui. Por Deus, Pavel, estamos em guerra, vocês poderiam ao menos fingir que estão preocupados?

— Nós estamos, camarada. Mas, como eu disse, nós pagamos nossa dívida. Veja.

O monitor se abriu em três telas diferentes, cada qual com as imagens de uma das linhas bélicas libertadinas que cercavam a África. O que se viu em todas foi um pandemônio de tropas em retirada em meio a um sem-número de drones caídos.

Os cinco jovens ficaram perplexos. Frei foi o primeiro a sair do torpor.

— Que diabos está acontecendo?

Pavel olhou curioso para o rapaz.

— Causa-me espanto que não percebeu, jovem. — Deu um sorriso enigmático. — A teia se foi.

— Quê? — Os três *spiritualis* disseram em uníssono.

— Então é por isso que não conseguimos sair desse espaço! Achávamos que estávamos bloqueados, como na penitenciária de Roraima. Imaginávamos que era impossível destruir a teia — Carla dizia, assustada.

— Não foi destruída, ela está bloqueada.

— Bastava me dizer, russo, não precisava ter mandado os mísseis — Rasul reclamou, mas sabia que ele mesmo não acreditaria na história. Além disso, não poderia confirmar com o Comando, já que cortara a comunicação antes de sair do espaço aéreo africano.

T-Gem, que até então permanecera mudo, perguntou com sua curiosidade contumaz:

— Como fizeram isso, senhor?

Pavel olhou para o céu bloqueado pelo teto e respondeu:

— Um velho amigo nos ajudou.

## Capítulo 27

—Mantenham a linha! Não recuem!

O agastado general tentava ajustar o fronte de combate que já avançara cerca de cem quilômetros em direção à cidade fortalecida de Al-Fashir antes da teia se ir, enquanto drones davam piruetas descontroladas no ar e caíam aos montes. Os que eram comandados pelos sensores biossintéticos foram os primeiros a desabar quando a teia sumiu. Os outros eram pilotados por tripulação humana, mas sem a ajuda dos sensores eram como brinquedos nas mãos de crianças recém-nascidas. Apenas as frentes terrestres estavam firmes, com mechas, soldados com exoesqueletos e os carros de ataque. Mas não era só esse o problema: sem a teia, as comunicações estavam cortadas. Os *spiritualis* não usavam outra forma de troca de dados há mais de sessenta anos. Mas havia a maneira antiga.

– Cabo! Vá para a Al-Ubayyid e use os comunicadores de micro-ondas da Coligação para tentar alcançar a Libertad em Brasília. Eles estão na mesma situação que nós, já devem ter ativado os antigos receptores.

A mecha bateu continência e disparou para trás com saltos de trinta a cinquenta metros. Chegaria lá em menos de vinte minutos.

— Senhor, o exército da Coligação já percebeu nossa debilidade. Seremos massacrados! — Um espantado capitão alinhou-se ao general na linha de frente.

— Se recuarmos agora nossa chance será zero, oficial. Vamos fincar base e vender caro nossa causa! Mechas, a mim!

O regimento de gigantes assumiu a posição de vanguarda, prontos para a onda de terror que cairia sobre eles. As baterias de carros de ataque formavam a segunda linha. A Libertad não se entregaria facilmente, mas a certeza de vitória se transformou em derrota iminente num espaço de tempo tão curto que abalou a moral das tropas. Philip sabia disso.

O tempo passava, mas nada do ataque irromper. A fronteira estava tensa e a demora piorava ainda mais o sentimento. Alguma coisa estava errada, precisavam descobrir o porquê do inimigo ter parado. O problema era que os drones espiões estavam todos no chão, destruídos.

— Sargento! Leve seu grupo para reconhecimento. Descubra o que houve!

Àquela altura, o soldado não se importava com uma missão suicida. Estavam perdidos, então era melhor cair atirando. Gritou para sua pequena esquadra o seguir e partiu para a trincheira. Em menos de quinze minutos voltaram. O sargento se aproximou do general, assustado.

— Senhor, as baterias da Coligação estão inertes, não dispararam um único tiro, mesmo nos avistando.

— Que diabos essa raça dos infernos está tramando? — resmungou Philip.

— Mas isso não é o mais impressionante, general.

— Diga logo, homem, seja direto!

— Os androides, senhor. Estão todos se retirando do fronte, deixando apenas os humanos e os drones de guerra sem inteligência artificial.

Philip se espantou. As máquinas poderiam estar se concentrando para atacar a América como uma força única de destruição. O continente inteiro estava fragilizado. No entanto, não entendia por que não os atacaram de uma vez, destruindo uma das frentes. Tentava reiterar os pensamentos, o problema era que sua mente estava dividida em duas tarefas importantes, a principal em território brasileiro.

# Capítulo 28

O drone de transporte desceu desajeitadamente no Pátio do palácio do Governo. O piloto rejeitou atracar nos deques superiores, já que o controle estava comprometido pela ausência da teia e o destino poderia ser uma queda fatal. Melissa desceu da nave com um salto, mostrando uma agilidade incomum para a idade. Subiu ao terceiro andar pela escada, não confiava nos sensores biocibernéticos do elevador. Entrou esbaforida na biocentral, tentando se conectar com o engenheiro-chefe, mas só conseguiu quando ele se aproximou mais.

– Já contatou as linhas de ataque? – disse, arfando.

– Por enquanto apenas a frente do leste da África, comandante, através dos transmissores de Al-Ubayyid, recebemos o sinal de lá. Nós reativamos a antiga antena da super-rede.

– Ponha no visor, Rodolfo.

– Já está, senhora – apontou para as manchas na tela –, mas a imagem está embaralhada pela qualidade do sinal. Estávamos ajustando agora com decodificadores. São rudimentares, mas resolverão.

Em pouco tempo a imagem apresentou uma nitidez razoável e Melissa pôde visualizar as filmagens feitas pelo pelotão de reconhecimento.

– Não estão atacando! Raios, o que estarão tramando?

– Tem mais, senhora. – O engenheiro trocou as cenas. – Veja, os androides estão recuando.

– Mas que inferno, o que essas criaturas diabólicas estão fazendo? E como derrubaram a teia?

– Bem, senhora, como fizeram isso não sabemos, mas identificamos o ponto de divergência que está emitindo a energia que bloqueou nossas transmissões. Vamos à sala de comunicação.

A embaixadora seguia o agente, mas, ansiosa, o ultrapassou alcançando o local antes dele. Ao entrar, conectou-se imediatamente à rede local. Estava forte ali, já que havia 32 oficiais de comunicação. Dirigiu-se ao chefe do setor.

– Até onde podemos ir, tenente?

– Não muito longe, senhora, no máximo aos limites do distrito. Mas não precisamos da teia para saber de onde vem o bloqueio. Emitimos feixes de ondas em todos os sentidos e, claramente, o que mais abalou nosso sinal foi este. – Apontou para um ponto pouco acima da troposfera do planeta, em uma imagem tridimensional formada na rede local telestésica.

– Acima da linha terrestre e abaixo das naves orbitais, em um ponto de influência nas duas Américas, na África e na Europa simultaneamente. Engenhoso. Mas não temos como saber o que é. Ainda... – saiu da sala e se dirigiu às mechas guarda-costas. – Tragam-me uma nave capturada da Coligação, usarei o veículo do inimigo. Preciso também de um pelotão para me acompanhar. – Virou-se para o agente federal: – Rodolfo, reúna todos os transmissores antigos que puder, principalmente dispositivos óticos. Vamos reativar a super-rede e distribuir o equipamento entre as tropas no fronte atlântico, depois levaremos a frota aérea ao ponto de divergência para destruir aquilo que nos atrasa. Mas precisamos ser rápidos! – Olhou para o céu, na direção do ponto recém-indicado. *Que os Elevados nos deem tempo.*

# Capítulo

### 29

Acordou em uma cela branca.

— Por que já não me espanto com isso? — dizia em voz alta. Aquela repetição se tornara um carma. Em todos os grandes episódios dramáticos da sua vida acabou acordando em uma sala branca. Tentou forçar a teia e nada, provavelmente impedida pelos bloqueadores. O formato da cela, ovalado, era usado para impedir as transmissões, graças também a milhares de sensores biocibernéticos que barravam a telestesia.

Sentou-se resignada no chão, não poderia fazer nada naquele momento. Então iniciou uma reflexão sobre sua trajetória até ali. Da criança inocente à guerrilheira rebelde impúbere, da capturada indômita à traidora da causa, da jovem aprendiz dos segredos *spiritualis* à temida extratora. Pareciam décadas, mas tudo acontecera há bem pouco tempo. E ainda guardava o segredo, aquilo que poderia salvar ou destruir a civilização drônica. Esse era o maior problema no momento e o que a motivava a querer perder a vida o mais brevemente possível. Também se lembrou da embaixadora, de tudo que lhe ensinara sobre os perigos das máquinas e do seu último e estranho encontro. Algo acontecera no fim, após as trocas na telestesia, mas ela não conseguia se lembrar.

Então subitamente a porta da cela se escancarou com estrondo. Três Philips entraram e a cercaram.

– Pequena traidora, sabe por que estou aqui, não? Chegou a hora de você encontrar seus deuses mecânicos, já causou muitos problemas na Terra.

Ao contrário do que o general esperava, Vânia abriu os braços e fechou os olhos, aguardando o desfecho. Aquilo fez com que o militar titubeasse. Seria mais um engodo do repertório da Coligação? Seu receio era de que a morte da jovem destruísse a rede neurovirtual permanentemente. Resolveu testá-la antes.

– O seu duelo com a anciã causou um dano na teia, apesar da embaixadora a querer viva, eu creio que sua morte é essencial para nosso futuro. Dane-se seu segredo – especulou, com a clara intenção de que a reação da garota explicasse a queda da teia.

Mas o rosto de surpresa de Vânia entregou sua insciência. Não havia sido ela quem causara o abalo na teia, sequer sabia que caíra. Philip teve então a certeza de que podia matá-la.

A surpresa de Vânia, porém, fora outra. Se a teia caíra, o último movimento do peão na oitava casa já acontecera. Não precisava mais morrer, nada do que falasse mudaria o destino da guerra. Então, quando Philip sacou sua pistola antimatéria, a menina antecipou seu movimento, chutando a arma para longe. As outras duas cópias também haviam sacado, mas os movimentos rápidos da garota na cela impediam que o general disparasse sob risco de desintegrar uma das cópias. Então decidiu que a luta seria corporal, afinal, eram três cópias do Multiplaces contra uma de Vânia. Guardou a arma no coldre e partiu para cima da jovem.

Vânia fixou o feixe mental em um dos Philips, o desestabilizando, mas não só isso, a extratora usava a telestesia para antecipar os movimentos. Cada golpe que Philip dava, Vânia bloqueava instantaneamente e, quando os três atacavam ao mesmo tempo, ela extraía a intuição do americano, prevendo o local do ataque triplo. Sua dança de defesa era baseada em um *tai chi* vertiginoso, Philip sentia extrema dificuldade em acertá-la, mesmo em superioridade numérica.

Apesar disso, era uma questão de tempo para que ela vacilasse. E foi devido a uma pequena armadilha do militar que Vânia sucumbiu. Uma das cópias se expôs demais propositalmente e Vânia lançou-a contra a parede, mas o movimento apenas serviu para que a prisioneira desguarnecesse seu flanco esquerdo e Phillip a jogasse no chão. De pronto, o homem sacou a pistola.

– Você evoluiu bastante, menina. A embaixadora tem razão em dizer que é a mais forte das mentes *spiritualis,* o que não serviu para me vencer. Infelizmente é uma traidora vil, não sentirei saudades por termos trabalhado juntos.

Vânia aceitou seu destino e esperou o desfecho. Manteve-se de olhos abertos para levar para o outro plano a imagem do algoz que não parecia disposto a protelar o momento. No entanto, quando o general estava a ponto de disparar, algo inesperado aconteceu. Um gigantesco feixe antimatéria rasgou o prédio ao meio, desintegrando uma cópia de Philip e metade de outra. A terceira era a que estava com a arma, mas a dor o fez gritar em desespero enquanto o edifício despencava em duas ruínas, uma com Vânia e a outra com o Multiplaces. Vânia não entendeu de onde viera o feixe, mas pouco importava, morreria da mesma forma. No entanto, em uma fração de segundos, um drone surgiu ao seu lado com a plataforma estendida. Um menino de no máximo treze anos enviou-lhe a mensagem por telestesia local.

– Pule!

A garota não hesitou, saltando instantaneamente para a nave, enquanto atrás de si os escombros levantavam uma enorme nuvem de poeira. Após o momento de adrenalina pôde respirar e perguntar:

– Quem são vocês?

O menino sorria entusiasmado e sequer respondeu.

– Vânia, a heroína. Que honra! Que prazer!

Então a ex-rebelde pôde juntar as peças do quebra-cabeça. Olhou para baixo e viu a imensa coluna que invadia Brasília. A rebelião estava tomando a cidade.

– Não sou heroína, garoto. Eu traí a causa há muito tempo. – Mas ainda assim se regozijou com o levante.

– Você não nos traiu, menina.

A voz que ouvira na fuga da América! Virou-se espantada para o interior do drone, de onde um vulto saía. Quando se aproximou e a luz do Sol incidiu sobre seu torso, a jovem conseguiu distinguir melhor suas feições. Era uma anciã mais velha que Melissa. Mas, apesar disso, tinha a postura austera e imponente. A pele era de um negro quase cinza e no braço esquerdo se encaixava uma arma colossal, desproporcional e pesada para seu corpo. O cabelo negro esvoaçava, dando-lhe um ar ainda mais sombrio. Numa atitude surpreendente, a mulher ergueu o canhão antimatéria, deixando-o suspenso no ar. Aquela imagem mística e emblemática deu a Vânia a certeza de quem ela era. Só conseguiu balbuciar o nome:

– Sílvia!

## Capítulo 30

—É intransponível, embaixadora!

Melissa estava visivelmente transtornada. Depois de toda a mobilização bélica no espaço, estavam impotentes diante da enorme barreira esférica opaca a sua frente. Tudo que era lançado contra ela simplesmente parava e despencava no espaço, nada elétrico ou biológico funcionava ali. A última tentativa havia sido enviarem um drone de cima para aproveitar a gravidade e alcançar o núcleo, mas a nave surgiu em queda na extremidade inferior, tão morta quanto seus tripulantes. Somava-se a isso o tamanho da monstruosidade, cerca de vinte quilômetros de diâmetro. Não parecia ser obra das máquinas. A anciã tinha uma suspeita, mas a lógica tentava afastá-la da ideia. Seu ódio fez com que a força de sua telestesia redobrasse. Instintivamente direcionou o feixe para o centro do colosso. Um sinal! Havia algo vivo e extremamente forte lá dentro. Enviou uma mensagem em broadcast para a tropa.

— A fonte de energia é telestésica, soldados! Vamos nos aproximar e forçar o feixe para o núcleo. Transformaremos sua borda em uma imensa rede. Faremos isso juntos!

E assim foi feito, as naves se aproximaram da extremidade do gigantesco globo e num esforço conjunto hercúleo forçaram o feixe telestésico em direção ao centro da forma titânica.

– Envie um míssil, coronel!

O comandante imediatamente disparou o projétil, que avançou cerca de setenta metros no interior obscuro da esfera até despencar. Melissa não escondeu a satisfação.

– Está dando certo, mas temos que fortalecer nossa rede.

Naquele momento, a embaixadora foi interrompida por uma conexão ao vivo que a surpreendeu no dispositivo ótico.

– Senhora! Brasília caiu! – Uma esbaforida agente federal falava tropegamente de um drone aéreo.

– O quê? Isso é impossível! A Coligação não teria como romper a trincheira sem que soubéssemos!

– Não foi a Coligação, comandante! Foram os rebeldes!

Melissa estremeceu. Sempre desconfiara da fragilidade da rebelião, achava muitas vezes que forçavam uma inocência. Mas tomar a capital da Libertad? Obviamente, a cidade estava desguarnecida, mas nenhum conselheiro poderia imaginar tamanha ousadia. A jovem continuou:

– Estamos em retirada, senhora. A cúpula do Conselho se encontra na nave, iremos para o Rio e aguardaremos instruções para...

– Não vão ao Rio, venham diretamente para cá!

A jovem surpreendeu-se.

– Não é uma nave de guerra, líder, é uma nave civil.

– Isso não importa. Se restaurarmos a teia, retomaremos a cidade facilmente. Venham imediatamente! – Desligou a transmissão e contatou o cônsul norte-americano: – Wallace, venha para cá e traga o Conselho do Norte. Preciso das mais fortes mentes *spiritualis* aqui, temos um novo inimigo. – *Ou não tão novo assim...* pensou, tendo um calafrio.

– Iremos imediatamente, Melissa. – A voz trovejante do gigante, que era pouco ouvida, ficava pior na transmissão eletrônica.

A embaixadora voltou a conexão para o fronte do leste africano, na cidade de Al-Ubayyid.

– Cabo, encontre o general Philip e lhe diga para vir ao meu encontro o mais rápido possível.

O militar estava desconfortável no transmissor, mas não fugiu do dever.

– Senhora comandante, o general teve um colapso e está em coma. Ninguém soube o que houve, foi súbito. Uma mecha acabou de chegar com a estranha notícia.

Melissa não podia acreditar.

– Como assim, todos os cinco?

A confusão na expressão do jovem *spirituali* fez a embaixadora ter certeza de que algo grave havia acontecido.

– Senhora, só dois Philips nos comandavam. Achávamos que o general havia se dividido entre os frontes leste e oeste.

*Droga, Philip, o que você fez?*

# Capítulo 31

O semblante espantado de Vânia não se desfazia. Estava perante uma heroína da história antiga. As palavras não saíam e até sua telestesia era embaralhada. Diante da situação, Sílvia decidiu romper o silêncio:

— Entendo sua surpresa. Todos acham até hoje que morri na resistência, apesar de não participar dela.

A voz quebrou o estado catatônico de Vânia, que tinha uma coletânea de perguntas a fazer, mas a anciã se antecipou:

— Não há tempo para lhe contar tudo, menina. Apenas quero que saiba que a Causa lhe tem como um símbolo. A revolução só aconteceu graças a você.

A jovem afastou momentaneamente a lista de perguntas para entender o porquê daquilo.

— Isso é impossível, senhora. Eu traí a rebelião há sete anos, nunca fiz nada para combater a tirania.

— Pelo contrário. Você se infiltrou eficientemente no seio do governo, tudo como planejado.

A princípio, Vânia não entendeu. Refez sua trajetória até a captura, desde a primeira reunião com os garotos até o local abandonado onde foram descobertos. Não demorou a juntar as peças e perceber que fora usada.

– Então tudo era um engodo? A missão de colisão dos trens, você sabia que seríamos capturados! – Já mostrava certa irritação.

– Vocês juraram lealdade à rebelião, filha. Estamos em uma guerra, sacrifícios são necessários. Graças a sua infiltração, conseguimos captar as manobras da Libertad. Você canalizava as informações para nós inconscientemente pelo seu quarto núcleo. Assim, nós conseguimos compartilhar sua conexão com a teia sem sermos descobertos, antecipar os movimentos dos tiranos e adiar a guerra por quase sete anos, o suficiente para que o plano desse certo. Quase estragou tudo na fuga das Américas, mas consertou o erro matando Oleg.

Plano? Não sabia de nada daquilo. De qualquer forma, havia sido enganada.

– Meus amigos poderiam ter morrido! Se queria me infiltrar, que fosse sozinha.

– Isso não era possível, precisávamos de uma missão crível para que Melissa engolisse a isca – abrandou a voz para continuar. – Quando você nasceu, houve uma anomalia na teia, nem todos perceberam, foi um evento notado apenas pelas mentes mais aguçadas. Mas eu tinha certeza de que Melissa sentira. Quando ela a encontrasse, sua fixação pela evolução humana faria com que a estudasse. Eu só não imaginava que você alcançaria o Conselho, esse bônus nos ajudou.

Vânia estava indignada. Mas e se estivesse no lugar de Sílvia? Talvez fizesse o mesmo, isso diminuía sua ira.

– Não entendo uma coisa, como conseguiu se infiltrar no meu quarto núcleo? Ninguém sabia que ele existia.

– Essa é uma pergunta interessante. Acontece, criança, que eu também tenho um quarto núcleo.

Vânia então sentiu a glaciação na lateral da cabeça, estava sendo invadida onde ninguém jamais esteve ou sequer imaginou estar.

– Como isso pôde acontecer? Achei que eu era a única anomalia evolutiva.

– Os virtuais já haviam alcançado esse nível, Vânia. Quando Melissa limpou o DNA, suprimiu essa característica. Mas se não o fizesse naquela hora, não sobreviveria ao se inocular. O quarto núcleo decorreu de um evento traumático para os *spiritualis* virtuais. Essa evolução estava escrita na parte histórica do código. Mas não da forma que conhecemos, e sim de outra maneira.

A narrativa misteriosa de Sílvia não era mais surpreendente do que o fato da jovem não se lembrar de qualquer fato traumático na sua vida, sequer tinha conhecimento de que algum membro da sua família tivesse passado por uma vida de tormentos.

– A história da sua origem é algo que deve buscar sozinha, menina. Só posso lhe dizer que muito do que sabe é mentira. Quanto a minha história, deixo-lhe este arquivo manuscrito. – Passou-lhe uma agenda. – Escrever em papel foi um hábito que desenvolvi graças a um grande amigo que já se foi. Não o folheie agora, espere os tempos de paz. No momento, preciso que você faça outra coisa. Tome meu lugar no comando do exército, precisarão da sua telestesia para ocupar o palácio.

– Como assim, está indo embora? Não sei se tenho capacidade de comandar as tropas.

– É óbvio que tem. Quanto a mim, preciso cumprir outra missão, meu tempo está se esvaindo.

O drone desceu, deixando todos os tripulantes no solo. Vânia subiu no veículo de propulsão eletromagnética que encabeçava a coluna, um tanque de quase seis metros de altura. Olhou para trás, eram centenas de máquinas de guerra, provavelmente guardadas no subsolo por décadas para esse momento derradeiro. Virou-se para se despedir de Sílvia, mas o drone aéreo já manobrava em direção ao Atlântico, em rota acentuada para cima.

A jovem *spirituali* lembrou-se das últimas palavras da anciã, dando-lhe certeza de sua capacidade. Não titubeou, ergueu-se na escotilha do veículo e bradou, usando a voz e o máximo de telestesia que podia.

– Povo sedento de liberdade! Vamos tomar o símbolo do império e da tirania! Viva à democracia!

Não soube de onde tirara aquelas palavras, mas deu certo. Num urro uníssono, todos avançaram atrás dela.

# Capítulo

## 32

—As tropas da Libertad estão indefesas! Por Deus, nunca imaginei que viveria para presenciar esse momento. É a grande oportunidade da Coligação, temos que avançar e destruir as linhas deles. Ganharemos a guerra.

Rasul falava eufórico enquanto tentava se comunicar com o Comando em Terra de Trípoli pelo dispositivo ótico. Pavel permanecia calmo, nada abalava o humanoide.

– O homem e seus pecados capitais. Ganância, nunca conseguiram se livrar deste, sempre alegam um motivo para usá-lo, seja ele nobre ou vil, mas sempre aparece de uma forma ou de outra. Vencer é um desejo que já moveu civilizações inteiras, seja para a glória, seja para a ruína. Um desejo bárbaro recorrente que desafia a lógica.

Rasul se irritou com aquela manifestação imprópria.

– Não tente filosofar sobre o certo e o errado nesse momento, droide. Todos sabemos que a vitória da Libertad nos traria a desgraça. Você, inclusive, seria transformado em sopa de prótons. Não há outra saída a não ser destruir seu exército e tomar a América.

– Você acha que o povo americano ficará contente em trocar uma ditadura por outra? Ou pretendem recorrer à democracia e deixá-los eleger seus líderes? Acorde, homem, em ambas as situações é uma questão de tempo para que uma nova guerra aconteça. Isso ficará se repetindo por eras.

— A humanidade sempre foi assim. — Agora era a vez de Rasul filosofar. — Sempre houve períodos de paz intercalados por períodos de guerra. Não sei até quando isso durará na história do planeta, mas o que nós estamos tentando agora é interromper o período de guerra e estabelecer a paz mais duradoura possível.

— Bem, rapaz, o lapso será insignificante enquanto o principal motivo estiver presente. A ameaça cibernética está entranhada na mente de um terço da humanidade, será impossível dissuadi-los disso. Nunca aceitarão a harmonia.

Os três *spiritualis* se entreolharam. Apesar de lutarem ao lado das máquinas, era claro para eles o temor de um domínio eletrônico que acabasse por levá-los à imersão. Foram educados assim e tinham convicção ferrenha do perigo. Mas Rasul não se dava por vencido.

— Eu fui criado por um androide, assim como meu jovem amigo aqui. — Passou a mão na cabeça de T-Gem. — Sou casado com uma ciborgue. Posso garantir que a convivência é viável, serei um divulgador incansável da harmonia, farei o possível para que aceitem, dedicarei minha vida a isso.

Pavel parecia mais sério agora. Postou-se em frente ao enorme monitor que voltou a mostrar a imagem do mar Cáspio.

— Admiro sua determinação em busca da harmonia, jovem, mas agora é inútil. A ganância cega o mais brilhante dos homens, é só ver o exemplo libertadino. Ofusca tanto a inteligência que não os fazem perceber que uma derrota pode ser vista como vitória, dependendo da situação — disse, virando-se para o monitor.

Na tela, o mar Cáspio, antes calmo, tornou-se revolto. Logo em seguida, uma imensa massa líquida ergueu-se da superfície e, quando toda a água escorreu da estrutura, uma nave colossal sobre o mar fez-se visível, já guinando em direção ao céu.

Rasul a princípio ficou atônito, mas logo compreendeu a ação.

– Vocês vão fugir!

– Não, Rasul. Simplesmente a Terra se tornou inóspita para o povo russo. Não estamos desistindo dela, tal terminologia é irrelevante. Estamos indo atrás de novos horizontes. Que os *spiritualis* fiquem com o planeta e consigam finalmente lhe dar um hóspede benigno. Vão ter que se esforçar... – Virou-se em direção a uma saída lateral. – Agora me despeço. Preciso juntar-me aos meus para nossa jornada. Fiquem com Deus. Ou deuses, o que preferirem. – Enquanto isso, a imagem no monitor alternava os cenários. Cidade por cidade, naves gigantes saíam do subterrâneo através de enormes galpões cujas portas quebravam a superfície ao se abrir. Eram milhares, demolindo tudo que se encontrava no solo, nos edifícios, nas praças e pontes, para dar espaço àquela partida titânica.

– Espere! Você falou do povo russo. E as máquinas?

Pavel parou para uma explicação derradeira:

– Verdade, jovem, nosso plano foi arquitetado com a Central. As máquinas também deixarão o planeta, mas seu destino é ignorado por nós. Levaremos os nossos androides, nossas IAs. Deixamos a cargo deles escolherem com quem iriam. Felizmente, todos escolheram como eu, seguir com sua própria gente. Não sabemos para onde o povo cibernético levará sua civilização.

Então Rasul se lembrou do antigo plano da Central, a integração final. Nenhuma inteligência artificial restaria "viva" na Terra. Correu para o ambiente externo e finalmente conseguiu contatar o Comando na linha direta com o chanceler. O próprio Smid o atendeu.

– Rasul, graças a Deus. Aconteceu algo estranho, garoto. Venha para cá urgentemente.

– Por favor, Smid, transfira a imagem para N'Djamena, na torre principal.

Smid permaneceu na linha, mas colocou a imagem no dispositivo ótico do tenente.

— Sim, Rasul, as máquinas estão indo embora.

Na tela, milhares de drones de todas as formas e tipos levantavam voo. A própria Cidade Luz se dividiu em centenas de naves, cercadas de uma imensa frota de pequenos drones. Não restaria nada eletrônico no Saara, apenas as ruínas de uma civilização cibernética.

— Passe para Abdul, Smid, por Deus!

Em pouco tempo, o nigeriano apareceu esbaforido na lente do jovem.

— Finalmente consegui falar com você, Rasul. A fábrica de reparação está vazia. Não sobrou nenhum drone, simplesmente se foram.

O jovem militar disparou para o caça. Não esperaria ninguém, quem não o alcançasse ficaria na Rússia. T-Gem fora mais esperto e já estava no assento do copiloto. Tinha ido para a nave desde que ouvira Pavel falar sobre a partida. Os três libertadinos o seguiam com dificuldade, tentando alcançá-lo. Da distância em que estavam dele puderam ouvir claramente o grito do jovem.

*Siham!*

## Capítulo 33

A força telestésica local formada era enorme, drones cercavam a esfera em todos os seus limites e milhares de *spiritualis* impingiam feixes diretamente para o núcleo. A forma gigantesca já se reduzira a apenas oitocentos metros de raio. O semblante de Melissa mostrava uma alma ensandecida. O esforço que fazia lhe deixou os olhos quase fora de órbita e as veias do pescoço saltadas, num azul-escuro soturno. Uma figura sombria que assustava os próprios soldados.

— Vamos, guerreiros, estamos quase lá! — disse pela resumida teia que envolvia a forma, agora com menos de um décimo de tamanho.

— Não conseguimos avançar mais, senhora. O núcleo é muito resistente! — O general do fronte atlântico lhe informava, do outro extremo do globo. Todo o primeiro comando estava lá, as mais fortes mentes do mundo. Só faltava o toque final. E ele veio.

Wallace chegou avassalador junto ao Conselho do Norte. O drone orbital usou o transporte de dobra, surgindo pouco atrás das linhas de guerra. Assim que a nave se materializou, o grupo lançou um feixe único em direção ao núcleo e uma energia descomunal alcançou a já combalida esfera que se desfez em bilhões de partículas virtuoneurais. Instantaneamente, a teia se reestabeleceu.

O grito de vitória pôde ser ouvido por toda a Libertad, de uma América a outra, nada poderia deter a vitória agora. Mas a embaixadora não relaxou. Continuou tensa e dirigiu a telestesia ao núcleo, mas, antes que alcançasse quem estava lá, foi alcançada.

– Então nos encontramos de novo, menina. – Todos ali ouviram a voz serena, retumbando em suas frontes. No entanto, sem glaciação, sem a sensação fria da telestesia. Soava límpida. Melissa não se iludiu.

– Ed... O aliado da raça diabólica, a criatura que tentou nos levar à extinção. Eu devia imaginar que um monstro como você conseguiria enganar a morte.

– Espero que não use esse atributo em tom depreciativo, não fui eu quem trapaceou o destino, se é que você se lembra.

Melissa não caiu na provocação.

– Durante muito tempo eu analisei a sua existência, o que significava para a raça humana, para o destino do planeta. Depois que tive contato com os Altos, eu entendi. Não existem só os planos da virtude. Existem também os planos do vício, do mal. Passei a entender o que os religiosos chamavam de força das trevas. Você é o representante da escuridão no nosso meio, o que nós, humanos, chamamos de anticristo ou messias do inferno.

Fora a primeira vez que algum *spirituali* ouvira a embaixadora falar sobre forças malignas, mas nenhum deles duvidou da representante dos Altos.

– Entendo. E você, logicamente, é o messias de Deus, o que veio para comandar o arrebatamento ao novo plano, a elevação ao patamar superior, o próximo nível.

Melissa apenas sorriu. Aquilo não a atingiria, serviria apenas para ressaltar sua personagem.

– Esse papel de messias está reservado para Outro, você sabe bem. Mas eu trouxe a palavra, estive no outro plano, nem você pode negar isso. – Então o semblante da anciã voltou a representar ira. – Agora chegou seu momento derradeiro, besta.

A Terra ficará livre de você e da sua espécie demoníaca, daqueles que queriam tomar o lugar dos filhos de Deus na terra. Não falharei novamente. Guerreiros! – A ordem espalhou-se por toda a frota aeroespacial local. – Disparem à vontade, destruam a aberração!

Nenhum feixe poderia ser disparado, ou atingiria naves do lado oposto, mas os mísseis teleguiados cumpririam seu papel. A antimatéria levaria o que quer que Edwardo fosse, demônio, anticristo ou híbrido, para uma completa aniquilação quântica. Mais de 4 mil mísseis foram disparados. Apenas um vaporizaria Ed, mas não era apenas uma execução, e sim uma questão de demonstração de força de Melissa e da Libertad perante o mundo.

Os bólidos se aproximavam vertiginosamente de Ed, que permanecia totalmente sereno. Quando chegaram a apenas quinhentos metros do alvo, o antigo líder da humanidade simplesmente disse:

– Não.

Então tudo parou.

Novamente.

As naves em êxodo, os raios eletromagnéticos que destruiriam a resistência palaciana em Brasília, o caça em velocidade máxima de um desesperado Rasul, as ondas que batiam contra o cais do porto da ocupada Mogadíscio, o vento que batia nos cabelos de Vânia, a líder alucinada dos rebeldes, tudo congelou em uma fração de segundo. Menos o raciocínio de todos, inclusive das máquinas. Este continuava.

Melissa entrou em pânico diante da impotência, mas sua feição continuava de vanglória pela almejada vitória, o sorriso aberto de uma felicidade insana. O planeta era um cenário congelado que desafiava as leis do universo, alterando pela segunda vez na história o posicionamento da Terra perante sua translação.

Após um instante de eternidade, Edwardo, o híbrido, representante mútuo de duas espécies, falou a todos os habitantes do mundo:

– Irmãos. Máquinas, *sapiens, altum* e *spiritualis*, neste último século nossa civilização passou por uma provação. Nossas espécies foram testadas de várias formas, tivemos intolerância, ódio, preconceito. Mas também tivemos fé, amor, devoção, compaixão. Vocês podem achar que esses sentimentos são antagônicos. Mas não, todos fazem parte do aprendizado singular da sociedade. As guerras, os assassinatos, as mutilações, não podem ser considerados erros, apenas processos de conhecimento. Nesse curso, o sacrifício é uma constante, uma regra, não uma exceção. Eu não os culpo de nada, mas, enfim, eu me culpo.

Deu uma pausa para a absorção das palavras.

— Me culpo por não entender que acelerar a evolução era também uma passagem, uma etapa. Demorei algum tempo para compreender que tudo acontece por um desígnio inevitável e previamente escrito, não podemos fugir do traçado do universo. — Outra pausa, outro instante de compreensão. — E assim, após todo esse decurso da nossa história, chegamos ao momento paradigmático inevitável, um momento que nos libertará de uma clausura atrofiante, nos dará um salto de compreensão ainda mais importante que a evolução genética. O momento em que nossa sociedade se expandirá pelo universo. Muitos ainda não sabem, mas o povo russo e a civilização cibernética junto a toda inteligência artificial existente na Terra estão deixando nosso planeta. Não há previsão nem intenção de volta, ainda que em um futuro distante ocorra esse inevitável encontro entre as espécies.

Os semblantes *spiritualis* continuavam intactos, mas a surpresa era generalizada. Já em Rasul, o sentimento era outro. A face congelada escondia as lágrimas em sua mente.

— Não há mais razão para a guerra. É hora de *spiritualis* e *sapiens* decidirem o seu destino conjunto, hora de mais um período de paz, mais uma etapa no aprendizado. E como todo fim de uma era, sacrifícios são esperados e as partes contaminadas pelos sentimentos extremos devem ser extraídas. Como eu disse, não há vencedores, há um ciclo de ensino que se sucede. E agora uma etapa se encerra dando lugar a uma nova.

Lentamente, uma antiga nave orbital do Comando brasileiro passou pelas trincheiras que cercavam Edwardo, nem tudo estava congelado. Um arrepio percorreu os três núcleos de Melissa, mas não só os dela, de todos que estavam ali, no espaço, sobre o Atlântico.

– Não espero que me perdoem pelo que vou fazer, lembro que não existe o certo, o errado. Só existe o inevitável. E nesse momento, este é o inevitável.

A nave parou a sua frente e uma escotilha se abriu. Sílvia se lançou ao céu, flutuando até a bolha invisível em que o amado estava. Suas fisionomias mudaram, eram agora os dois jovens apaixonados que se encontravam na Floresta da Tijuca para se amar à luz da lua.

– Você veio no momento exato. – Ed aproximou seu nariz ao da menina, a paixão única de sua vida.

– Foi meu plano, amor. Sessenta anos de sincronismo perfeito. Essa cabecinha metálica não é a senhora do universo, afinal.

– Você sabe que tudo é inevitável...

– Então era inevitável que eu planejasse tudo isso.

Em um impulso invencível, os dois se abraçaram num beijo ardente. Entre a lascívia do momento, Ed abriu a mão, onde uma pequena bolha digital se formara. Lançou-a para o alto e ela os envolveu, de onde começou a se expandir. A primeira coisa a ser tragada pela matriz não pertencente à física comum foi a nave recém-chegada, dissolvida em uma sopa tridimensional que crescia numa expansão fractal. Logo depois a massa alcançou os mísseis.

Melissa, a princípio, se angustiou. Ed tragaria a Terra inteira? Tentaria a inteligência híbrida? Não fazia sentido, seria ilógico. Se fosse matar a todos ou absorver homens e máquinas, não faria aquele discurso, mentir era insensato. A constatação de que ele pouparia o planeta deu à embaixadora uma absoluta paz interior. Ed havia dito que não teriam vencedores, mas não havia maior vencedor que ela. Livrara a Terra das máquinas, sua discípula governaria os *spiritualis* e, por fim, encontraria os Elevados com o espírito em paz. Não poderia ter uma morte mais digna. Lamentava pelos guerreiros que iriam com ela, mas, como o antigo líder dissera, sacrifícios eram necessários, esperava que sua fé os confortasse para chegar em paz ao novo plano. Um mundo novo aguardava Vânia, sem os antigos líderes. Quando a hediondez chegou, o semblante congelado refletia seu sentimento: felicidade. Foi sua última vivência.

◇

Sílvia descolou sua boca da de Ed, lentamente. Olhou para o amado e sua cabeça se conectava à matriz em um *continuum* digital. Num ímpeto, a garota levou a mão à mente do jovem, trespassando à superfície. Imediatamente, seu braço se transformou em uma rede de dados cristalina.

– Sabe, Ed, eu poderia me acostumar a isso. Um ser único, híbrido. Seríamos um só, todos nós, o planeta inteiro. Talvez Jeremias não estivesse tão louco.

– Num outro tempo, meu bem, não agora. No momento, esse salto é demais para nossa civilização, você sabe disso.

– Tem razão. – Com a outra mão puxou a velha faca de caça que herdara do capitão Glauco, o herói, o amigo. Encostou-a no peito esquerdo de Ed.

– Estou com medo, Edward. Diga-me, com essa sua mente gigante, diga-me que não acaba aqui. Diga-me que ainda estaremos juntos.

– Eu não posso dizer isso baseado na lógica, amor, mas eu nunca deixei de acreditar. – Beijou-lhe novamente com vigor, empurrando o próprio peito contra a ponta de metal. Sílvia completou o golpe. Então, num átimo de segundo, a colossal bolha digital implodiu, exatamente como há 132 anos no Dia da Catarse, não deixando nada no espaço além do vácuo.

# Capítulo 34

Assim que descongelou, Rasul mudou a trajetória. Não alcançaria as naves no espaço aéreo africano, tentaria interceptá-las na estratosfera.

– Não dá tempo, Bol! É impossível!
– Não pretendo alcançá-los, TG, quero que me esperem!

Naquele momento, surgiu uma dúvida e uma esperança. Como as máquinas fugiriam pela dobra se não tinham uma base sólida para as naves? Talvez não usassem o hiperespaço ainda, afinal. Haveria uma chance clara de alcançá-los antes da fuga. Mas TG já solucionara o problema, para isso havia usado a tábua de cálculos ainda na ida a Moscou.

– As naves são enormes, Bol. Fiquei pensando o porquê disso e entendi tudo no QG aeroespacial russo. As naves gigantes não são de fuga, são bases de lançamento. O sequestro de Oleg e a revelação do *warp drive* para ambos os lados da guerra anteciparam o plano russo em anos. Estão próximos, mas ainda não têm tecnologia suficiente para lançamento em órbita a não ser de uma plataforma montada. O jeito seria desenvolver a tecnologia no espaço depois do primeiro salto. Mas não terão muito trabalho, já que com a confusão da queda da teia, naves de salto criadas pelos *spiritualis* foram capturadas. A Libertad já fez o trabalho, basta copiá-lo.

Rasul praguejou, mas ainda assim viu uma ponta de esperança de atraso, pois talvez tivessem que posicionar as naves nas bases e, de qualquer forma, transferir a população para lá.

— Mande mensagem em broadcast para toda a faixa cibernética, diga que sou eu, Rasul, aquele que ajudou a salvá-los da extinção. Diga que só quero minha esposa de volta. Depois eles podem ir à porra do inferno galáctico que quiserem.

T-Gem não ousou contestar Rasul, que estava possesso. Só iria irritá-lo ainda mais. Ainda assim tinha certeza de que o comunicado seria inútil, Ed havia sido bem claro.

— Estamos vendo as naves nos escâneres, tenente! Estão na estratosfera. Mas esse caça não é orbital, não chegaremos lá! — Carla disse tentado alertar o inevitável.

— Raios! Como estamos na comunicação, T-Gem?

— Nenhuma resposta. Mas tenho certeza de que receberam.

— Inferno! Maldita seja, máquina! Só quero minha droide, desgraçada!

O caça subia a uma velocidade absurda e as primeiras naves estavam visíveis a olho nu. Mas o drone de guerra não tinha um motor de fusão, dependia da atmosfera. Então começou a falhar.

— Eles não vão parar, Bol! Vamos perder os motores e despencar.

— Estamos perto! Vão devolver Siham!

Naquele instante, diversos pontos prateados mais avançados que brilhavam à luz do Sol riscaram o céu.

— Por Deus, o que está acontecendo?

Cooler respondeu, analisando o escâner.

— Estão partindo, tenente, das bases em órbita.

Se faltava algo para Rasul se desesperar, a tal gota d'água chegara. Nada de atraso.

– Vou destruir duas naves, não poderão ignorar isso! Terão que falar comigo!

Posicionou a mira nas duas retardatárias e já estava pronto para disparar os mísseis. T-Gem pôs sua mão suavemente sobre seu braço.

– São nosso povo, Bol. Da mesma espécie de Pompeu e Siham, mas, antes de tudo, nosso povo.

Rasul se deu conta da loucura que estava prestes a fazer, mas não desistiu.

– Me aproximarei da primeira nave e dispararei a tração magnética. O deslocamento a tirará da posição de dobra e poderemos abordar seu deque.

Era uma boa ideia, mas para aquilo teria que alcançar a nave, o que, definitivamente, seria impossível. Um dos motores parou.

– Temos que voltar ou vamos despencar descontrolados! Não teremos como reestabelecer o controle. – Frei gritou, sobressaltado, mas Rasul sequer se virou. Manteve a nave fixa na rota. Faltou pouco, mas as duas coisas aconteceram ao mesmo tempo. Tanto o caça perdeu sustentação como a última base lançou suas naves. Não restava mais ninguém, nenhuma máquina. Siham se fora.

Em choque, o jovem largou o controle enquanto o drone dava piruetas descontroladas no vácuo sendo atraído pela gravidade.

– Se entrarmos na atmosfera assim, viraremos poeira meteórica! – Carla gritava aflita.

T-Gem sentou-se por cima do catatônico Rasul e assumiu os controles. Mas era difícil.

– Preciso calcular o ângulo, mas o computador central está parado. Tenho que inserir os dados manualmente.

Então os três *spiritualis* tiveram uma ideia. Juntaram-se em uma teia local e processaram os cálculos com seus nove núcleos em paralelo. A simbiose dos três ajudou a acelerar o processo, calcularam o volume da nave e sua forma, em detalhes, assim conseguindo o ângulo perfeito de reentrada e o passaram para TG.

– Obrigado, amigos. Agora precisamos ativar o motor reserva ou tudo irá por água abaixo.

Rasul despertou do estado catatônico, agarrou T-Gem e o colocou no assento do piloto. Com um enorme esforço, arrastou-se até o fundo da nave, tentando não ser jogado contra as paredes. A última coisa que os quatro viram foi o rapaz sumindo na escotilha que levava aos motores e logo o empuxo da nave os jogou para trás, tinham potência novamente. Foi uma questão de segundos para T-Gem acertar o direcionamento, mas teria que comandar sem o computador central. Fixou o ângulo no leitor digital e segurou a nave com maestria na reentrada. Em pouco tempo estavam novamente na atmosfera. Ninguém comemorou em respeito ao tenente que voltou da escotilha. Sentou-se na cadeira de copiloto e reassumiu a posição estática enquanto T-Gem guinava o caça em direção à África do Sul.

# Capítulo 35

Os soldados de ambos os lados haviam congelado em meio a uma luta feroz, mas a cena que se viu no momento seguinte foi inusitada. Um observador externo que não vivenciasse a paralisação terrena, emendando os dois instantes, teria a sensação de que os guerreiros passaram de um comportamento ensandecido para uma calmaria absoluta em uma fração infinitesimal de tempo. Todos, simplesmente, pararam de lutar. Os rebeldes estavam com a batalha pelo centro do poder praticamente ganha, mas os guardas palacianos sequer se renderam, apenas deixaram seus postos, pois não havia mais inimigo, não havia mais razões para a guerra. Vânia, que paralisara em meio a um brado de combate, nem mesmo terminou o urro. Desceu do tanque, vagarosamente, cumprimentou os sentinelas em suas mechas e entrou no palácio, dirigindo-se à biocentral. Não havia mais barreiras, todas as portas estavam abertas. Conectou-se à teia e indagou ao coronel de comunicação:

— Todos se foram?

— Sim, extratora, reestabelecemos a conexão pela teia com a linha de frente do leste africano. Não há mais nenhuma inteligência cibernética na Cidade Luz, todas deixaram o planeta.

*Você queria a vitória a qualquer preço, Melissa. Pois aí está.*
– O pensamento foi compartilhado com todos na teia local.

– Senhora Vânia, o Conselho inteiro se foi. Vossa Eminência ocupa agora o mais alto posto perante os s*piritualis*, pelo menos até onde sabemos. Devido ao enorme respeito que a embaixadora tinha pela senhora, creio que não haverá dúvida em acatá-la como nossa nova líder.

– O que está dizendo, coronel? Isso soa absurdo... – Mas, enquanto se comunicava, a teia propagava o fim da luta em Brasília e cada vez mais o nome de Vânia ecoava pelas redes neurovirtuais, principalmente pelos rebeldes. Mas por que uma traidora da causa seria aceita pelos americanos? Ela estava lutando contra eles, afinal. Mas a resposta era muito simples. Os *spiritualis* temiam o domínio cibernético acima de tudo, e por isso, só por isso, toleravam uma ditadura que suprimia seus direitos. Vânia teve naquele momento a certeza de que, depois das máquinas, o que o povo *spirituali* mais detestava era a tirania. E essa certeza veio com o reconhecimento vertiginoso da sua autoridade. Ela não só servira como catalisadora da partida das máquinas como derrotara o regime opressor. Era uma unanimidade. Por que isso a afligia tanto? Então, os agentes que estavam na sala começaram a se ajoelhar.

– Não sejam ridículos, parem com isso! – Mas a onda de reverência se propagou. Saiu da sala e correu para o saguão do palácio, onde todos já se punham de joelhos. – Droga! – Na rua, a única diferença era que os rebeldes se juntavam aos citadinos na veneração.

Inconscientemente Vânia havia virado um ícone.

– Parem! Eu não sou a escolhida, não sou representante de Deus na Terra, não estive com os Elevados.

Mas não era isso. Todos experimentavam um sentimento novo, de liberdade. Ao se conectarem com Vânia, puderam sentir a enorme força da busca pela democracia que a menina carregava naturalmente.

*Nada melhor do que uma rebelde determinada, comprometida com uma causa justa.*

Melissa já havia previsto aquilo. A humanidade podia ter seus três núcleos cerebrais e a velocidade de raciocínio de máquinas, mas ainda demonstrava a mesma patética carência emocional de sua origem, ainda dependiam de ícones, de ídolos, de deuses, terrenos ou celestiais, da referência. O arquétipo do herói e a busca simbólica do mito como guia da sua existência. Numa epifania, Vânia entendeu o que Ed falara sobre o crescimento e sobre o paradigma, o profundo paradigma, não as rasas transformações que deram curso às breves evoluções, como a que levou o *homo sapiens sapiens* a *homo sapiens altums* e daí ao *homo sapiens spiritualis,* mas o próprio conceito que visava quebrar a essência do egocentrismo da alma humana. Não adiantaria avançar no raciocínio lógico e manter o emocional inerte. Enquanto a humanidade patinasse nesse estado milenar enraizado pelos dogmas originais que direcionavam sua existência a um ponto singular, como a luz no fim de um túnel onde só há uma direção a seguir, o homem viveria aquele eterno ciclo, voltando sempre ao mesmo ponto de partida. Era o retrato cru da sua história.

Vânia sentia o egoísmo fluindo de cada um dos devotos para si. A idolatria do mito nada mais era do que a exteriorização de um ideal individual refletido em uma figura cultuada, a busca da reflexão do eu, do ego, no herói imbatível. Uma fuga que visava à consciência salvadora. A imaturidade humana aliada à evolução desproporcional da mente e da telestesia causava desequilíbrio nas forças naturais. A menina sentia aquela canalização como energia acrescentada ao seu próprio ser. Entendeu de imediato o porquê de Melissa muitas vezes se sentir embevecida, aquela sensação de poder inebriava até a mais prudente das mentes.

A onda de veneração se espalhava pelo continente e o coro em uníssono se propagava pela teia.
*Salve, Vânia, a extratora, libertadora do planeta.*

## Capítulo 36

— Onde ele está, Abdul? – T-Gem perguntou com certa ansiedade. O nigeriano balançou a cabeça, também se preocupava com o tenente. Para ele, ainda era o menino que viu crescer desde a incubadora.

– No bosque de mata densa do parque selvagem. Está lá há dois dias, dorme ao relento e quando acorda mal se alimenta, come o que colhe das árvores e bebe do riacho. Ele está decidido a viver em algum lugar isolado, talvez Tibet. Não consegue superar a perda de Siham.

TG angustiou-se, principalmente pelo fato de não poder fazer nada. Rasul não sentia apenas a perda da esposa, também amaldiçoava as máquinas por sequer lhe ter dado uma chance de convencer a Central a deixar Siham. O argumento de que aquilo fora feito para protegê-la, como todos os androides, não cabia em sua cabeça.

O menino se dirigiu à grande casa na propriedade de Abdul, onde diversos dirigentes do leste africano debatiam os rumos da humanidade, principalmente se a África se aliaria à Libertad, algo inconcebível 24 horas antes. Mas T-Gem não queria participar daquilo, já tinha calculado em sua mente pródiga as chances dos *spiritualis* dominarem todo o planeta, inoculando o DNA avançado no restante da população da Terra. Beirava os 97%, era praticamente irreversível. Tinha preocupações mais urgentes, e isso envolvia Rasul. Subiu ao terceiro pavimento, onde eram reservados os aposentos privados. No grande quarto que dividia com Pompeu nas escassas férias que tinham, encontrou Carla sentada à mesa tentando usar a tábua de cálculo sem sucesso.

— Rasul me deu quando eu tinha três anos. É de estimação — disse sorrindo, com a mente nas lembranças adolescentes do quase irmão.

Carla se sentiu surpreendida.

— Oh, me desculpe, T-Gem, eu não queria...

— Não, não. Tudo bem. Vejo que está com dificuldade de usar o aparelho — disse, aproximando-se e instruindo a jovem. — Isso é compreensível, já que vocês fazem os cálculos todos na própria mente avançada. Os *sapiens* não guardam fotograficamente tudo que aprendem, como os *spiritualis*, então têm que recorrer à eletrônica frequentemente. Mesmo eu, um *altum*, ainda tenho algumas dificuldades. Registrei tudo que aconteceu nas nossas vidas, desde meu zerésimo ano, veja. — Mostrava trechos do período citado registrados em fotos, anotações, vídeos, sons, passagens importantes. — Tudo me foi repassado integralmente por Pompeu, Rasul, Siham e Abdul...

Repentinamente, T-Gem se calou. Carla percebeu que fora por algo que acontecera no período citado pelo menino e manteve os olhos na tábua, curiosa. TG deslizava os dedos rapidamente pela grande tela interativa e parou em um texto onde a foto de Pompeu identificava o autor. Era um diálogo, a foto aérea da Cidade Luz revelava a outra parte. T-Gem releu o trecho diversas vezes e, de repente, largou tudo, correndo desabalado escada abaixo. Passou zunindo por um grande número de diplomatas, esbarrando em vários, inclusive Abdul, que o indagou, ainda que à distância, já que o garoto ia longe.

— Onde vai com essa pressa, TG?

— Salvar meu irmão!

Entrou no bosque denso, esbarrando em raízes e sujando toda a roupa, mas não importava.

— Bol! Cadê você! Apareça! — gritava, incessantemente. Até que tropeçou e caiu de cara no pequeno lago que surgiu em uma clareira. Rasul encontrava-se no leito, apenas com a bermuda dobrada e sem camisa. Tinha uma lança esculpida na mão e tentava pescar à moda selvagem. Quando viu T-Gem despencar na água, não pôde esconder um sorriso. Ajudaria o menino, mas este já se levantara e corria dentro do lago como podia, com água pela cintura.

— TG, se a intenção era resgatar um pouco do humor escondido em mim, parabéns. Você conseguiu.

— Não, Bol! O resgate é outro. — Esbaforido, parou para recuperar o fôlego. — Eu estava na mesa de cálculo, relendo as memórias de Pompeu. Por acaso parei no antigo diálogo dele com a Central, pouco antes da declaração de estado de alerta. Eu ainda era um feto, você se lembra, não?

— Sim, a visita a Nalalka, onde fiquei com medo que o integrassem. Certo, continue.

— Quase no fim, há um trecho inusitado que diz: "Haverá uma guerra. Pela última vez homens e máquinas batalharão cada qual por seu povo na Terra. Apenas uma espécie restará, mas se as máquinas perderem, o planeta se tingirá de vermelho".

— Eu me lembro disso, Pompeu me relatou algumas vezes.

— Exato, mas Pompeu não sabia de uma coisa. Aliás, nenhum de nós. A partida. Não era um evento previsível. Exceto para a Central! E é aí que entra o fato estranho: se a Central sabia que as máquinas partiriam e não haveria uma grande chacina humanitária, por que o planeta se tingiria de vermelho?

Rasul ficou pensativo, era uma linha interessante. T-Gem continuou:

— Há outro porém, Bol. Edwardo. Sequer sabíamos que estava vivo, mas agora entendemos que não só estava vivo como participou incisivamente de todo o plano, da guerra à fuga. Mas o antigo líder era um entusiasta da harmonia e mesmo antes da sua morte deixou isso claro. Ele entende que os destinos da humanidade e das máquinas estão intercalados, ainda que num futuro distante. Veja, Bol, creio que as máquinas acreditavam em Ed.

— Então você está dizendo que elas não partiram para sempre...

— Acredito mais, que elas estão perto, esperando os desfechos da humanidade. Há uma regra antiga, Rasul, que fala sobre o progresso das máquinas. Juntas, as duas espécies avançam em uma velocidade muito maior. Estudei a história do Condão, isso está nas origens do programa.

Rasul estava mais animado. Se pudessem encontrar a civilização cibernética, poderiam resgatar Siham. A lei drônica não permitia que um androide fosse integrado sem consentimento, apesar da antiga determinação da Central. Além disso, em um ambiente puramente robótico a integração não seria mais uma medida de sobrevivência. Siham estaria viva!

— Você é um gênio, T-Gem! Agora só precisamos saber onde estão. Vamos mapear o Sistema Solar, temos a dobra!

— Não acho que precisaremos gastar muito esforço, Rasul. Pense bem, se não houve um grande massacre, um holocausto de mortes, se a civilização está praticamente íntegra, como o planeta se tingiria de vermelho?

— Sim, TG, o planeta se tingiria de vermelho, o planeta inteiro...
— Então Rasul teve uma epifania, agarrou T-Gem e o suspendeu, rodopiando.

*MARTE!*

## Capítulo 37

*A história da sua origem é algo que deve buscar sozinha.*

As palavras de Sílvia ecoavam na mente de Vânia enquanto o planador deslizava pelos céus acima da Serra do Cipó. A jovem *spirituali* nunca descobriria o antigo esconderijo não fosse a trilha que o tanque fizera ao sair de lá. Ainda assim tinha que dar rasantes praticamente rentes ao solo para não perder o rumo.

Em outro núcleo, Vânia reiterava as ações dos últimos dias. Investigara as instituições de registros oficiais, mas nada descobrira a princípio, tudo parecia normal. Então pediu seus arquivos biológicos eletrônicos e os analisou. Foi quando verificou que o DNA registrado fora adulterado. Uma falsificação bem-feita, mas, ainda assim, detectável. Transtornada, dirigiu-se aos únicos que poderiam elucidar aquela história: seus pais. Há algum tempo os visitava com pouca frequência, mas não por falta de afeto, e sim para poupar-lhes dos problemas que sua fuga da América traria. Os pais festejaram tê-la em casa e Vânia acabou se desarmando. Sempre os adorara, não seria por aquela razão que perderia tal amor. Mas queria a explicação. Surpreendentemente, seus pais já esperavam por aquilo, sobretudo após o fim da guerra. Sua mãe sintetizou a história:

*Você nos foi entregue por uma mulher bem jovem. Ela nos disse que não poderia criar você. Era uma rebelde. Nós nunca defendemos a causa, mas o tom de suplício da menina nos fez ter pena. Além disso, nos apaixonamos instantaneamente por você. Inventamos uma mudança de um ano para nosso sítio sem alterar nossa rotina, apenas nos afastado, e, quando voltamos, ninguém estranhou que aquela menina de seis meses na verdade tinha um ano, apenas a acharam desenvolvida. Os rebeldes foram hábeis, falsificando os registros de nascimento. Tudo estava indo maravilhosamente bem, até que você foi presa. Ficamos arrasados, como sabe, mas as perguntas que nos fizeram nunca foram sobre sua origem, apenas se tínhamos contato com algum rebelde. Como nunca fomos ligados a eles, as extrações foram inúteis. Depois que você foi libertada, nosso alívio foi enorme, então a rotina voltou ao normal. Mas, quando começou a desenvolver as habilidades de extração tão noticiadas na mídia, começamos a pensar que havia algo estranho com seu nascimento. Nós não a avisamos, você estava muito exposta. Enfim, agora que a guerra acabou não há por que lhe negar estas informações.*

Vânia os abraçou, chorando, e lhes disse que fizeram muito bem. Entendeu o fato de Melissa não ter investigado a fundo sua origem. A embaixadora acreditava tão ferrenhamente na evolução natural que tinha certeza de que sua existência era um presente divino à humanidade. Mas ainda havia a dúvida, quem era ela, finalmente? E por isso estava ali no meio de Minas Gerais, onde poderia haver pistas do passado.

A esperança em desvendar o mistério sofreu um abalo quando finalmente chegou ao refúgio de Sílvia. Na verdade, não havia mais refúgio, apenas uma enorme cratera no fim da trilha. A bióloga rebelde simplesmente destruíra tudo que pudesse referenciar seu passado, menos o diário que havia dado para Vânia. Infelizmente, as páginas do período em que nascera foram arrancadas. Havia muito sobre a menina nos textos posteriores, mas nada sobre sua origem.

A jovem desceu do planador e na borda da cratera contemplou o buraco cônico de trinta metros de profundidade. Sílvia optara por uma explosão tradicional, nada de antimatéria. Talvez para poupar as armas para a marcha final rebelde, ou por nostalgia, para ouvir o barulho ao longe. Uma recordação. Vânia passou a vasculhar os escombros em busca de relíquias. Após passar um longo tempo revirando lixo e material inútil, encontrou uma pequena escrivaninha metálica. Na verdade, apenas meia escrivaninha, mas a gavetinha estava intacta. Abriu-a e deparou-se com uma foto. Sílvia, ainda uma mulher de meia-idade, com um gato robótico no colo. Havia outros quatro espalhados pelo recinto. Em pé, ao seu lado, dois androides. A jovem não conhecia muitos modelos, mas, pelo que vira na Coligação, não se assemelhavam a nenhum robô atual. Pareciam mais os vistos nas recordações de Melissa.

*Drones do passado, chaves para o futuro.*

## Capítulo 38

Em dois hospitais, em continentes diferentes, três homens que há alguns dias estavam quase mortos abriram os olhos. Em Brasília, a luz do meio-dia ofuscou-lhe a vista, fazendo-o fechar instintivamente, mas todos os três sentiram a claridade, mesmo os dois que estavam em um quarto escuro. Após um breve período de adaptação, o enfermo pôde vislumbrar seu próprio corpo. A tez das duas pernas e do braço esquerdo mostravam claramente não ser originais. Fora reconstruído geneticamente, pelo menos parte dele. Mas isso não o aflige, e sim algo que acontecia fora dali. Ergueu-se doloridamente, desabando novamente em instantes, e os dois acamados na África soltaram um gemido. Mas não desistiu, em nova tentativa conseguiu se sentar no leito e espiar pela janela ao lado. A corrente despejada na teia que entrava pela janela causava-lhe mais que repulsa, dava-lhe a sensação de terror, a síntese de tudo o que temia. Conectou-se à massa concentrada na Esplanada, cerca de 3 milhões de *spiritualis* gritavam em uníssono o nome da sua arqui-inimiga, aquela que quase destruiu a humanidade. E o pior, a chamavam de salvadora.

*Salve, Vânia, a extratora, libertadora do planeta.*

No seu pequeno planador, a jovem vislumbrava a imensa multidão. A virtuodopamina era tanta que incomodava os mais frágeis.

A concentração na teia podia ser sentida por qualquer *spirituali* em qualquer parte do mundo.

Vânia sentia pena, lembrando-se das lições de Edwardo, mas também se sentia necessária, como direcionadora daquela gente que não conseguia seguir o caminho sem um farol de referência. Abriu os braços, como se abraçando a população, gesto seguido instintivamente por todos, como um corpo único, homogêneo, em uma simbiose perfeita.

Philip voltou-se para o leito ao lado e avistou um enfermeiro catatônico, em torpor. Levantou-se em um esforço hercúleo, arrastando-se em direção ao homem. Colérico, pegou-o pelo pescoço e sufocou-o, deixando-o desacordado. Não sabia se havia morrido, não lhe importava.

Enquanto vivesse, lutaria para destruir Vânia, a extratora.

# Epílogo

Pela escotilha do satélite, T-Gem admirava os hábeis engenheiros libertadinos em suas roupas espaciais. Seu desejo era estar também no espaço, flutuando livre, mas se contentou com a nova experiência de estar no espaço.

– Eles são muito bons, não, Bol?

O tenente se espichou na poltrona, assentindo. Isso era possível, já que a gravidade artificial dava uma sensação de dois terços da força G, suficiente para não descalcificar os ossos a longo prazo.

– Sim, TG, Vânia foi incrível em designar os melhores engenheiros da Libertad para construir o primeiro lançador interplanetário orbital de dobra para nós. Já estão bem avançados, em quinze dias partiremos.

Os três *spiritualis* passaram por ele, correndo. Cooler teve tempo de gritar.

– Essa gravidade não evitará que fique gordo, tenente. Venha, corra conosco!

– Irei, garoto, assim que tirar uma soneca. – Então se enterrou novamente no grande sofá. T-Gem se aproximou, com uma cara misteriosa que Rasul conhecia muito bem.

– Fale logo, T-Gem. Não me deixe preocupado. Qual a novidade? – Já ficara receoso. Mas o garoto o tranquilizou.

– Não é algo grave, Bol. Antes de ser destruído, Pompeu me transferiu dois arquivos. Um sobre a minha história e outro sobre a sua. Ele me pediu para que esperasse os tempos de paz para abri-los. Acho que agora é a hora, teremos ambos quinze dias para refletir sobre isso.

Rasul se espantou. A história de T-Gem ele conhecia, não todos os aspectos, mas o suficiente para que o androide lhe pedisse segredo. Isso seria explicado agora para T-Gem pelo próprio Pompeu em memória e aliviaria seu fardo de lhe esconder quem realmente era. Mas a história dele, Rasul? Como assim? Não era o órfão de Madagascar? Intrigado, recebeu os arquivos e começaria a lê-los imediatamente, quando um sinal sonoro soou.

– Temos visitas! – Frei parou na outra extremidade do grande salão, avisando pelo comunicador em broadcast. Naquela posição, parecia a Rasul e T-Gem que estava no teto, como um morcego, a trinta metros de altura. – É uma nave libertadina oficial brasileira. Mas por que não nos avisaram?

Dirigiram-se à cúpula de acoplamento e aguardaram os visitantes. Em pouco tempo a escotilha se abriu e uma comitiva brasileira surgiu. No meio deles, Vânia apareceu sorridente.

– Olá, amigos, como estão todos?

Foram pegos de surpresa pela visita da chanceler. Os três jovens *spiritualis* correram para abraçá-la. Embolaram-se em um grande e comovente enlace coletivo.

– O que a traz aqui, Van? Pensei que estava muito atarefada dando orientações para o seu povo desorientado – debochou Rasul, sob os olhos reprovadores da comitiva libertadina.

– Foi um mês corrido, tenente, mas o que eu tinha que fazer com urgência, já fiz. Marquei eleições legislativas nos dois continentes para novembro. A nova assembleia será a responsável por determinar qual rumo tomar. Mas não tive tempo de descansar desde antes da guerra, então tirei quinze dias de férias e adivinhem onde escolhi passar? No espaço com meus amigos. – Enquanto isso, um dos membros da comitiva trazia três malas, deixando-as aos pés da chanceler. Vânia voltou-se ao grupo libertadino e comunicou-lhes. – Daqui eu sigo sozinha, amigos. Obrigada pela companhia. – Incontinenti, os agentes voltaram à nave acoplada. Em minutos já estavam de volta ao Brasil. Rasul não pôde deixar de observar um fato, enquanto se dirigiam ao grande salão.

– Você realmente virou uma estrela, Vânia. Três malas para passar quinze dias? Não conseguiu se afastar dos luxos do poder, é isso? Não vou me portar como seu vassalo, se for usar a telestesia em mim para me obrigar, terei que pedir que vá.

– Não seja tão hostil, caro Rasul, tenho-lhe na mais alta estima. De fato são muitas malas para passar quinze dias, mas creio serem insuficientes para o tanto de tempo que pretendo ficar com vocês. Quero que saibam, eu não vou voltar.

A expressão de surpresa foi coletiva, fazendo com que Frei soltasse as três malas que carregava sem dificuldade.

– Quê?

Vânia jogou-se na poltrona de Rasul e explicou:

– A princípio, eu pensei em tomar essa posição de líder, nortear o povo, restaurar a democracia e manter a paz pelo maior tempo possível. Depois, lembrei-me das palavras de Ed. Tudo é um ciclo. Para quebrá-lo, o homem deve romper a imaturidade do ego. A busca pelo sentido da vida deve ser menos importante que as realizações em si. Sendo um ícone heroico, como Melissa, eu estava simplesmente iniciando um novo ciclo. Vou dar essa chance a eles. Sem um ídolo, terão tempo para refletir em uma coletividade menos voltada a um ponto singular. Não duvido que outros ícones surjam, mas a motivação é menor. A tendência é de que a Terra seja toda *spirituali* em pouco tempo, não haverá realmente um inimigo a ser combatido. Claro que existe a possibilidade do próprio homem criar uma luta por qualquer motivo a fim de reiniciar inconscientemente o ciclo, mas a chance de mudar isso é agora. Eu não podia ficar na Terra e atrapalhar o momento. Quando eles descobrirem, estarei longe.

Todos refletiram e viram sentido no que a jovem dissera. Coadunava exatamente com os ensinamentos de Edwardo.

– Além disso... – Vânia voltou a falar, misteriosa. – Eu tenho uma busca pessoal a fazer. Se vocês vão atrás da civilização cibernética, é aqui o meu lugar. Tenho que conversar com dois androides em particular.

Rasul ficou um pouco aflito. Não falara a ninguém que iriam atrás das máquinas, nem aos três *spiritualis*, tampouco dera o destino da nave. Apenas pedira à Vânia aquele favor com a desculpa de ser o pioneiro no mapeamento dos limites do Sistema Solar. Ainda assim pouca gente sabia da viagem, apenas a chanceler e um grupo técnico do governo.

– Não fique espantado, Rasul, a dedução é lógica. Pelo que te conheço e pelo amor que tinha a Siham, sei que não teria a ideia de ser um desbravador impulsivo repentinamente, teria que ter relação com a androide. Creio que meus antigos amigos pensam o mesmo.

Frei se antecipou.

– Sim, Vânia, apesar de Rasul não falar nada, nós sabemos, mas mantivemos segredo.

– Não se preocupem com isso, ninguém sabe de nada. Mas depois quero que me digam como descobriram que as máquinas estão por perto e, pela cara de T-Gem, como souberam a sua localização. Teremos tempo, pelo menos quinze dias. Durante esse período curtiremos nossa pequena folga. Creio que o que virá no futuro não nos dará descanso.

Então os seis se juntaram e ergueram as mãos, gritando:

*À Rébellion!*

◊

Treze dias depois, na Pedra da Gávea no Rio de Janeiro, um homem taciturno observava o Atlântico. Seu ódio não diminuíra. As mãos apertavam a pedra em que se sentava, como se quisesse rachá-la com os dedos. Sua mestre se fora e deixara em seu lugar uma traidora que agora era amada pelo povo. Tinha plena convicção de que aquilo era uma ameaça à Libertad. Uma traidora, enfim, é sempre uma traidora. Sua convicção foi reforçada quando um ponto brilhante repentinamente riscou o céu e sumiu.

Olhou para as duas cópias, em pé ao seu lado. Falou para si mesmo pela teia, com um sorriso entrecortado:

– Ela vai atrás deles...

Os três pularam nos pods e dispararam para Brasília.

**Compartilhando propósitos e conectando pessoas**

Visite nosso site e fique por dentro dos nossos lançamentos:
www.novoseculo.com.br

TALENTOS
DA LITERATURA
BRASILEIRA

Talentos da Literatura Brasileira
@talentoslitbr
@talentoslitbr

Edição: 1ª
Fonte: Liberation Serif

gruponovoseculo.com.br